LOCUS

LOCUS

LOCUS

LOCUS

RECREATION

R60
永恆藍天（永無天日3） *INTO THE STILL BLUE*

作者：維若妮卡・羅西 Veronica Rossi
譯者：張定綺
責任編輯：江怡瑩　美術編輯：顏一立
校對：呂佳真
法律顧問：全理法律事務所董安丹律師
出版者：大塊文化出版股份有限公司
台北市10550南京東路四段25號11樓
www.locuspublishing.com

讀者服務專線：0800-006689
TEL：(02) 87123898　FAX：(02) 87123897
郵撥帳號：18955675　戶名：大塊文化出版股份有限公司

總經銷：大和書報圖書股份有限公司　地址：新北市新莊區五工五路2號
TEL：(02) 89902588　FAX：(02) 22901658
排版：辰皓國際出版製作有限公司 製版：瑞豐實業股份有限公司
初版一刷：2014年7月

定價：新台幣 280 元
Printed in Taiwan

永恆藍天：永無天日3 / 維若妮卡・羅西 Veronica Rossi著；
張定綺譯. -- 初版. -- 臺北市 :大塊文化, 2014.7
面； 公分. -- (R;60)
譯自 : INTO THE STILL BLUE
ISBN 978-986-213-534-1(平裝)

874.57　　　103009838

永無天日3

永恆藍天

INTO THE STILL BLUE

維若妮卡·羅西 Veronica Rossi 著　張定綺 譯

獻給Michael

譯者說明

本書中的人名，一部分沒有照習慣的方式音譯，而是採用意譯，或發音與意譯混合的方式呈現，在此略做說明。

《永無天日》的背景是未來的地球，當時人類不知製造了什麼樣的可怕災難，只有少數倖存，總數可能不到一百萬。災難過後，有一層濃密的雲霧包圍著地球，終日不散，看不見藍天。濃霧裡有閃電火焰，蓄積能量到一定程度，就像雨一般墜落地面，毀滅房舍、農作物、牲畜、人類。這層雲霧書中稱作Aether，一般譯作「以太」，但由於它具有閃電在雲層中迸發，以及將烈焰灑落大地的特徵，我譯作「流火」。《詩經》中形容夏季日頭赤炎炎，說是「七月流火」，相形之下，本書中的流火更具體，只不過它危害最烈的季節卻是冬季。

一小群菁英分子在災難發生之初，建造了若干密閉城市，把自然界的攻擊阻擋在外，居民仍能享受安全而舒適的生活。密閉城市保存過去的文明與科技之餘，也培養大批科學家研究如何延長人壽，改良基因，使人類能繼續征服惡劣的環境。未能進入密閉城市的人，只好在外界逐漸退化，流火使他們幾乎無法務農，無法定居，生活型態變得相當原始。

無分密閉城市或外界部落，由於每個聚落裡的人數都不多，所有的成年人都彼此認識，所以除了密閉城市裡的高級主管，一般人都有名無姓。密閉城市的人傾向採用與我們這時代差不多的西方傳統名字，外界居民則偏好用自然物命名，例如谷、溪、礁、熊、隼，或許意味著他們與歷史文化漸行漸遠，也或許是融入自然。為了保存這方面的差異，我把外界人的名字都盡可能意譯，有時為了對照上的方便，會保留原來發音的一部分，所以就出現「維谷」（Vale發音維爾，意義是山谷）、「羅吼」（Roar發音羅爾、意義是吼叫）、「李礁」（Reef發音李夫，意義是礁石）這樣的名字。

女主角詠歎調的名字是個例外。她生長在密閉城市，母親卻為她取了一個不傳統的名字。詠歎調非但不存在於自然界，也沒有實體，而是一種歌曲；西洋歌劇中的歌唱部分幾乎都屬於詠歎調的形式。小女孩詠歎調自幼受聲樂訓練，把詠歎調唱得出神入化，這不僅是她取悅母親的方式，後來在她到外界求生時，也提供很大的幫助。把她的名字直譯為詠歎調，有助行文流暢。

另一個重要角色馬龍的名字也要在此一提。Marron原為法語單字，指美洲的逃亡奴隸（源自西班牙文cimarrón），從十六世紀開始，中、南美洲的黑奴有一部分逃亡，集結成山寨，擁有防禦力量，並能生產食物，自給自足，在白種人的虎視眈眈下，生存到二十世紀才逐漸被同化。這種部落一方面對來自非洲不同區域的異族黑種人兼容並蓄，一方面在白種人不斷圍剿下努力維持原鄉的生活方式，形成獨特的文化。我們從馬龍這個人和他的城寨，也看到類似的特質，名字有助於我們理解這個角色，只可惜不能直接用翻譯表達。

本書譯者張定綺

1 詠歎調

詠歎調猛然坐直，槍聲在耳中回響。

她茫然眨著雙眼，打量周遭的環境，根據帆布的牆壁、兩張睡墊，還有一堆破舊箱籠，認出這是阿游的帳棚。

她的右臂痛得不停抽搐，低頭看著從肩膀包紮到手腕的白色繃帶，恐懼害她的胃打了個大結。

夢幻城的一名警衛開槍打中她。

她舔舔乾枯的嘴唇，嘗到止痛藥的苦味。試試看吧，她告訴自己。能有多難呢？

她試著握拳，痛楚深深刺進二頭肌。但手指只輕微一顫，好像心智已無法跟手溝通，訊息消失在手臂的某處。

她掙扎著起身，在原地搖晃了一陣，等那波暈眩感消失。幾天前，她跟阿游一抵達這兒，就來到這頂帳棚，不曾離開。但她不想再多待一秒鐘。如果她的傷好不了，有什麼用？

她的靴子擺在一口箱子上。她決定去找阿游，便設法把靴子穿上──只靠一隻手，簡直是個挑戰。「蠢東西。」她嘟噥道，使出更大力氣拉扯，手臂的痛楚立刻像火燒一樣。

「哎呀，別怪可憐的靴子。」

部落治療師茉莉端著一盞燈，掀開帳棚簾子走進來。她性情溫柔，頭髮灰白，外貌跟詠歎調的母親一點都不像，但她們有類似的氣質，穩定而可靠。

詠歎調把腳往靴子裡用力一蹬——有人旁觀成了最強烈的動機——站起身來。

茉莉把燈放在箱子上，走過來。「妳確定要起來走動嗎？」

詠歎調把頭髮掠到耳後，試圖放慢呼吸。她脖子上已沁出冷汗。「我只確定，如果再待在這兒，我就要發瘋了。」

茉莉微笑，圓滾滾的臉頰在燈光下發亮。「今天我已經聽過好幾遍同樣的話了。」她伸出粗糙的手掌摸摸詠歎調的臉頰。「妳退燒了，但待會兒還得吃藥。」

「不要。」詠歎調道：「我好了。我睡得好煩。」

嚴格說來，「睡」不是正確的字眼。過去幾天，她模糊的印象中，只有幾次脫離藥物的黑暗深淵，啜飲兩口湯。有時阿游在旁，扶著她，在她耳邊低聲說話。他說話時，她看到木柴的火光。此外只有黑暗——或噩夢。

茉莉抓起她麻痺的手，捏一下。詠歎調毫無感覺，但茉莉向上測試，她倒抽一口氣，胃部緊縮。

「妳的神經受損。」茉莉道：「我想妳自己已經猜到了。」

「會好的吧，會嗎？慢慢的？」

「我實在喜歡妳，不想給妳虛假的希望，詠歎調。老實說，我不知道。馬龍和我都盡了力，至少保住了手臂。有一陣子，看起來好像必須截肢。」

詠歎調往後一縮，轉身盯著陰影，慢慢體會這些話。她的手臂差點被切除。鋸掉，就像一件可有可無的東西。裝飾品。帽子，圍巾。她的處境真的那麼危險，差點醒來後就發現自己一部分沒了嗎？

「這是被下過毒的那條手臂。」她把手臂貼著身側，說道：「一開始就不怎麼好。」手臂上的標記，那個只完成一半、要確立她靈聽者地位的圖案，是她見過最醜陋的刺青。「妳帶我到四處看看好嗎，茉莉？」

詠歎調沒等回答。她一心想見阿游——也想忘記自己的手臂。但她彎腰鑽過帳棚簾子，一到外面，就愣住了。

她抬起頭，洞穴的龐大令她震懾，那是種近在眼前、無所不在又無邊無際的大。上方的黑暗中懸掛著大小不一的鐘乳石，這種黑暗跟她在藥物導致的昏迷中所體驗的不同。那種黑暗一片空虛，沒有內涵。這種黑暗卻有形有聲。它予人飽滿、有生命力的感覺，發出低沈的嗡嗡聲，不絕如縷地傳進她耳裡。

她深深吸口氣。冷空氣裡有鹹味和煙味，氣味強烈到嘗得出來。

「對我們大多數人而言，黑暗是最困難的部分。」茉莉來到她身旁，說道。

詠歎調看到周圍有許多帳棚，整齊地排成一列列，在暗影裡形成幢幢鬼影。聲音從稍遠處傳來，那兒有火把閃動——推車的輪子滾過石頭的喀吱聲，不息的滴水聲，一頭山羊哀求的咩咩聲——全都在山洞裡瘋狂回響，向她敏感的耳朵進攻。

「連四十步外的東西都看不見，」茉莉道：「很容易就有受困的感覺。不過謝謝老天，我們還不到那地步。情況還沒那麼糟。」

「流火呢？」詠歎調問。

「更嚴重了。妳來以後，天天都有風暴，有時就在我們頭頂發作。」茉莉挽起詠歎調健康的那條手臂。「我們有這塊地方棲身真是很幸運，不過有時候不太容易認同這想法。」

詠歎調腦海裡浮現夢幻城傾頹、化為灰燼的畫面。她的家鄉已然烏有，潮族也放棄了村子。茉莉說得對。聊勝於無。

「我猜妳想見游隼。」茉莉帶著詠歎調從一排帳棚前面走過。

馬上帶我去。詠歎調想道。但她只說：「是啊。」

「恐怕妳得等一下。我們接到消息說，有人闖進地盤。他跟葛倫一起去查探。我希望是羅吼帶炭渣回來了。」

光是聽到羅吼的名字，就讓詠歎調喉頭一緊。她好擔心他。她跟他才分開幾天，但已覺得太久。

她們來到一片開闊的空地，就跟位於潮族村中央那座廣場一樣大。正中間有座木造平台，四周擺著桌椅——擠滿了圍燈而坐的人。有人穿咖啡色衣服，也有人穿灰色，在昏暗裡融成一片，但傳進她耳鼓的交談聲，每個聲音都帶著焦慮。

「只有確定外面安全的時候，我們才獲准離開洞穴。」茉莉看到詠歎調的表情說：「今天附近起火，南方不遠處還有一個風暴，所以我們都只能窩在這裡。」

「出去不安全？但妳說阿游在外面。」

茉莉眨眨眼。「沒錯，只有他可以打破他立的規矩。」

詠歎調搖頭。應該說，他身為血主，必須承擔危險。

平台旁的人開始注意到她們。潮族名副其實，是個長年烈日曝曬、海風吹襲的部落。詠歎調看到人稱六人組的李礁和他手下幾名驃悍的戰士。她認得海德、海登和年紀最小的迷路三兄弟。這三兄弟都是靈視者，所以海德理所當然第一個看見她。他舉起一隻手，有點猶豫地向她打招呼。

詠歎調也沒什麼把握地揮揮手。她跟他，或這些人當中的任何一個都不熟。她只在阿游的村子裡待了幾天就離開。站在這群幾乎全然陌生的人當中，她非常渴望見到自己的族人，但她一個都沒看見。她和阿游從夢幻城救出的人，沒一個在這裡。

「定居者都在哪裡？」她問。

「在山洞的另一區。」茉莉道。

「為什麼？」

但茉莉的注意力轉到李礁身上，他離開他的手下，大搖大擺過來。黑暗中，他的長相更嚇人，從鼻子到耳朵那道大疤顯得格外恐怖。

「妳總算起來了。」他道。那種口吻好像詠歎調一直在偷懶似的。她提醒自己，阿游喜歡這個人，要信任他。但李礁從來沒有要跟她做朋友的意思。

她直視他的眼睛。「受傷是很無聊的事。」

「很多事需要妳。」他道，對她的諷刺置若罔聞。

茉莉豎起手指，對他搖一搖。「別，少來了，李礁。她剛清醒，需要時間適應，別這麼快就派工作給她。」

李礁挺起肩膀，兩道濃眉擠在一起。「那我該什麼時候跟她說，茉莉？每一天，都有新風暴來襲。每小時，我們的存糧都在減少。每分鐘，都有人在這塊大石頭裡悶得快發瘋。如果有比現在更好的時刻讓她知道真相，我倒想知道究竟是何時。」他湊過來，幾根粗大的辮子垂到前面。「戰爭當前，茉莉。我們在必要的時候做該做的事，也就是說，現在她應該知道發生了什麼事。」

李礁這番話把詠歎調心頭最後一絲恍惚都驅散了。它把她帶回一星期前，清醒又緊張，喘不過氣，絕望埋伏在身體裡面，變成慢性胃痛。

「告訴我發生了什麼事。」她道。

李礁回頭，專注地看著詠歎調。「我最好帶妳去看看。」他道，隨即大步走開。

她跟著他離開聚會區，走向岩洞深處，這兒更黑、更安靜，非常黑，她每走一步，害怕就加深一些。茉莉生氣地嘆口氣，但還是跟了上來。

他們彎來彎去，穿過石筍地層——從洞頂滴下，在地面不斷累積的鐘乳石，形成一片森林，逐漸連結在一起——然後詠歎調穿過一條天然走廊。沿途有許多其他通道的入口，隧道裡噴出濕冷的風，吹在她臉上。

「那邊一直走，就是儲存藥物和補給品的地方。」茉莉指著左邊說；「除了食物或動物，所有東西都在那兒。食物和動物在山洞的南端。」她的聲音有點太輕快，好像要彌補李礁的粗魯。

她走路時，手提的燈盞輕輕搖晃，影子在狹仄的空間裡上下擺動。詠歎調有點晃悠悠的感覺，好像暈船，或該說暈洞。

他們要帶她去哪裡？

她從來沒經歷過這樣的黑暗，外面總歸有流火，或陽光，或月光。密閉城市夢幻城的圍牆保護下，光線總是明亮刺眼，且永遠如此。這是全新的經驗，像個令人窒息的水池。她覺得呼吸等於是用全然的黑暗把肺填滿。她把黑暗喝進去，在黑暗裡跋涉。

「那塊簾子後面是作戰室。」茉莉繼續道：「那是個小山洞，我們從炊事房搬來一張支架桌擺在裡面。阿游跟人在裡面開會，討論重要的事，可憐的孩子，幾乎永遠走不開。」

默默走在她們前方的李礁，聽了搖頭。

「我關心他，李礁。」茉莉帶著明顯的不悅說道：「總要有人做這件事。」

「妳以為我不關心嗎？」

詠歎調也關心──比他們倆更多──但她咬緊嘴唇，任由他們去爭執。

「哼，你即使關心也藏得很好。」茉莉回嘴道。「我只看見你成天訓斥他，指出他哪裡做錯。」

李礁回頭看她一眼。「難道我要拍他肩膀，稱讚他了不起？那麼做對我們什麼好處？」

「你可以偶爾做一次，對吧。」

詠歎調不再聽他們說話。耳朵聽到的新聲音，讓她手臂上的汗毛都豎了起來。呻吟。抱怨。種種不舒服的聲音從隧道裡向她湧來。一部求救的大合唱。

她推開李礁和茉莉，抱住受傷的手臂向前跑，從走廊轉個彎，來到一個昏暗的大岩洞，周圍有燈光照明。

地上有幾十個人躺在毯子上，清醒的狀態各不相同。他們的面容襯著身上的灰衣——她在被夢幻城驅逐前，穿了一輩子那種衣服——像鬼一般蒼白。

「你們抵達後，他們就立刻發病。」茉莉趕上來說：「妳在阿游帳棚裡，他們在這裡，一直這樣。阿游說，妳第一次離開夢幻城時，也發生類似的情況。那是因為你們的免疫系統不適應所引起。你們搭乘的那艘浮力船上備有疫苗，總共三十人份——但這兒有四十二人。我們給每個人施打相同的分量，這是阿游的要求。他說妳會希望那麼做。」

詠歎調無法回應。過了一會兒，她恢復冷靜思考時，才又想起茉莉說的每個字。她也會想起李礁扠起手臂、瞪著她的表情，好像這是她的問題，該由她來解決似的。但現在她只是提心吊膽往裡面走。

她看到的人幾乎都像死了一樣動也不動。還有些人在發燒，全身顫抖，臉色蠟黃，幾乎呈綠色。她不知道哪種比較糟糕。

她四下找尋她朋友的面孔——迦勒、盧恩以及——

「詠歎調……這兒。」

她追蹤那聲音，看到索倫時，心頭湧起一陣罪惡感；她沒想到他。詠歎調跨過那些裹著毯子發抖的人體，在他身旁跪下。

索倫一直都很健壯，但現在他粗壯的肩膀和脖子都像洩了氣，即使裹著毛毯也很明顯。她看見他臉頰和眼眶都凹陷下去，眼皮沈重，半睜半閉，但還是專注地看著她。

「妳來了，真好。」他道，頭腦顯然比其他人清醒。「我還滿羨慕妳有私人住所。我猜，跟對的人打交道畢竟有好處。」

詠歎調不知道該說什麼。她無法接受這麼大的痛苦。她喉嚨哽咽，因為渴望幫忙而緊縮。她希望能多少改變一點。

索倫疲倦地眨眨眼。「我知道妳為什麼喜歡外界了。」他補了一句：「這兒真是棒呆了。」

2 游隼

「你看那是羅吼和小枝嗎？」葛倫騎到阿游旁邊問道。

阿游吸口氣，搜尋先前看到的兩名騎士的下落。但除了煙味什麼也沒聞到。他十分鐘前離開山洞，迫不及待想呼吸一點新鮮空氣，看看亮光，找回開闊空間與行動的感覺。但他只找到早晨那場火覆蓋在所有東西上的厚厚一層灰霧，還有流火帶來的刺痛，好像許多根針不斷輕戳著他的皮膚。

「如果是別人，我會很意外。」他答道：「除了我和羅吼，幾乎沒有人知道這條路。」還是小孩子的時候，他就跟羅吼在這片樹林裡打獵，他們在離這兒不遠的地方，合力殺死他們的第一頭鹿。這條路穿過一度屬於他父親、後來屬於他哥哥、再後來——自從半年前當上血主後——屬於他的土地，阿游熟知路上的每個轉彎。

但情況丕變。過去幾個月來，流火風暴引起的大火剷平了山上的樹木，只留下大片焦土。氣溫以晚春而言嫌太冷，森林的味道也變了。生命的氣息——泥土、青草、獵物——都埋在刺鼻的煙臭味底下。

葛倫把咖啡色的無邊帽拉低一點。「他們帶炭渣回來的機會有多大？」他問。炭渣是當著葛倫的面被綁架的，他始終沒能原諒自己。

「相當大。」阿游道：「羅吼總有辦法。」

他想到炭渣，這孩子被抓走的時候多麼虛弱無助。阿游不願意想像他落到黑貂與黑斯手中會有什麼下場。這兩個角族與定居者的領袖已決定聯手合作，他們因為炭渣有控制流火的能力而將他劫走。看來，炭渣將是進入永恆藍天的關鍵。阿游一定要救他回來。

「阿游。」葛倫勒住馬。他的頭轉來轉去，用靈敏的耳朵捕捉聲音。「兩匹馬。全力向我們奔來。」

阿游觀察前方的小徑，還沒看見人，但一定是他們。他吹聲口哨，讓羅吼知道他在這兒。他等了好幾秒鐘，靜候羅吼回應。

什麼也沒有。

阿游咒罵一聲。如果是羅吼，一定聽得見，也一定會吹口哨回應。

他迅速取下肩上的弓，搭上一支箭，目光不離小徑的轉角。葛倫也取弓在手，他們默不作聲，準備面對任何狀況。

「來了。」葛倫低聲道。

阿游聽見達達的馬蹄聲接近。他拉開弓弦，瞄準小徑，只見羅吼從一片樺樹叢後面衝出來。

阿游把弓放低，試著釐清狀況。

羅吼縱馬前來，胯下那匹黑馬踢起一片塵雲。他表情很專注——冰冷——看見阿游也沒有絲毫變化。

跟葛倫一樣隸屬六人組的小枝跟在他背後，從樹叢後面轉彎過來。他和羅吼一樣，單人騎一匹馬。阿游找回炭渣的希望破滅了。

羅吼直到最後一刻都還在縱馬狂奔，然後突然把馬勒住。

很長一段時間，阿游瞪著他，說不出話來。他沒料到自己會看到羅吼就想起麗薇，雖然這麼做很合理，她也是羅吼最親近的人。失去她的傷心就像一記迎頭痛擊，宛如幾天前他第一次聽到這消息時一樣。

「很高興你平安回來，羅吼。」他終於說道，聲音雖很緊張，但總算把話說出來了。

羅吼的馬亢奮地踢著地面，甩著腦袋，但羅吼的目光動也不動。

阿游認得那目光中的敵意。羅吼不曾用這種眼神看過他。

「你到哪兒去了？」羅吼問。

這問題完全問錯了。羅吼聲音裡有責難，隱然指控阿游在某些方面讓他失望。

他在哪兒？在照顧四百個棲身山洞裡日漸憔悴的人。

阿游對這問題置之不理，只顧問自己的問題：「你找到黑斯和黑貂了嗎？炭渣在他們那兒嗎？」

「我找到他們了。」羅吼冷酷地說：「還有，沒錯，炭渣在他們手上。你打算怎麼辦？」

然後他用腳跟踢一下馬，揚長而去。

他們一路無言，回到山洞。尷尬的感覺揮之不去，像籠罩著森林的煙霧一樣濃密。就連葛倫和小枝——這對極要好的朋友——也幾乎不交談，平時耍嘴皮子開玩笑的作風在緊張的氣氛下消失無蹤。

長達一小時的沈默，給阿游充足的時間回憶上次見到羅吼的場面：一星期前，發生在他平生所見最可怕的一場流火風暴中心。羅吼與詠歎調外出一個月，剛回到潮族的領地。對詠歎調思念不已的阿游，看到他們在一起，竟然失去理智，攻擊羅吼。他舉起拳頭，認為一向推心置腹的朋友做了不可告人的事。

這當然是羅吼心情不好的原因之一，但真正的原因很明顯。

麗薇。

想到姊姊，阿游全身一緊，胯下的馬一驚。「噓，別緊張，姑娘。」他安撫馬兒，又自個兒搖搖頭，因任思路偏離而自責。

不能想麗薇。悲傷會讓他軟弱——手中掌握幾百條人命時，他不能承受這樣的代價。羅吼回來後，要保持專注會更困難，但他別無選擇，一定要辦到。

他沿著之字形的山路下山，回到下方有屏障的海灣，看著一路領先的羅吼，他告訴自己不要擔心。羅吼除了血緣之外，各方面都與他情同手足。他們終究會克服那場打鬥，克服失去麗薇的傷痛。

阿游在小海灘上下馬，故意留在後面，讓其他人先進入那條通往山腹的裂縫。這座山洞對他個人而言是個磨難，他還沒做好回去的準備。進到洞裡，他必須全神貫注，才能壓抑那種使他的肺緊縮、無法呼吸的慌亂。

「你有幽閉恐懼症。」昨天馬龍才告訴他。「那是一種只要處在密閉空間就會害怕的非理性恐懼。」

但他是血主，沒有時間恐懼，不管理不理性。

他吸入一大口氣，再多花幾分鐘品嘗外面的空氣。午後的海風吹散了漫天煙霧，今天他第一次看到流火。

藍色的激流在天空中翻湧，扭曲發光的波浪形成暴風雨。它們比以前更兇猛——甚至比昨天更猛烈——但還有別種東西引起他注意。他看見流火最洶湧的所在泛出紅光，像是熱點。類似日出的殷紅，從波浪的顛峰漫漶開來。

「你看見那個了嗎？」阿游問跑步過來迎接他的海德。

海德是潮族最優秀的靈視者之一。他瞇起老鷹般的眼睛，順著阿游的目光望過去。「看見了，隼。你覺得那代表什麼？」

「不確定。」阿游道：「但我覺得不妙。」

好一陣子沒人說話，最後海德打破了沈默。

「但願我能看到永恆藍天，你知道嗎？」海德的目光轉往海平線，越過無數哩的大海。「如果能確定它在那兒等待我們，就比較容易承受這一切。」

阿游不喜歡海德情緒中累積的挫折感，那是一種像灰塵一樣，平淡而陳腐的氣味。「你很快就會看到它的。」他道：「你會是第二個看到的。」

海德果然上當。他笑道：「我視力比你好呢。」

「我是說，小溪會比你先看到，可不是我。」

海德用肩膀頂他一下。「才不。我的視力有她兩倍好。」

「你跟她比起來簡直是個瞎子。」

他們吵吵鬧鬧向山洞走去，正如阿游所預期，海德的心情變好了。他必須提升士氣，否則他們一定撐不過這一關。

「幫我去找馬龍，叫他去作戰室。」走進洞裡時，他吩咐海德。「我還要李礁和茉莉出席。」他歪歪頭，對站在幾步開外、扠著手臂打量整座山洞的羅吼示意道：「給他水和一些食物，然後要他盡快加入我們。」

該開個會。羅吼有炭渣以及黑貂與黑斯的情報。為了到達永恆藍天，阿游需要定居者的船——他跟詠歎調從夢幻城搶來一艘，但它載的人不夠多——他也需要精確的方向，否則潮族哪兒也去不了。

炭渣。浮力船。飛行方向。

三樣東西，全在黑貂與黑斯手中。但情況會改變的。

羅吼仍背對著他們。「阿游好像忘了，我聽得見他說的每個字，海德。」他轉身面對阿游——還是那種陰沈的目光。「不論我要不要聽。」

阿游勃然大怒。不遠處，海德和葛倫緊張起來，他們的情緒發出紅光，但跟羅吼相處了好幾天的小枝搶先行動。

他丟下手中的馬韁，衝到羅吼身旁，抓住他的黑外套。「來吧。」他道，推了羅吼一下，幾乎用上蠻力。「我帶路。習慣這地方之前，很容易迷路的。」

他們離開後，葛倫搖頭道：「怎麼回事？」

許多個答案在阿游心頭閃過。

少了麗薇的羅吼。

沒有理由再活下去的羅吼。

地獄裡的羅吼。

「沒什麼。」他心情紊亂到不想解釋。「他會冷靜下來的。」

葛倫留下照顧馬匹，他則直奔作戰室。每走一步，心中的焦慮就增加一分，壓迫他的肺，但他得跟它奮鬥。起碼不像其他人那樣，洞裡的黑暗對他不構成問題。命運的奇妙安排賦予他靈視之眼，在光線黯淡的地方看得特別清楚。

走到半路，柳兒的小狗跳蚤撲上來，又跳又叫，好像好幾個星期沒看到阿游似的。鷹爪和柳兒隨即跟上來。

「你找到羅吼了嗎？」鷹爪問道：「是他回來了嗎？」

阿游抓住鷹爪，把他頭下腳上抱起，贏得一場痛快的大笑。「就是他，吱吱。」羅吼現身了——至少人回來了。

「還有炭渣呢？」柳兒問，滿懷希望地瞪大眼睛。她跟炭渣很親近，所以跟阿游一樣，恨不得立刻把他找回來。

「沒有。目前只有羅吼和小枝回來，但我們會找到他的，柳兒。我保證。」

柳兒無視他的承諾，嘴裡冒出一連串令人嘆為觀止的咒罵。鷹爪咯咯傻笑，阿游也笑了，但他替她難過。他聞得出她的傷痛。

阿游放下鷹爪。「幫我一個忙好嗎，吱吱？替我去看看詠歎調。」從回到山洞開始，她就因使用止痛藥而經常處於昏迷狀態，手臂上的傷口不肯癒合。他一有空就去看她，每天晚上把她擁在懷裡，但他還是想念她，簡直等不及她清醒。

「當然！」鷹爪歡呼道：「來吧，柳兒。」

阿游看著他們跑掉，跳蚤在後面狂追。他原本以為這山洞會嚇到他姪子，但鷹爪適應得很好——所有的孩子都一樣。黑暗提供他們無數捉迷藏的靈感，他們花好多個小時到洞裡探險。阿游不止一次聽到小孩被回音——有些最好不聽為妙——逗得開心到歇斯底里的程度。

他但願成年人也有同樣的好心境。

阿游走進作戰室，跟馬龍點點頭。洞頂很低，凹凸不平，他繞到長方形桌子的另一頭時，不得不低著頭。他努力保持呼吸穩定，告訴自己牆壁不會塌下來；只是感覺好像會而已。

羅吼比他先到，他靠在椅背上，靴子架在桌上，手拿一瓶樂斯酒，阿游進來時，他眼皮連抬也不抬。這不是好預兆。

阿熊對李礁和正在描述流火出現紅光的阿游點點頭。阿熊把手杖平放在桌面，佔了三個人的位置。每次看到那根手杖，阿游就會想起把阿熊從老屋的廢墟中拖出來的情景。

「有人知道顏色為什麼改變嗎？」阿游問道。他坐在老位子上，馬龍坐他右邊，李礁坐左邊。他覺得坐羅吼對面很奇怪，好像他們是對手一樣。

桌子中間點著蠟燭，火焰穩定，形狀完整；這裡沒有風，燭焰不會閃爍。馬龍下令在牆上掛滿壁毯，形成假牆，製造真正房間的幻覺。阿游不知道這麼做對其他人是否有幫助。

「是的。」馬龍道。他開始轉動手上一枚金戒指。「同樣現象在大融合時也發生過。這是長期風暴即將開始的徵兆。當年風暴持續了三十年。我們會看到顏色繼續改變，直到完全變紅為止。到那時候，根本不可能到外面去。」他抿緊嘴唇，搖頭道：「恐怕我們會被困在這兒。」

「我們有多少空檔？」阿游問道。

「那時代留下的資料各不相同，很難精確估計。如果我們運氣好，可能有幾個星期吧。」

「運氣不好呢？」

「就只剩幾天了。」

「天啊。」阿熊把沈重的手臂擱在桌上，吐了一口大氣，吹得面前的燭焰搖擺不定。「只剩幾天？」

阿游試著消化這則情報。他帶潮族來這兒只是尋求暫時的庇護，承諾不會讓他們永遠待在這兒——事實上也沒有可能。這座山洞不是夢幻城那種可以自給自足的密閉城市，他必須帶他們離開這裡。

他看著李礁，就這麼一次，希望他提供建議。

就在這時，詠歎調走了進來。

阿游猛然跳起，害得椅子往後倒。他在一眨眼間跨過十步的距離，衝到她身旁，頭撞上低矮的洞頂，腿撞在桌上，他一輩子都不曾行動如此不協調過。

他把她拉過來，盡可能緊緊抱住她，同時又小心不要碰到她的手臂。

她聞起來真是不可思議，像紫羅蘭和陽光下的田野。她的體香讓他脈搏加快。那是自由，那是山洞裡所沒有的一切。

「妳醒了。」他說，差點要嘲笑自己。他等著跟她說話已經那麼多天了，應該可以說得更好才對。

「鷹爪說你在這兒。」她對他微笑道。

他伸手摸摸她手臂上的繃帶。「覺得怎麼樣？」

她聳聳肩膀。「好多了。」

他但願真的是這樣，但她的黑眼圈和蒼白的皮膚都在告訴他，事實並非如此。儘管如此，她仍然是他平生所見最美麗的事物。毫無疑問。

房間安靜下來。他們有觀眾，但阿游不在乎。他們分開了一整個冬季，她先住在馬龍那兒，後來跟羅吼去邊緣城，他們又分開了一個月。他們在潮族共度的那個星期，只有零星幾次短暫相聚的機會。他已經得到教訓了，他不會再浪費跟她共處的每一秒鐘。

他用雙手捧起她的臉吻她。詠歎調輕輕發出訝異的聲音，然後他覺得她鬆弛下來。她的手臂繞過他的脖子，一開始只是嘴唇輕觸，然後便更深入。他抱緊她，忘懷了所有的事，所有的人，只剩下她，直到他聽見背後傳來李礁沙啞的聲音。

「有時候我會忘了他才十九歲。」

「哦，是啊。很容易喔。」這溫和的回應一定是來自馬龍。

「現在不會了。」

「對啊……現在當然不會。」

3 詠歎調

詠歎調看著阿游，眨眨眼，有點頭昏腦脹。

他們倆的關係剛剛非常確切地轉為公開，她完全沒想到自己會那麼自豪。他是她的，他真了不起，他們不用再躲躲藏藏，不需要再解釋，不需要再分開了。

「我們得開始開會了。」他低頭對她笑道。

她喃喃表示同意，強迫自己放開他，努力不流露過分的依依不捨。她看到羅吼站在桌子另一端，心情一鬆的感覺讓她立刻回到現實。

「羅吼！」詠歎調衝到他身旁，輕輕摟住他。

「小心點。」他對她的手臂皺起眉頭。「發生了什麼事？」

「哦，這個嗎？我讓自己挨了一槍。」

「妳幹嘛自討苦吃？」

「我要爭取同情吧，我猜。」

這是他們習慣的對話方式，輕鬆地互相嘲弄，但詠歎調說話時仔細觀察他，眼中所見讓她心頭一緊。

雖然說起話來還是老樣子，但羅吼的眼神裡毫無幽默感，只裝滿了悲傷——不論到哪兒，都帶著那份傷痛。在他的笑容裡，在他垂下的肩膀上，甚至也在他站著時身體傾向一側的姿態裡，好像整個人生都失去了平衡。他看起來就跟一星期之前，他們一起順著蛇河漂流而下時一樣：心碎了。

她的注意力隨即轉往馬龍身上，他充滿期待地走過來，活潑機警的藍眼睛，圓滾滾的紅潤臉頰——跟羅吼僵硬的姿勢正好相反。

「看到妳真高興。」馬龍把她拉過去，說道。「我們都好擔心。」

「我也很高興看到你。」他好柔軟，聞起來好舒服，像玫瑰水混合柴煙的味道。她多抱了他一會兒，想起得知她母親去世後，住在他家的那幾個月。若沒有他幫忙，她真不知道該怎麼辦。

「我們不是危機當前嗎，詠歎調？」索倫昂首挺胸，下巴抬得高高地走進來。「我發誓五分鐘前妳是那麼說的。」

他臉上的表情——傲慢、不悅、厭惡——跟六個月前她第一次見到阿游時一模一樣。

「我趕他出去。」李礁從椅上站起來說。

「不要。」詠歎調說。索倫是黑斯的兒子。不論他是否真的有資格，定居者還是會把他跟她一樣視為領袖。「他跟我一起，是我邀他來的。」

「那他就可以留下。」阿游溫和地說。「我們開始吧。」

這讓她意外。她本來擔心阿游對索倫的反應——他們打從第一次見面開始就互相鄙視。

他們圍著桌子坐下。詠歎調把李礁投給她的不滿眼神看在眼裡，他認為索倫會攪亂議程。她不會讓那種事發生。

她坐在羅吼旁邊，這麼做感覺似乎正確，卻又有點不對勁，主要是阿游兩旁已經被李礁和馬龍坐去。羅吼斜躺在椅子上，喝了一大口樂斯酒。這動作給她的感受是憤怒而堅決。她很想奪走他手中的酒瓶，但他被剝奪的東西已經夠多了。

「黑斯與黑貂幾乎擁有所有優勢，正如大家知道的。」阿游道。「時間也對我們不利，我們必須盡快對他們發動攻勢。明天一早，我會率領一隊人馬去他們的營地，目標是救回炭渣，奪取浮力船，並取得永恆藍天的確切方向。為了規劃這次行動，我需要情報。」他對羅吼道：「我要知道你看到些什麼。」他又轉頭對索倫說：「還有你得到的消息。」

他說話的時候，血主的項鍊在他脖子上閃閃發亮，燭光照耀著他梳到腦後、但有幾綹垂落下來的頭髮。緊繃的深色上衣包裹著肩膀與手臂，但詠歎調很容易就想起藏在衣服裡面的標記。

她半年前遇見的那個目露兇光的粗獷獵人，幾乎已消失了，現在的他充滿自信，更加穩重，仍然令人望而生畏，但已能自制。他完全符合她對他的期待。

他的綠眼睛轉到她身上，停頓了一下，好像知道她的心思，才又挪到她旁邊的羅吼身上。

「你準備好就可以說了，羅吼。」他道。

羅吼沒有坐正，也沒有面對說話的對象，答道：「黑斯與黑貂聯手。他們駐紮在孤獨松與蛇河之間的高原上，在一片空曠地帶。那是個很大的營地，很像一座小城市。」

「為什麼在那裡？」阿游問道：「如果永恆藍天是在海的對面，為什麼把兵力集結在內陸？他們在等什麼？」

「如果我知道這些問題的答案，」羅吼道：「早就說了。」

詠歎調猛然回頭看他。他的表情乍看似乎是厭煩，但眼神中有種彷彿看到獵物的專注，卻是幾分鐘前還沒有的。他牢牢握住那瓶樂斯酒，手臂上幾條精瘦的肌肉繃得很緊。

她環顧會議桌，找尋其他緊張跡象。李礁上半身前傾，眼光好像要鑽進羅吼體內。馬龍緊張地看著入口，葛倫和小枝站在那兒，很像一對衛兵。就連索倫也發覺情況不對。他在阿游與羅吼之間看來看去，好像在推測某件所有人都知道、唯獨他不知道的事。

「還有什麼你知道，而且願意跟大家分享的情報呢？」阿游平靜地說，好像完全沒聽出羅吼話裡的芒刺。

「我看到一隊浮力船。」羅吼答道。「像停在洞外峭壁上的那種，據我計算，有十二艘，還有別種較小的飛船。它們都排列在高原上一艘分成很多區塊的大機器四周，那傢伙蜷縮起來像一條蛇。它非常巨大……每個單元都大得像一棟房子，不像是飛船。」

索倫不屑地哼一聲。「那艘分成很多單元，捲曲的東西叫作X12巨蜥號。」

羅吼的黑眼睛轉到他身上。「這很有幫助，定居者。我想經你這麼一說，我們就完全了解了。」

詠歎調從索倫看到羅吼，憂慮像冰塊流經她的血管。

「你們想知道巨蜥號是什麼？」索倫道：「我可以告訴你們。還有更好的法子，何不拆下牆上的毯子，我替你們在洞壁上畫幾個線條人？然後我們可以舉行降靈會、獻祭拜拜之類的。」索倫看著阿游：「或許你可以弄來幾面大鼓和半裸的女人？」

詠歎調有應付索倫的經驗，她已有準備。她從阿游望向馬龍：「畫圖有幫助嗎？」她問道，用實事求是的態度對抗索倫的冷嘲熱諷。

馬龍靠過來：「哦，是啊。那會有很大幫助。只要你能提供，任何有關浮力船的速度、飛行範圍、載貨容量、武裝火力等方面的規格，都很有幫助。還有船上的補給……真的，索倫，任何情報都有用。那樣我們就會知道我們需要的是哪種船，我們可以做更好的準備。是啊，圖形或你記得的任何情報。謝謝你。」

阿游對葛倫說：「拿紙張、尺和筆來。」

索倫從馬龍看到阿游，看到詠歎調，張口結舌。「我不要畫圖。我是開玩笑的。」

「你認為我們的處境是個玩笑？」詠歎調問。

「什麼？不是。但我不要幫野蠻——這些人。」

「他們照顧了你好幾天，你以為沒有這些人，你能活到今天？」

索倫看著周圍的人，好像想爭辯，卻什麼也沒說。

「你是唯一了解浮力船的人。」詠歎調繼續道：「你是專家。你也該告訴我們，你所知道的有關你父親跟黑貂合作的細節。我們知道得愈多愈好。」

索倫皺眉道：「妳在要我嗎？」

「我們剛才不是同意，這件事不是兒戲了嗎？」

「我為什麼要相信他們？」索倫問，好像周圍沒有外界人似的。

「如果說你別無選擇，怎麼樣？」

索倫憤怒的目光投向阿游，他正看著詠歎調，嘴唇抿在一起，好像在克制一個微笑。

「好吧。」索倫道：「我告訴你們我知道的事。就在夢幻城……倒塌前一刻，我攔截到我父親跟黑貂的通訊。」

夢幻城不僅倒塌，它根本就是被放棄了。數千人被拋棄，任他們死去——這是索倫的父親幹的好事。詠歎調可以理解索倫為什麼輕描淡寫，不願意這件事引起注意。

「黑貂和他幾名親信把永恆藍天的座標牢記下來。」他繼續道：「但光是知道它的位置還不夠。海上某處有一道流火的屏障，進入永恆藍天唯一的途徑就是打破這道屏障。不過黑貂說，他已經找到穿過屏障的方法。」

房間裡安靜下來。他們都知道，所謂的途徑就是炭渣。

阿游搓搓下巴，臉上第一次出現怒容。詠歎調看到他手背上縱橫交錯的白色疤痕，那是炭渣造成的。

「你確定炭渣在那兒？」他轉向羅吼問道：「你看見他了？」

「我確定。」羅吼道。

過了好幾秒鐘。

「有什麼要補充的嗎，羅吼？」阿游問道。

「你要聽更多？」羅吼坐正。「我來告訴你：炭渣跟一個名叫奇拉的女孩在一起。據小枝說，她曾經到我們村裡來過。我看到她帶炭渣進入那個叫作巨蜥號的東西。你知道那裡面還有誰？黑貂，殺死你姊姊的人。我們需要的飛船也在那兒，我認為光靠洞外那艘，不可能把我們所有人都載到永恆藍天去。在我看來，他們擁有所有的一切，我們什麼都沒有。就這麼回事，阿游。現在你知道情形了。你建議我們怎麼辦？待在這個悲慘的洞裡，繼續說廢話嗎？」

李礁一掌拍在桌上。「夠了！」他咆哮，從椅子上站起來。「你不可以用那種態度對他說話。我不准。」

「是因為悲痛。」馬龍柔聲道。

「我不在乎是因為什麼，但不能當作他這種行為的藉口。」

「說到藉口，」羅吼道：「你想找我的碴已經很久了，李礁。」他站起來，攤開雙手道：「看來你終於找到了。」

「這就是我的意思。」索倫搖頭道：「你們這些人跟動物一樣。我覺得像一個動物園管理員。」

「閉嘴，索倫。」詠歎調站起身，拉住羅吼手臂。「拜託，羅吼。坐下。」

他甩開她。詠歎調身子一縮，倒抽一口涼氣，全身被痛苦撕裂。她其實是用那隻好手去拉羅吼，但他動作太大，牽動她全身，受傷的雙頭肌燃起一陣火辣辣的痛楚。

阿游從椅子上跳起來。「羅吼！」

房間頓時安靜。

詠歎調用發抖的手臂撫著小腹。她強迫自己放鬆，隱瞞那波撕裂全身的痛苦。

羅吼羞愧地默默瞪著她。「我忘了。」他低聲道。

「我也忘了。沒關係，我很好。」

他不是故意要傷害她，他絕對不會。但仍然沒有人移動，沒有人發出聲音。

「我很好。」她再說一遍。

慢慢地，房間裡所有人的注意力轉移到阿游身上，他怒目瞪著羅吼，眼睛裡燃燒著憤怒。

4

游隼

憤怒使阿游覺得強壯而清醒，這是他踏進山洞以來最清醒的一刻。

他吸了幾口氣，強迫肌肉鬆弛下來，卸除攻擊的衝動。

「留下。」他道，看著羅吼，也看著詠歎調。「其他人通通離開。」

房間很快就空了。李礁用力推了幾下，壓制了索倫的抗議。阿熊是最後一個走出去的。阿游一直等到聽不見他手杖的敲擊聲，才開口。「痛嗎？」

詠歎調搖頭。

「不痛？」他道。她是為了保護羅吼而撒謊，看她站都站不穩的模樣，答案已很明顯。

她垂下頭，眼睛看著桌面。「不是他的錯。」

羅吼冷哼道：「真的嗎，阿游？你以為我會傷害她？故意？」

「你已經傷害了好幾個人，我敢確定。我想知道你還會對多少人下毒手。」

羅吼放聲大笑——笑聲苦澀、短促。「你知道說這種話有多好笑？我剛剛的行為只是意外——而你呢？我們之中是誰流了自己哥哥的血？」

憤怒淹沒了阿游。羅吼竟然用維谷的死指責他，卑鄙的招數——卑鄙到極點——完全出乎意料。

「我只警告你一次。」阿游道：「不要以為因為你是你，就可以在我面前愛怎麼說就怎麼說，愛怎麼做就怎麼做。你不可以。」

「為什麼？因為你現在是血主了嗎？我應該對你打躬作揖嗎，游隼？我應該像你那六隻忠狗一樣，跟在你後面嗎？」羅吼用下巴比一比阿游的胸前。「那塊鐵皮鑽到你腦子裡去了。」

「最好是那樣！我發過誓，我的生命屬於潮族。」

「你躲在誓言的背後，你躲在這裡。」

「告訴我你想做什麼，羅吼。」

「麗薇死了！她死了。」

「你以為我能把她帶回來？是這樣嗎？」他不能。他再也見不到他的姊姊了，這一點是永遠無法改變的。

「我要你做點什麼。別的不說，至少流一滴他媽的眼淚！然後去找黑貂報仇。割開他的喉嚨，把他燒成灰，就是不要躲在這塊岩石下面。」

「這塊岩石下面有四百一十二個人，我要對每個人負責。我們食物快沒了，選擇也快沒了。外面是一片火海，你卻以為我在躲？」

羅吼的聲音壓低，變成咆哮。「黑貂殺了她！他在十步的距離外用弩弓射麗薇。他——」

「別說了！」詠歎調喊道。「別說了，羅吼，不要用這種方式告訴他，不要這樣。」

「他用一支箭射穿你姊姊的心臟，然後站在那兒，看著生命從她身上流失。」

阿游一聽見弩弓這字眼，身體瞬間僵硬起來。他知道黑貂殺了麗薇，卻不知道過程。他不想知道。他有生之年都不能忘懷維谷死去的那一幕，他不需要再在噩夢中目睹姊姊被一根木棒穿心而過的場景。

羅吼搖頭。「我受夠。」他沒說出口，但「你了」二字在接下來的沈默節拍中回響。

他往外走去，但又回頭補充道：「繼續表現得好像什麼事都沒發生，游隼。繼續開你的會、管理你的部落、做所有其他事好了，我看透了，你就是這種人。」

他離開後，阿游抓住面前的椅子。他低頭看著桌面，盯著木頭的紋路，努力讓奔馳的脈搏放慢速度。羅吼的憤怒使房間裡充滿一種細密的燒焦氣息，感覺就像把煤煙吸進肺裡。

他們相識超過十年，幾乎天天在一起生活，從來沒吵過架，從來不像這樣對峙不下。他凡事都信賴羅吼，從沒預料到兩人之間的關係會發生變化。他從來沒想到，一旦麗薇離開人世，他會連羅吼也一起失去。

阿游搖搖頭。他太蠢了，任何東西都無法切斷他們的友誼。

「對不起，阿游。」詠歎調柔聲道：「他在傷心。」

他用緊縮的喉嚨吞下一口口水。「我知道。」他的口氣有點尖銳。但麗薇也是他的姊姊，是鷹爪之外，他在世上最後一個親人。她那麼擔心羅吼是怎麼回事？

「我只是說，他的行為跟平常不一樣。雖然他表現成那樣，但實際上他一點都不想跟你為敵。這是他最需要你的時刻。」

「他是我最好的朋友。」他抬頭看著她說。「我知道他的需要。」

除了麗薇和阿游——現在又多了詠歎調——羅吼只愛過一個人：他的祖母。好多年前，她去世時，他在村裡大吵大鬧，到處滋事，整整一個月才平靜下來。

也許那就是羅吼需要的。時間。

很多的時間。

「你不知道那是怎麼回事，阿游。他在邊緣城受的苦，還有後來。」

阿游靜止不動，難以置信地眨著眼睛看她。現在要他聽這些事，他真的會受不了。「妳說得對。」他挺直上身說。「雖然麗薇死的時候我不在場，但我本來應該在那兒的。我們最初的計畫，妳還記得嗎？我們說好要一起去的。我記得的是，妳跟羅吼沒等我就離開了。」

詠歎調訝異地瞪大她的灰眼睛。「我必須那麼做，否則你會失去潮族。」

他必須趕快離開，沮喪與憤怒仍在他心裡翻騰。他不想拿她當出氣筒，但他就是忍不住想頂回去。

「那是妳擅自作主。即使妳做得對，難道不能告訴我嗎？妳就不能說一聲，非得不留一個字就離開？妳是不告而別，詠歎調。」

「阿游，我……我沒想到你……我想我們該談談這件事。」

他不喜歡看到她眉間出現那些細細的線條，不喜歡看到她為他傷心。他根本不應該開口的。

「不用了。」他道：「結束了。忘了它吧。」

「但你顯然沒有忘。」

他不能假裝不是這樣。走進維谷的房間，發現她不告而別的那段記憶，仍不時在他心頭重演。每次離開她身邊，恐懼都會在他心頭點燃，在他耳畔低聲嘲弄，她可能會再度消失——雖然他知道她不會。就如同馬龍的說法，那是一種非理性的恐懼。但恐懼幾時理性過呢？

「明天早晨很快就到了。」他改換話題道。他們有太多別的事要考慮，沒時間執著於過去。

「我得組織一下。」

詠歎調的眉毛揪在一起。「組織？所以這回你要去？」

他的情緒逐漸冷卻下來。她以為他要離她而去，以為他明天會不帶她就離開，報復她上次離開他。

「我要我們一起去。」他忙不迭地解釋。「我知道妳傷口還會痛，但只要妳覺得可以，我需要妳參加這次任務。妳是定居者，也是外界人——兩者我們都會碰到——妳又跟黑斯和黑貂都打過交道。」

還有別的原因。她聰明又堅忍不拔，還是個敏銳的靈聽者。更重要的是，他不願意早晨跟她告別。但這些話他都沒說。他最不能忍受的就是一旦敞開自己的心之後，她卻再次選擇不跟他在一起。

「我願意參加任務。」詠歎調道。「我早就打算這麼做了。你說得對，我會痛，但我不怕承認這件事。」

然後她就離開了，也把洞室裡所有的空氣與光線都一併帶走。

5 詠歎調

詠歎調回到分配給定居者的那間洞室。

工作可以幫她釐清內心的憤怒與困惑，可以幫她忘記阿游與羅吼互相咆哮的聲音。說不定如果夠忙，她甚至可以把「妳是不告而別，詠歎調」這句話從腦海裡趕出去。

一個個蜷縮在鋪蓋裡的病人，一直延伸到陰影裡，茉莉在他們中間走來走去。有些定居者好像有了動靜，幾名潮族正在幫茉莉照顧他們。遠處的金髮一閃，引起她的注意。她看見小溪拿著一壺水，逐一分給他們。

詠歎調在茉莉身旁跪下。「她來這兒幹什麼？」

茉莉替一個年輕女孩蓋好毛毯。「啊。」她抬頭看見小溪，便道：「妳們兩個一開始處得不好，是嗎？」

「沒錯……但我們當中只有一個人該為此負責。」

茉莉嘟起嘴巴。「她知道她曾經對妳不好，她也很感謝妳把克拉拉帶回來。這是她表達心意的方式。」

小溪想必察覺她們在看她，因為她望過來，藍眼睛從詠歎調看到茉莉。詠歎調從中看不出歉意，也沒有謝意。

「很有趣的方式。」

「她很努力。」茉莉道：「而且她是個好女孩。她只是經歷了一段艱困的時光而已。」

詠歎調搖頭。她們不都經歷過艱困的時光嗎？

她著手工作，把水和藥物分給有動靜的定居者。她認識他們每一個人，但跟某些人比較熟悉。她跟母親的一位朋友說了幾句話，想魯明娜想得心痛，然後又去檢查盧恩、裘比得和迦勒的狀況。她的朋友都還沒有完全清醒，但靠近他們的感覺真好，使她內心沈睡了好幾個月的某個部分獲得滋養。

阿游和羅吼逐漸從她的思緒中消失，就連手臂也不痛了。她沈浸在工作當中，直到聽見兩個耳熟的聲音。

「給我一點水好嗎？」索倫問道。他坐起身，看起來夠健康，大可以自己去取水，但稍早的會議卻讓他的臉沒有血色。

小溪跪下來，把水壺遞過去。

「謝了。」索倫道。他慢慢喝水，眼光一直沒離開小溪，然後他微笑著把水壺交回去。「妳知道，以野蠻人而言，妳還真漂亮。」

「三天前，你把我的衣袖吐得一塌糊塗，定居者，那場面一點也不漂亮。」小溪站起身，走向下一個病人。

詠歎調差點笑出來。她想起小溪和麗薇曾經是很親密的朋友。小溪怎麼面對她的死訊？羅吼的悲痛直接而猛烈，表現在他的臉上、他的聲音。小溪的反應是如何呢？

說到這一點，阿游的反應又如何呢？

她嘆口氣，看看四周。她手臂傷成這個樣子，參加明天的任務真的能有貢獻嗎？定居者需要她在這兒陪伴他們嗎？但她知道，阿游才是她擔憂的主因。

他連談都不願意談，他們要怎麼撫平她造成的傷口？

鐘聲在洞穴裡迴盪。

「晚餐。」茉莉道。

感覺不像晚餐時間。沒有了太陽，現在可能是早晨、中午或午夜。詠歎調又緩緩吁出一口氣，轉動一下肩膀。她已經幫忙了好幾個小時。

小溪和另外幾個人離開後，茉莉走過來。「不餓嗎？」

詠歎調搖頭。「我什麼都不想吃。」她還沒準備好再度見到阿游和羅吼。她累了，不僅手臂痛，她的心也痛。

「我叫人送點東西過來。」茉莉拍拍她肩膀就離開了。

詠歎調再去查看迦勒的情形，發現他醒了。他困惑地對她眨眨眼睛，那頭色澤比佩絲莉略深的紅髮，因為出汗，已經結成塊。發燒使他嘴唇乾裂，眼神呆滯。

他以藝術家的精細慢慢審度她的臉。「我還以為妳看到我會開心一點兒。」

她在他身旁跪下。「我是啊，迦勒。我真的很高興看到你。」

「妳看起來很難過。」

「一分鐘前我真的很難過，但現在不了。有你跟我在一起，怎麼會難過呢？」

他淡淡一笑，眼光在洞裡掃了一圈。「這不是虛擬世界，對吧？」

她搖頭。「不是。」

「我想也不是。這種虛擬世界誰要來？」

她坐下，把手放在腿上。一團糾結的疼痛在她右臂雙頭肌的深處抽搐。「是沒人要來……但我們只剩這個。」

迦勒的目光回到她身上。「我全身痠痛，連牙齒都在痛。」

「你需要什麼嗎？我可以幫你拿藥，或者——」

「不用……留下就夠了。」他給她一個虛弱的微笑。「看到妳真好，讓我好過多了。妳變了，詠歎調。」

「是嗎？」她問，雖然她知道自己確實變了很多。從前他們常花一整個下午在虛擬世界裡遊蕩。搜尋最好的演奏會、最精彩的派對。她幾乎想不起來那時候的自己是什麼模樣了。

迦勒點頭道：「是的，妳變了。我好了以後，要為妳畫張像，改變了的詠歎調。」

「準備好的時候，告訴我一聲。我幫你弄些紙來。」

「真正的紙？」他眼睛一亮。迦勒只在虛擬世界裡塗鴉過。

她微笑道：「沒錯，真正的紙。」

他收斂起興奮的眼神，臉色變得很嚴肅。「索倫告訴我發生了什麼事，關於農業六區……還有佩絲莉。妳原諒他了嗎？」

詠歎調看一眼索倫，他在不遠處熟睡。她點點頭。「我不得不，為了救你出來。而且索倫患有大腦邊緣系統退化症候群——這種病會讓他的性情變得暴躁易怒。現在他靠藥物控制病情。」

「確定藥物有效嗎？」迦勒無力地笑著問。

詠歎調也笑了。既然他還能開玩笑，身體應該還不錯。

「佩絲莉不是他殺的。」迦勒道：「是因為那天晚上那場大火，不怪他。他告訴我時哭了，我從沒想到會看見索倫哭。我以為……我想他很自責。我想他留下來幫我們逃出夢幻城，就是為了那個晚上。」

詠歎調認同他的觀點，她對此感同身受。佩絲莉之所以會去農業六區，全是被她拉去的。經過那天晚上，她只要能力可及，便再也不會在危難中離開所愛之人。

迦勒用力閉上眼睛。「痛苦真是痛苦啊，妳知道嗎？它真是非常沈重的負擔。」

她知道。詠歎調躺下，靠在他身旁，覺得像是找到了自己的一部分。她從迦勒身上看到自己的過去。她看到佩絲莉和失去的家，她永遠不要忘記這一切。

「不怎麼像西斯汀大教堂，是嗎？」過了一會兒，她問，眼睛望著懸掛在黑暗中的那些犬牙交錯的鐘乳石。

「不像，這兒比較像煉獄①。」迦勒道。「但如果我們瞇起眼睛，瞇得很用力，可以把它們想成別的東西。」

她用好的那隻手臂比畫道，「那邊那個大的，像一顆獠牙。」

「唔，是啊。」迦勒在她身旁，把臉擠成一團。「那邊。那個看起來像……像獠牙。」

「左邊那個呢？也是獠牙嗎？」

「不對，那很明顯是門牙。且慢，不對……那是獠牙。」

「我一直想念你，迦勒。」

「我才超級想念妳呢。」他瞥她一眼。「我想我們都知道會有這種結果。自從那天晚上開始，每件事都在改變。感覺得出來……但妳會帶我們離開這兒，不是嗎？」

她深深注視他的眼睛，終於明白自己能在哪裡發揮作用。她參加任務會比待在這裡更有用，不管手臂痛不痛，或她跟阿游之間的緊張氣氛尚未化解。

「是的。」她道：「我會。」她告訴他黑斯與黑貂的密約，以及早晨她要參與的任務。

「所以妳又要離開。」她講完後，迦勒道。「我想我可以接受。」他打個呵欠，揉揉從前戴智慧眼罩的左眼，然後對她疲倦地一笑。「我們離開夢幻城時，跟妳在一起的那個外界人——他是妳難過的原因嗎？」

「是的。」她承認道。「那件事是我的錯，差不多啦。幾星期前，我試圖保護他……結果卻傷害了他。」

「很難搞，但我有個主意。我睡著以後，妳去找他道個歉。」他對她眨眨眼。「差不多啦。」

詠歎調笑了起來，她非常喜歡這主意。

6 游隼

「你選好隊伍了嗎？」李礁把更多柴枝扔進火堆，逗得火焰又活躍起來。「明天要帶哪些人去？」

阿游搓搓下巴，看著火光躍升，使他的朋友從黑暗中浮現。他看到六人組其餘成員，還有茉莉和馬龍。

時間不早了——晚餐幾小時前就吃過了——但他寧可多呼吸新鮮空氣，不想入睡。他們跟他到洞外來，先是一個、兩個，最後來了八個，在小小的沙灘上圍成一圈。他最親密的朋友，只少了羅吼和詠歎調。

---

① purgatory，稱作「煉獄」或「淨界」，天主教教義認為，未受洗之人和在世犯過小罪的人，死後靈魂都須在此修行淨化，等待進入天堂，常被藝術家刻畫成幽暗安靜的地方。

現在他在每個人眼中都看到李礁的疑問。阿游一直在考慮明天要帶哪些人出任務，他對自己的選擇很有把握，但他預期他們會有異議。

「你不在的時候，這裡一切都沒問題。」馬龍見他遲疑，便說道：「不用擔心。」

「我知道。」阿游說：「我知道不會有問題。」

他離開前會取下脖子上的血主項鍊，交給馬龍，再次把潮族託付給他守護，再沒有更適合照顧族人的人選了。

阿游往後靠，目光轉往南方，望著一團流火——有一場風暴正朝他們撲來。閃耀的紅光有催眠效果。本來應該很美的。

他看著李礁，強迫自己把該說的話說出口。「你要留下。」他望向六人組其他成員：「你們都留下。」

「為什麼？」迷路挺身問道。即使如此，他還是比懶洋洋歪在一旁的海德與海登矮。「我們做錯了什麼？」

「閉嘴，阿迷。」葛倫隔著火堆喊道。

「你才閉嘴。」迷路吼回去。「阿游，沒有人比我們更賣力為你作戰，還有誰比我們好？」

海德一巴掌打在弟弟頭上。「安靜哪，你這白癡。對不起，阿游，你繼續說……我們哪些方面讓你失望？」

「你們沒讓我失望，但這不是一場面對面的戰鬥。如果正面跟黑貂和黑斯對敵，我們根本沒有機會。」

「那你要帶誰？」阿迷問道。

來了，阿游想。「羅吼。」他道。

一陣沈默，火堆劈啪聲和海浪拍岸聲變得更響亮。

馬龍先開口。「游隼，我覺得這不是個好主意，想想他回來後，你們相處的情形。且不說你們兩位都痛失至親。」

阿游一直不懂「且不說」這字眼有什麼意義。不是已經說了嗎？麗薇忽然現身，在冷冽的海風中，在動盪的海浪裡，化為在他內心深處覺醒、開始用利爪撕裂他頭殼的一頭怪獸。

他把手指插進沙子裡，用力握緊，直到指節作痛。「羅吼是最適合的人選。」

沈默而致命的羅吼，是他心目中的一流刺客。而且他長相像定居者一樣清秀俊美，扮演外界人或地鼠都可以過關，機動性高——等他們對巨蜥號做完近距離評估，研擬攻擊計畫時，這會是一大優點。

「還有誰？」李礁追問。

「小溪。」

葛倫張大嘴巴，小枝嗆了一口氣，連忙清一下喉嚨掩飾過去。這兒沒有祕密：大家都知道阿游跟小溪有段過去。

表面上看來，小溪的優勢與羅吼相當。男人在她面前都唯唯諾諾，她說話他們都願意聽，這可能很有用。她的靈視能力跟海家三兄弟一樣好，箭法更精準，在困境中能保持冷靜。幾星期前，潮族的村子遭到突襲時，她沒有犯過一次失誤。阿游跟她是有一些衝突，但他需要她。

「還有詠歎調？」馬龍問道，他吊高了尾音。

「是的。」

他沒有錯過火堆對面那些驚訝的表情。每個人都知道她受了傷，每個人都知道他們吵了架，發生過爭執，或隨便什麼樣的不和。今天的作戰室名副其實是個戰場。

「我也要帶索倫一起去。」他徐徐出招。「他是唯一會駕駛浮力船的人，也是唯一能盡快把我們送到那兒的人。馬龍，你說我們可能只剩幾天時間。我不能浪費時間，靠兩條腿或騎馬趕到巨蜥號那兒。」

阿游看不出別的選擇。他需要速度，需要浮力船。雖然他寧可不這麼做，但他就是需要索倫。

「我重複一遍，免得誤會。」李礁道：「你要帶這些人同行？你認為這五個人能組成一個團隊？」

「是的。」阿游道。

「你拿我們的生命做賭注？」李礁逼問。

阿游點頭。「論戰力，黑貂與黑斯佔盡優勢，用武力跟他們對抗是沒有用的。我們必須小而犀利，像針尖一樣刺進去才有希望。」

大夥兒又安靜下來，幾道焦慮的目光投向南方。他們的質疑、焦慮與憤怒飄過來，阿游豎耳聆聽波浪。

潮族無聲的咆哮。

阿游走進帳棚，發現鷹爪仍醒著。

「你在做什麼，吱吱？」他問道，把弓箭擱在箱子上。時間早已過了午夜。

鷹爪坐起身，揉著眼睛說：「我做了噩夢。」

「最討厭噩夢了。」阿游解下腰帶，扔在一旁。「你還在等什麼？」他爬進鋪蓋：「到我這兒來。」

鷹爪爬到他身旁。他東鑽西鑽，圓滾滾的膝蓋幾次撞上阿游的肋骨，好一會兒才安分下來。

「我想念我們的房子。」他道：「你不想嗎？」

「想啊。」阿游瞪著頭上的帆布說道。他最想念的還是閣樓木板上的隙縫。好些年來，他已經高到不能在閣樓上抬頭挺胸了，但他不在乎，他就喜歡看著那一小塊天空進入夢鄉。

他開玩笑地敲一下鷹爪的手臂。「這兒也不壞呀，不是嗎？你跟柳兒好像過得滿好的。」

鷹爪聳聳肩膀。「是啊，也不壞。柳兒說，茉莉說你明天要離開去救炭渣。你為什麼一定要去，阿游叔叔？」

原來如此。這才是鷹爪睡不著的真正原因。

「因為炭渣需要我，就像你在夢幻城的時候需要我一樣。我還需要定居者的一些東西，好讓我們能到永恆藍天去。」

「如果你不回來，就只剩我了。」

「我會回來的，鷹爪。」

「我爸沒了。我媽跟麗薇姑姑——」

「喂。」阿游用一隻手肘撐起上半身，好看清姪兒的臉。他想找尋一點自己和麗薇的特徵，但他只看見——從鷹爪嚴肅的綠眼睛到黑色的鬈髮——維谷。他不能怪鷹爪害怕，但他無論如何都不會讓姪兒失望。「我會回來的，好嗎？」

鷹爪點頭，但那姿勢帶著些許的聽天由命。

「你知道我跟你父親之間發生了什麼事嗎？」阿游還來不及制止，話就脫口而出。他們還沒有談過維谷。關於維谷如何為了換取食物，把親生兒子鷹爪賣給定居者。還有小溪的妹妹克拉拉。不可原諒。但後來阿游殺了維谷——同樣不可原諒。他知道那種行為永遠會是他的噩夢。

鷹爪聳一下小肩膀。「我生病了。他把我送到定居者那裡去治好。我好了以後，你就把我接回來了。」

阿游仔細打量姪兒。鷹爪知道的比他透露的多。也許他只說阿游願意聽的話，也可能他還沒有準備好談這件事。隨便哪種可能，阿游都不會逼他。那麼做沒有意義。鷹爪不僅長得像維谷，他也同樣頑固，而且守口如瓶。

阿游躺回去，把頭枕在手臂上，回想他跟詠歎調的爭論。也許他確實在某些方面，跟他的姪子是一樣的。

「你想永恆藍天有地方釣魚嗎？」鷹爪問。

「當然。我打賭那兒有很多地方可以釣魚。」

「那就好。因為今天柳兒跟我抓到一些地龍②。好大隻。總共十一隻。真的好大。我把牠們裝在罐子裡。」

阿游努力專心聽鷹爪扯釣餌的事，但他眼皮愈來愈沈重。剛閉上眼睛，就又聽見帆布掀動。詠歎調一走進帳棚，就站著不動，瞇起眼睛在黑暗中找尋他們。

「我們在這裡。」阿游道。這是他唯一想到要說的話。他沒預期她來，但一看到她就覺得放下心頭一塊大石。

「嗨，詠歎調。」鷹爪愉快地打招呼。

「嗨，鷹爪。」她咬住嘴唇，瞥一眼身後的帳棚門簾。「我只是來……我要……我想我們待會兒見吧？」她提高尾音，像在發問。

阿游不知道該怎麼辦。鷹爪蜷起身子，躺在他旁邊，那是前幾個晚上詠歎調專屬的位子。他不能打發姪子離開，也不想讓她離開。

「妳不用走。」鷹爪道。他從阿游身上爬過去，換到他右邊。「還有空位。」

「好極了。」詠歎調道，鑽到阿游的另一邊。

很長一段時間，他無法相信她就在他身旁。然後他強烈意識到她的一切，她手臂搭在他胸前的重量，沾在她衣服上洞穴裡的寒氣，還有他最愛的紫羅蘭香味。

「你很安靜。」她道。

鷹爪咯咯笑道：「因為他喜歡妳。是不是，喳喳叔叔？」

---

② night crawler，一種大蚯蚓，常在夜間爬出地面，是釣者愛用的魚餌。

「我是喜歡。」阿游低頭偷窺，卻見詠歎調正看著他。她露出微笑，眼睛裡卻有擔心的陰影。「妳知道嗎？」

「即使我不告而別？」她使用他先前用過的字眼。

「是的。當然……我一直都……喜歡妳，詠歎調。」他咧開嘴巴，說這種話聽起來真像個傻瓜。他愛她——發自靈魂深處——改天他會告訴她，但不是現在鷹爪膝蓋頂著他的腎臟的時候。

詠歎調微笑。「我也一直都喜歡你。」

從她說話的方式，以及她情緒豁然開朗的方式。他知道她讀到他的心思，也有相同的感覺。她的嘴唇近在眼前。他在唇上印一個吻，雖然他想要更多，所有她願意給的他都要。

這讓鷹爪失控。他再也憋不住了，咯咯咯的笑聲極具傳染性，他們全都笑成一堆。

整整一小時後，帳棚才恢復平靜。阿游身上蓋滿了手臂、大腿和毛毯，熱得汗濕了他的上衣。一個月前才脫臼的肩膀，被詠歎調的頭壓得作痛。鷹爪又對著他的耳朵打呼，但他不記得這輩子有比現在更快活的時候。

夾在他們兩個中間，讓他想起第一次射箭。就像發現了一個全新、卻完全適合他的東西。

他盡可能保持清醒，品嘗箇中滋味，然後閉上眼睛，向睡魔投降。

7 詠歎調

浮力船。

她不喜歡這玩意兒。

詠歎調抬頭看著那架天鵝機，把它奇幻多變的外型看在眼裡。這艘載貨用的飛船從機首到尾端總長八十呎，流線造型，外表光滑，呈半透明狀，像一顆藍色的珍珠，色澤從機尾向前逐漸變淡，好像機身前端被陽光曬得褪了色，露出下面的透明玻璃。最前端當然就是駕駛艙。

「完美。」迦勒肅然起敬道。他身體還很衰弱，但他堅持到外面來送她。他們站在洞穴上方的懸崖，詠歎調正等著出發執行任務。「零缺點的設計與製造工藝。就像高第③設計了一艘現代飛船。」

詠歎調搖頭。「確實很漂亮。」但這不代表她喜歡它。才不過一星期前，她站在這艘浮力船的駕駛艙裡，目睹夢幻城在她面前倒塌。再早幾個月，她被人從浮力船上推出去，墜落在夢幻城外的無情沙漠裡等死。

這次應該會好一點。還可能更糟嗎？

---

③ Antoni Gaudí，西班牙建築大師，作品以巴塞隆納的聖家堂最著名。

「其他人在哪裡？」她打量周圍那一小撮人，問道。

幾名潮族前來送行。柳兒跟她的爺爺老威站在一起，跳蚤到處跑來跑去，東聞西嗅，忙碌得不得了。李礁和六人組中的兩人也在場，還有幾個她不認識的人。但截至目前為止，她是隊伍中唯一到場的。

雖然一整夜都睡在阿游懷裡，她還是覺得他們的爭吵壓在心上，他不肯談她如何傷害了他，也不肯談羅吼和麗薇。

感覺就是很多、很多話藏在心中不說。

「他們不過是慢一點。」迦勒道：「會來的。」

「最好快點。」海岸被一層濃霧籠罩，她看不見大家擔心的紅光，卻聽得見預期中的風暴，遠處漏斗的呼嘯聲讓她打了個寒顫。

離這兒五哩吧，她猜。他們得快點啟程。

「看見了嗎？」迦勒道：「索倫來了……還有裘比得？」

索倫已走到從海灘上山的之字形小徑頂端，他最好的朋友跟在一旁。裘比得走路慢條斯理，正符合他閒雲野鶴的個性。他連日來發燒，今天第一次外出，顯得特別愉快。像索倫一樣，他肩上搭著一個背包。

「這是怎麼回事？」李礁嘟噥道。「誰給我解釋一下，為什麼又多出一個他們的人？」

詠歎調覺得身旁的迦勒緊張起來。他也是「他們」之一。

索倫在李礁面前停步，抬起下巴。「這是我們的副指揮官裘比得。」他神氣活現道。

裘比得把眼前的亂髮撥開。在虛擬世界之外看到他，感覺很奇怪。看到他沒跟他的鼓和樂隊伙伴在一起，感覺更奇怪。「嗨，詠歎調和迦勒。還有，呃……哈囉，外界人。」

「不必。」李礁道：「不必說哈囉。你可以走了，定居者。你不屬於這小隊。」

裘比得瞪大眼睛，但索倫不讓步。

他扠起手臂。「裘比得去，我才去。」

「可以。」李礁道：「再見了，兩位。」

「你們誰會開浮力船。」索倫問，環視四方。「我看都不行。我們會。那不就是我們需要的？離開這兒的方法？我要求這支可悲的隊伍中，代表人數要平等。」

「平等？」李礁道：「洞裡只有四十個定居者。你們人數只及我們的十分之一。」

「以技術而論，我們這十分之一的價值要乘以一百倍。」

幾步外，小枝問葛倫：「這麼說來，他們跟我們比，誰比較有價值？」

「我不知道。」葛倫道。「越聽越糊塗。」

「上去吧，裘比得。」詠歎調指著天鵝機說。

十幾顆腦袋轉過來看她，其中首推李礁的眼神最銳利。

「索倫說得有理。」她道：「最好多帶一個會駕駛浮力船的人。萬一執行任務途中，任何狀況導致他無法駕駛，我們還有個後備。」

索倫一聽懂她的意思，臉上的表情頓時從得意洋洋變為震驚。

李礁的表情也發生劇變，但變化正好相反。他咧開大嘴微笑，滿臉欽佩地向她點一下頭。

「別站在那兒發呆。」他對索倫和裘比得說。「你們的正指揮官剛下達命令。登機吧。」

詠歎調抱一下迦勒，承諾很快就會與他再見，便跟他們一起上船。

機門開在貨艙，也就是飛船中段一塊空蕩蕩的寬敞空間。她跟索倫和裘比得一起走進前端駕駛艙，一屁股坐上艙裡的兩個座位，就開始為哪個按鍵控制哪種功能起了爭執。

真難以產生信心。

她靠在門上看他們爭鬧不休，同時豎起耳朵尋找阿游和羅吼的動靜。

她對於帶裘比得同行一點都不擔心。他完全無害，而且她也樂意讓另一個定居者參加小隊，他們愈能整合愈好。但索倫卻是另一回事。

她能信任他嗎？他答應交還鷹爪給她，也履行了諾言。但他畢竟曾經在農業六區攻擊過她。從前她信任過他的父親黑斯，如今看看她的下場。還有索倫的態度不佳，又跟阿游有段不愉快的過去。他唯一的貢獻就是駕駛技術，而且還不牢靠。

索倫意識到她在看他，便停止跟裘比得爭執。「什麼事？」

「你準備好了嗎？」她問。

他捲起嘴唇——洩漏他很緊張的信號。「這是哪門子問題？一切的準備豈有我不會之理？」

「你沒問題的啦。你已經飛過一次了，只要別墜毀就好。」

這話又讓他吃了一驚，滿臉佯笑變成比較自然的微笑。「我會盡力。」

詠歎調聽見阿游從背後走來。他把手搭在她腰上。

「讓船動起來，索倫。」他隔著她肩膀說：「讓我們超前那場風暴。」

透過擋風玻璃，她看到霧逐漸化開，露出南方一塊天空。那兒的流火呈螺旋形轉動，景象既恐怖又熟悉。閃爍的紅光比她想像中更明亮，像鮮血般令人震撼。乍看之下，不禁屏住了呼吸。

「我正等你出現呢，外界人。」索倫道。

阿游已離開了，他回頭往貨艙走，只有方才他的手碰過的部位，留下逐漸散失的暖意。

索倫撇嘴道：「詠歎調，拜託妳解釋一下，妳怎麼能……」

「我不會對你做任何解釋，索倫。」她說完後也離開。

她知道他要說什麼。農業六區那天晚上，阿游打碎了索倫的下巴。她知道他無法接受她跟阿游在一起的事實。

她看到阿游在貨艙的另一端，彎腰鑽進一間小儲藏室。稍早，她跟迦勒剛上到懸崖時，就把攜帶的物品放在那兒裝補給品的置物櫃裡。那兒有食物、藥品、露營用具，還有一間小廚房。最要緊的是，那房間裡有他們的武器。

佔用整面牆的置物櫃裡，擺滿了手槍、電擊槍以及她猜測是射程較遠的重型武器，還有護城警衛使用的其他武器，另外再加上阿游和小溪的弓和幾個裝得滿滿的箭囊。

一個扎實的彈藥庫，但感覺還是不夠。黑貂和黑斯加起來起碼有八百名手下。她在黑斯逃出夢幻城時，已看到他的實力。他帶走了所有警衛，選擇他們而放棄一般平民。但黑貂更讓她擔心。或許論科技力量他不及黑斯，但他非常狡猾，而且辣手無情。

他們面對的是兩種世界挑出來的菁英戰士。要想成功，他們需要的，不僅是放在後面的這些武器而已。

引擎嗡嗡嗡活了起來，讓她一驚。她把牆上的摺疊椅拉開，坐下，再把厚厚的安全帶拉過肩膀。

小溪從外面走進來，後面跟著羅吼。詠歎調聽見他們沿著舷梯走進機艙，卻沒有抬頭看。只靠一隻手扣上笨重的安全帶，幾乎不可能。她胡亂摸索，盡可能不叫痛。

羅吼在她面前跪下。「妳是真的需要幫忙，還是只想引我注意？」

「你真會說笑。」

他替她扣好安全帶，雙手敏捷又穩定；然後抬起頭，若有所思地看著她。

他眼睛裡都是血絲，滿臉黑色的鬍碴。這不是他的作風。羅吼不像阿游，他討厭鬍碴。他看起來好像一整個星期沒睡，而且再也不會睡覺。他眼睛裡的哀傷彷彿永遠不會消失。

「會好的，瓢蟲小妹。」他說。

羅吼愛給她取綽號。瓢蟲小妹是一個多星期前才取的。他們一起坐船，沿蛇河順流而下，船長就這麼稱呼她。這段回憶牽動了其他讓她心碎的記憶。羅吼淚流滿面，羅吼不肯說話，埋在許多層厚厚的哀傷底下。

現在他說話了，也化為一股變幻莫測的黑暗力量。

他真的會好嗎？

詠歎調把手放在他手上，希望說幾句有幫助的話。希望他知道她愛他，對他與阿游之間的緊張形勢感到遺憾。

羅吼微掀嘴角，一閃即逝的笑容還來不及進入他的黑眼睛。「知道了。」他說。

他聆聽她的思想，聽到了所有她想說的話。

她的目光越過他的肩膀，阿游站在駕駛艙門口，看著他們，臉上的表情深不可測。羅吼轉過身，兩人都靜止不動，用不會出現在朋友之間的狠毒眼光盯著對方。

一陣刺痛沿著詠歎調的脊椎爬上來，她覺得自己變成了他們之間的藩籬，而那是她最不想看到的事。

小溪已扣好安全帶，坐在對面看阿游盯著羅吼。貨艙門無聲地斷然闔上，索倫和裘比得針對飛船各個控制鍵的爭論變得更大聲，打破了圍困他們的沈默。

羅吼到駕駛艙去，指引他們前往他看到巨蜥號的地點。阿游跟在後面，保持警覺與專注。

索倫讓天鵝機脫離地面，機身一頓，所有人都覺得五臟六腑往下墜落。

坐在貨艙對面的小溪抱怨道：「我還以為他會飛這東西。」

「他是會飛。」詠歎調說：「問題在於降落。」

小溪將信將疑看她一眼。詠歎調若無其事面對她，努力不去猜測阿游究竟看上她哪一點。他以什麼方式對待她，她沒有理由吃醋，她也不想那麼做。

「羅吼說妳見過麗薇。」小溪道。

詠歎調點頭。「我只認識她一兩天。但……我喜歡她。非常喜歡。」

「她是我最要好的朋友。」小溪看一眼駕駛艙。「就像他們兩個一樣。」

阿游和羅吼站在駕駛艙內，各自靠著兩側的門框。從她這角度，只看到他們的側面，以及中間的空間。

他們無論想法和外貌，都非常不一樣，但他們的站姿完全相同。抱著手臂，腳踝交叉，那種姿勢既輕鬆又不失警覺。從羅吼回來以後，這是他倆靠得最近的一刻。

「是說像他們從前那樣。」小溪修正道。

「以前發生過這種情形嗎？」

「從來沒有過，我討厭這樣。」

難以置信。她們竟會對一件事有同感。

詠歎調把頭靠在艙壁上，閉上眼睛。浮力船嗡嗡作響，旅途開始平順，但她知道不會持久。

團隊。李礁稍早這麼稱呼他們。但他們不是團隊，連邊都沾不上。

他們不過六個人，卻有一打以上不同的目標。

無所謂。不可能有所謂。

他們要救回炭渣，他們要方位，還要很多艘浮力船載他們前往永恆藍天。

她眼睛霍然睜開，向羅吼望去。

他們要復仇。

8 游隼

索倫把天鵝機降落在一片空地上，他們距巨蜥號行動指揮中心約十哩。他們決定步行到一個制高點，在安全距離外觀察形勢。

阿游要求羅吼看守天鵝機。必須有人守護它，而阿游需要小溪的好眼力。羅吼聳一下肩膀，表示同意，裘比得自告奮勇一起留守。阿游在機外等候，希望索倫也要留下，他卻離開天鵝機，以慢跑的姿勢跟在詠歎調和小溪後面，走下舷梯。

索倫仍穿著定居者的灰色服裝，他在森林裡就像一條鯨魚那麼醒目，況且他還從補給室裡拿了一個重達四十磅的包包背在背上。

阿游搖頭道：「我們今晚就回來，你知道吧？」

索倫怒目瞪他一眼，兀自向前走。

他們爬到山頂上一堆裸露的岩石旁，這地方提供足夠的掩護。更重要的是，從這兒可以清楚看到山谷，巨蜥號藏在遠處一個小山坡後面。黑斯和黑貂一定在山頭上部署了崗哨，說不定還有巡邏隊。

阿游挨著詠歎調，坐在同一塊岩石上，展開監視。他們打算先從遠處評估有哪些選擇，再行接近。

他們脫離了海邊的流火風暴，這兒的流火比較平靜，一波波起落，沒有迴旋跌宕的渦流。他沒看到紅光，但他有預感它不久就會出現。濃密的雲層在空中流動，在高原上投下大塊陰影，他也嗅到即將下雨的氣味。

「你父親以前常說耐心是怎樣？」過了一會兒，詠歎調說。

阿游微笑。「它是獵人最好的武器。」他道，對詠歎調還記得他幾個月前告訴她的事覺得很開心。她的情緒消沈冷淡，跟輕鬆的語句並不相稱。

「妳還好嗎？」他問。

她遲疑一下，黯然的眼神讓他想起他們的爭執。「我很好。」她有點過分開朗地說，並歪了一下頭。「但索倫可能需要幫忙。」

阿游望過去，不由得笑起來。索倫把包包倒空，取出裡面所有東西。補給品攤得到處都是，他正拿著一副望遠鏡向遠處瞭望。

「阿游，正東。」小溪向他們喊道。

他搜索那邊的小丘，一架類似當初擄走鷹爪的飛船在高原上掠過。

索倫興奮地跳起來。「那是龍翼機，目前速度最快的飛行器。」

「它在繞圈子。」小溪道：「沿著特定路線圍繞巨蜥號打轉。」

「巡邏船。」阿游表示同意。

他們一直監視到下午，直到一團雷雨前線的圓塊積雲接近，遮蔽了天空。巡邏船每隔兩小時出動一次，每次路徑都相同。得到這項情報後，他們回到天鵝機。在貨艙裡討論可以採取哪些行動。

「我們跑不贏龍翼機。」索倫道。他用指節敲兩下天鵝機的金屬地板。「靠這個慢吞吞的傢伙毫無機會。」

他們環繞一個從補給室取來的手電筒坐成圓圈。阿游轉動控制鈕，把亮度調低，不消五分鐘，這東西的強光就害他頭痛起來。

「龍翼機設計來做兩件事。」索倫繼續道：「第一，捕捉它想抓的任何東西，第二，毀滅它。如果他們派出巡邏隊，顯然他們早已預期我們會來，最起碼這也代表他們沒有忘記我們在這兒。我們只要一接近，就可能跟他們發生戰鬥。一旦發生這種事，我們就完了。我們會被消滅。是不是，老裘？」

裘比得嚇了一跳，很意外竟然聽到自己的名字，然後他點頭道：「包管如此，滅得屍骨無存。」

「小枝跟我靠近過。」羅吼道。他站在一旁，獨自站在敞開的艙門口，一身黑衣跟黑暗融在一起。「徒步的話不難辦到。」

一陣冷風吹進浮力船。即將下雨的氣息愈來愈濃。

「你要徒步過去？」索倫道。「好啊，我們可以嘗試看看，就這樣跑過去，用長矛投擲巨蜥號的鋼鐵外壁。且慢，你們有投石機嗎？那種東西最棒了。」

羅吼聳聳肩膀——他根本不把索倫的話當一回事——詠歎調卻皺起眉頭。

阿游想起第一次遇到索倫時，他也同樣冷嘲熱諷。感覺那是很久以前的事了，雖然時隔不過半年。

「你有什麼建議，索倫？」他簡潔地問。他對索倫的耐性遠不及詠歎調。

「我建議我們弄一艘浮力船。沒有浮力船，休想闖入巨蜥號。不過我說的是龍翼機，不是這艘會飛的破船。最後，我很遺憾，必須告訴各位一個壞消息：我們不可能得手。」

「巨蜥號外面停了好多龍翼機，不是嗎？」小溪道。「我們可以分散開來，一部分人轉移巡邏隊的注意，其他人就有機會徒步接近艦隊。」

索倫哼了一聲。「你不可能走過去，搶一艘浮力船就跑。分散注意力這一招也不管用。巡邏隊受到干擾，一定立刻向駐守巨蜥號的指揮官報告。製造混亂，基本上就等於讓所有人提高警覺。」

「要是我們先跟他們聯絡呢？」詠歎調道。

「跟他們說什麼？你們企圖殺我們，我們覺得很難過？」

阿游靠過去，強迫自己無視索倫。「妳有什麼想法？」他問詠歎調。

「我們處理這件事的方式不對。」她道：「我們必須領先他們。」她看著索倫：「你能從這艘船駭進他們的系統，跟他們通話嗎？」

「說老實話，詠歎調，有時候我覺得妳真的一點都不了解我。」

「回答。」阿游斷然道。

「可以，我做得到。」索倫看著她。「但願這是我最後一遍告訴妳：任何系統我都駭得進去。」

詠歎調笑道：「太完美了。」

9　詠歎調

她的計畫是這樣的：他們傳送一個假消息給龍翼機，派巡邏船去協助一艘墜落的天鵝機——他們的偽裝。

按照詠歎調的推論，如果命令是來自定居者的指揮官，巡邏船就沒有理由去查證。巡邏船前來救援時，就會落入陷阱。詠歎調和阿游的團隊守株待兔，制住所有船員。他們接收巡邏船後，就可以扮成巡邏員，接近巨蜥號。

當初她尋找母親時，就是用這種方式混進極樂城。她換上警衛的制服，大搖大擺走進去。可以愚弄敵人的時候，何苦跟他們正面為敵？

「我喜歡這招。」她解釋完，羅吼道：「絕妙的好計策。」

詠歎調迎上他的目光，用微笑表示謝意。

「這會讓我們接近目標。」阿游點頭道：「比任何其他手段都更接近。」

詠歎調望向索倫，他瞪著虛空若有所思。她最想知道他對這計畫有什麼看法。

「一切都靠你了。」她道。「它能否行得通，全看你能不能突破巨蜥號的通訊系統。」

索倫看她一眼，點頭道：「我做得到，沒問題。」

她毫不懷疑這一點。索倫雖然愛惹麻煩，卻有一項她絕對信任的本領。嚴格說來，那也是所有麻煩的開始。

索倫站起身，眼睛裡的陰霾消失了，取而代之的是對挑戰的熱烈期待。「我得先查看巨蜥號的攻擊面，做個基本弱點分析。」

詠歎調聽不懂他的意思。從周遭那幾張臉上的空白表情研判，不止她一個人有困惑。

索倫翻個白眼，張開十指在空中扭動，說：「你們知道，近距離體驗一下安全系統，看看我在跟什麼東西打交道。」

裘比得爆笑出聲，但他見阿游站起身，立刻摀住嘴巴。

「呃，抱歉。」裘比得道。

她都忘記阿游發號施令多麼有權威了。他要的話，只用一個眼色就能讓人安靜下來。

「開始工作吧，索倫。」他道，然後轉向小溪和羅吼。「我們到外面去，我要把地形看個清楚。如果能把他們誘來，我要挑選最有利的地點埋伏。」

小溪看著索倫，張開手指扭動，模仿他方才的動作。「也就是說，我們要近距離體驗一下周圍地區，定居者，看看我們在跟什麼東西打交道。」

索倫緊盯著小溪，看她拿起弓箭，尾隨阿游和羅吼往外走。

「再說一遍，她叫什麼名字？」她走出去後，他問。

詠歎調站在那兒，努力藏起笑容。「蘿莉。」她突發奇想道。索倫惹惱了所有人，就讓他也上一次當吧。她靈感泉湧，又補了一句：「我看她很喜歡你，索倫。」

她隨即跑步到外面。

阿游繫上一條附槍套的黑色皮帶，佩戴了一柄定居者的手槍。他攜帶這種武器顯得很自在，雖然他一星期前才第一次摸到槍。他的弓箭也仍然放在腳邊。詠歎調暗自微笑。他沒有在兩種世界的武器之間做抉擇，他決定兩者併用。

「你需要我嗎？」她問。她的偵察能力不亞於羅吼和小溪，他們已經消失在陰影中。

阿游仰頭望去。他的頭髮用一根皮繩束在腦後，但有一綹頭髮落在額前，一道金色波浪搭在眉毛上。「妳要聽真話？」

詠歎調打起精神，準備聽有關她手臂的評語。「永遠都要。」

「我要說的正是這句話。但妳多注意一下這兒的情況可能比較好。」他咧嘴一笑，把弓箭掄到肩上。「我本想自己來，但我擔心我的拳頭會跑到索倫臉上去。」

她看著他離開，試著不去計較他的腳步好像太快了一點。他剛剛才說過，他永遠需要她。為什麼她不把心思放在這上頭。

他走到森林邊緣時，她喊道：「小心一點。」

她知道他會小心的，那麼說只為了讓他放慢腳步，把靠近他的感覺延長一點兒。

他回頭望，腳下卻沒有停，但把一隻手放在心上。

駕駛艙裡的索倫戴上了智慧眼罩。

「我從夢幻城把它帶出來。」他道：「想說萬一用得著就很方便。」

她靠在門口，嘟起嘴巴，不喜歡他的措辭。

如果方便等於有用，像她現在這樣一隻手不方便，該怎麼說？

索倫誤會了她的表情，以為她反對他使用智慧眼罩。「我不需要它或任何工具，但有了它我的速度會快十倍。」

「我知道。」她在另一張椅子上坐下，說道：「沒問題，你要用什麼都可以。」

詠歎調看了他一會兒。索倫忽而專心思考，透過智慧眼罩運作，忽而飛快敲打天鵝機儀表板上的控制鍵，在兩者之間來回切換。在工作當前，有問題要解決時，他完全變了一個人。

她透過擋風玻璃眺望在風中晃動的樹木，內心的焦慮不斷上升。樹林裡隱藏著危險。成群結隊、性情兇惡的流浪者，突如其來的流火風暴。她心頭一直浮現阿游手按胸口的畫面。

她坐不住，走出駕駛艙，到後面儲藏室裡搜尋野戰口糧——小包裝的食物。詠歎調替自己和裘比得選了義大利麵，又把一包肉餅扔給索倫。

她坐在舷梯頂端，這樣才能在阿游、羅吼和小溪回來時立刻看到他們。風勢愈來愈大，樹枝喀喀搖晃。

「這些樹看起來好奇怪。」裘比得在她身旁坐下，說道。

「那是因為它們是真實的。」

裘比得腦袋偏向一側，掠開臉上的亂髮。「對哦……說得有理。」

他們默然不語，她凝聚眼力，望著黑暗的樹林。為什麼他們還不回來？

雖然肚子咕咕叫，但她吃得很慢。手臂的痛楚愈來愈強烈，讓她有點作嘔，用左手進食也比較費事，滋味比泥巴好不了多少的食物更是幫不上忙。

裘比得比她先吃完，兀自找了兩根樹枝當鼓棒。「妳還唱歌嗎？」他在舷梯上敲打節拍，問道。

「唱得不多，最近比較忙。」

詠歎調認得那首歌的節奏，〈飛翔的心撞在一起〉——羅吼最喜歡的一首「打翻綠瓶子合唱團」的歌。金屬敲擊聲在她耳中震響，她覺得那兩根樹枝好像敲打在她腦門上，這麼一來，她簡直沒法子不想羅吼，並為他擔心了。

「真可惜，妳的歌聲最好聽了。」

「謝了，老裘。」

裘比得停止敲打，伸手揉揉眼睛，好像在找尋已經不在了的智慧眼罩。「妳想盧恩不會有事吧？還有迦勒和所有其他的人？」

她點頭，想起了茉莉。「照顧他們的人是醫道高手。」

詠歎調聽到自己的話，皺了一下眉頭。為什麼隨便說什麼，都會扯到愚蠢的手？

「妳知道貝多芬？」裘比得道：「他是聾子——即使不是全聾，耳朵也有問題——他只聽得見打擊或振動。我一直想著他，妳可知道？如果他做得到，我也該想得出對策。」

「什麼對策？」

「雖然再也沒有虛擬世界了，我還是一直試著分身。我總覺得是智慧眼罩壞了，好像我變成了聾子，好像拼圖少了一大塊。然後我才想起，現在我們只有這個了。剩下的只有真實。」

「會愈來愈容易。」

裘比得不再打鼓。「對不起，我不是抱怨，也不想忘恩負義。」

「忘恩負義？」

「妳救了我的命。」

「你一點也沒有忘恩負義，你也不欠我什麼，不需要做什麼特別的事。」

她的聲音充滿焦慮。她本來企圖安慰他，但她的口吻卻像在責備他。她低下頭，藏起滿臉痛苦的表情，卻在眼角瞥見一些小動作。

受傷的那隻手的手指在抽搐。她不知道原因何在。

她試著握拳，希望這是痊癒的徵兆。但手指沒有蜷縮起來，反而動也不動。她的手完全不聽使喚。

淚水模糊了視線，她無法思考。

她跳起身，跑下舷梯，衝進黑夜。

10 游隼

阿游幾乎已回到天鵝機，卻見詠歎調向他狂奔過來。

他立刻取下肩頭的弓，搭好箭，掃視森林裡有無敵蹤，不論是火、定居者，或任何東西。

「怎麼回事？」她跑近時，他問道。

「我不知道。」她喘著氣說，眼神渙散，驚惶不定。她用手抱著小腹。「沒事。」

她的目光在樹木間轉來轉去，望著地上的岩石，到處都看遍了，就是不看他。

阿游把弓掛回肩頭，把箭插回箭囊，吁了一口氣，放開恐懼。「發生了什麼事？」

她搖頭。「我說了沒事，別管它了。」

「妳沒跟我說實話。」

她用力閉上眼睛。「也許沒有，阿游，但是你呢？你不肯談麗薇，你不肯談羅吼，也不肯談我們。你說過去的事無所謂，但我覺得有所謂。你不肯談，就等於在我面前隱藏你自己。這難道不比撒謊更壞嗎？」

他點頭，終於理解了。這可以改善，他們做得到。

她對他眨眨眼，感到震驚。「你……你還笑？」

她淚水盈眶，他趕緊解釋。「我笑是因為我鬆了一口氣，詠歎調。一分鐘前，我還以為妳有生命的危險，但妳很安全。妳在這兒，我們在一起。比起妳在幾百哩外，我得擔心妳、想念妳，要好太多了。」

「我們在一起，不代表一切沒問題。」

他無法同意這句話。只要跟她在一起，他就心滿意足了，其他問題他們都可以合力解決，但他看得出來她不這麼想。「那妳告訴我該怎麼做，那就是我最想做的事。」

「你必須跟我交談。我們必須把所有小事、壞事都告訴彼此。或許當下會有點痛苦，但至少問題不會擴大。如果不那麼做，我們會繼續互相傷害，我不想再那麼做。」

「好吧，我向妳發誓，從現在開始我會說。妳會聽我的聲音聽到厭煩。但我認為，應該由妳開始說。」眼睛含淚的人可不是他

「現在嗎？」

「小溪和羅吼還沒回來，我們有點時間。」

詠歎調搖頭道：「我不知道該從哪裡開始。一開始只有一件事，但現在好像每件事都不對勁。」風勢加強，把她的頭髮吹到臉上，她把頭髮撥開。「我們所有的事都沒處理，阿游。夢幻城毀滅了，我們不得不把那麼多人丟下，你也必須放棄你的家，我喜歡那棟房子。我要跟你一起躺在閣樓上，透過屋頂的裂縫觀察流火——你說過你最喜歡那麼做？我們一直沒有機會做那件事，再也沒有機會了。」

她舉起受傷的手。「還有這個。我剛學會如何作戰；現在這隻手卻不管用了，我連浮力船上的安全帶都繫不住，連馬尾都綁不起來。」她又把手放回身旁。「炭渣成了俘虜。麗薇死了。羅吼……我不知道……我不知道如何幫助他。我不知道你們兩個出了什麼問題——然後還有你。我離開，傷了你的心，我好害怕我破壞了我們——」

「妳沒有。」

「那你為什麼不肯跟我談？」

壓力在他胸中堆積，加快他的脈搏，就跟他在山洞裡那種困獸的感覺如出一轍，這讓他想起那次走進維谷的房間，發現她已離去時的心情。他一直承受著那種壓力，直到她回來為止。

「我想忘記這件事，詠歎調。妳當著我的面中毒，差點送命。有一陣子……我以為妳真的離

開我了。」

「我是為了你而離開的，阿游。」

「我知道。我現在知道了。這讓我們兩個都受了傷，但我們熬過去了。我們的感情沒有因此破壞，反而變得更堅強。」

「真的嗎？」

「當然。妳看我們。我們度過了第一次爭吵……或者是第二次。」

詠歎調翻個白眼。「這次不算爭吵，昨天那次也不算。」

他微笑道：「妳這麼說，才真嚇到我了。」

她笑了起來。那是一種閃亮的聲音，在安靜的林間迸發光芒。從剛才看到她向他跑來開始，他第一次放下心來。

詠歎調仍然用手按著小腹。他很想把她的手拉過來，親吻她每一根手指，但他唯恐萬一這麼做會讓她的傷勢更不舒服。

他繞到她背後。

「阿游，你幹什——」

他攬住她肩膀，不讓她轉身。「相信我。」

他把她腦後的頭髮綰在一起，感覺她因驚訝而緊張，然後他用手指把她的頭髮往後梳。他好愛她的頭髮，黑得像條紋瑪瑙，散發出紫羅蘭香氣，在他手中像毯子般厚實。

他伸手取下自己用來綁頭髮的皮繩，替她把頭髮在頸根繫好。

「妳想要這樣嗎？」他問。

「這樣，嗯……更好。」

他彎腰親吻她耳朵下面的滑嫩肌膚。「這樣呢？」

「我不知道……再試試看？」

他微笑著用手臂環繞她，把她抱緊。他們前方，飛船裡的光從樹縫篩過來——她的世界跟他的世界融合在一起。「真的要我談？」

詠歎調向後靠，讓他承受她的體重。「是的。」

「妳會聽到很多跟我最喜歡的話題有關的事。」

「打獵嗎？」

他哈哈笑道。「不對。」他的手下滑到她臀部，摸到肌肉和堅硬的骨骼，然後又滑上來，撫著她腰身的曲線。「不是打獵。」她每個部分都令他瘋狂，他就這麼告訴她，讓她依偎著他，湊在她耳畔低語。

她猛然轉身，面對樹林，他知道她聽見羅吼和小溪。該回去了，但他仍抱住她，讓她多停留一會兒。

「妳為什麼出來，詠歎調？」他問。

她仰起頭，正視他的眼睛。「我必須找到你。」

「我知道。」他說：「離開妳的每一秒鐘，我都有同樣的感覺。」

他們回到貨艙，聽索倫評估結果。

阿游跟詠歎調、小溪、裘比得坐在一起，羅吼再次站在一旁，躲在陰影裡。

索倫兩腿岔開，雙手負在背後，先發出一聲自命不凡的嘆息，掃視他們的臉。雖然面前只有他們五個人，他卻一副對幾千個聽眾發表演講的架式。

「首先，我要說，你們的聰明才智都不足以欣賞我在這兒的成就，實在太可惜了。即使用最簡單的詞彙說，你們也未必聽得懂，我這下子真正命中要害了。」

阿游搖頭。索倫做的每件事都讓他惱火，但詠歎調似乎不為所動。

「你找到了什麼？」她問。

「我無往不利。我的重要性——」

「索倫。」

「哦，妳問的是那個計畫嗎？搞定了。」

詠歎調訝異地看了阿游一眼。索倫充其量只工作了兩小時吧。

「從頭到尾說明一遍。」阿游道。

「準備好了，」索倫堅持道：「開始行動吧。我們坐在這兒的每一分鐘，都在冒被他們發現的危險。」

阿游搓搓下巴，仔細觀察索倫，嗅聞他的情緒。

有點不對勁。在夢幻城的時候，索倫接受過控制情緒的實驗療法。即使他沒有再動粗的危險，但這些令人討厭的言詞背後仍埋藏著憤怒。即使詠歎調對索倫有信心，但阿游仍不信任他的心理狀態，也不信任他的忠貞。

黑斯真的會背棄索倫——他的兒子嗎？以阿游跟維谷相處的經驗，他知道家人之間還是可能出現叛徒。但說不定情況沒這麼簡單。索倫會不會把他們引進虎口？讓他們落入陷阱？

羅吼在陰影裡發話。「我贊成這個定居者。」

裘比得聳聳肩膀。「我一樣？」

「詠歎調和我決定該怎麼做。」阿游道。

「為什麼？」索倫怒聲道。「系統是我駭進去的，這艘飛船是我駕駛的。每件事都是我在做，你們做了什麼？為什麼不是你們聽我的命令？」

「因為你害怕。」阿游道。不如趁現在還沒有採取下一步行動，趕緊挑明了。他很少以靈嗅者的優勢操縱別人，挑撥他們情緒中流露的恐懼。如果索倫的病遲早要發作，他寧可現在發生，也不要等任務進行到一半。所以他步步進逼。

「你不知道你要什麼。是嗎，定居者？你以為一有機會就可以背叛我們？你以為可以活捉我們，讓你父親對你另眼看待？讓他重新肯定你？」

索倫動也不動，脖子上的青筋暴起。「別以為你因為基因突變，就有能力知道我腦子想什麼。你什麼也不懂。」

「我知道我在哪一邊，也知道我能應付壓力。」

阿游的話帶來一陣沈默。他一舉命中索倫的弱點，那是事實：索倫的自制力很脆弱，阿游已證明了這一點。

索倫咒罵一聲，撲上前來。「愚蠢的野蠻人！我早該殺了你。你該死！」

阿游飛快起身，把詠歎調拉到背後。羅吼拔出小刀，但小溪的距離最近。她往前一站，從背後的箭囊抽出一支箭。

「來啊。」她用鐵製的箭頭抵著索倫胸口。「再上前一步，定居者。引誘我啊。」

索倫的目光從阿游身上轉開，上下打量小溪的身材，說道：「我也接受引誘，隨時奉陪，蘿莉，全聽妳吩咐。」

很長一段時間，沒有人移動。阿游知道自己不是唯一一個滿腦子狐疑、希望了解剛才發生了什麼事的人。

然後小溪道：「見你個大頭鬼，蘿莉是誰呀？」

詠歎調在阿游身後噗嗤一笑，他立刻懂了。

羅吼把刀插回鞘裡，看她一眼。「妳還說我邪惡。」

索倫滿臉通紅。「你們都瘋了。」他咆哮道：「你們每一個人。」

詠歎調從阿游背後鑽出來。「我要知道你的規劃，索倫。展示一下好嗎？」她直奔駕駛艙，不容分說就把他拖了進去。

幹得好，阿游想道。這麼做正符合他們的需求，把計畫從頭到尾解說一遍，也讓索倫展現他的成績，給他一個重拾信心的機會。

「小溪。」趁其他人魚貫進入駕駛艙的當兒，阿游道：「謝謝妳。」

她頓了一下，把弓和箭放在牆邊。「你也會為我做同樣的事。」

阿游點頭。「但我可能會造成流血。」他說。

小溪的笑容一閃而過，但非常真摯。她瞥一眼駕駛艙。「我好想她，阿游……你呢？」

麗薇。「我也一樣。」他道。

小溪等他再說些什麼。說什麼呢？她跟羅吼和詠歎調到底期望他怎樣？他無法改變姊姊死亡的事實。如果他允許自己體認這件事，把他的心撕成兩半的那道傷口會裂得更大，他會因而失控，但他不能失控。不能在這裡，不能是現在。

「你想，我跟羅吼不難過嗎？」小溪問。

「不是的。」他抬起下巴，比著駕駛艙的方向。「我們該進去了。」

小溪搖搖頭，覺得很失望。「隨你。」她說，隨即走進駕駛艙。

阿游沒有跟進去。他靠在浮力船的艙壁上，用大拇指壓住眼睛，直到眼冒紅星，抹去了麗薇被弩箭插在心上的畫面。

接下來幾小時，他們從每個角度斟酌計畫的細節，夜色漸深，每一幕場景都討論得很透徹。羅吼開始打呵欠，接著是裘比得，後來每個人都打著呵欠跟睡魔搏鬥。大家都記熟了自己的角色，但詠歎調要求他們換上正確的服裝，還要走位——這是個好點子，因為裘比得和索倫都經驗不足。

他們在補給室的置物櫃找到警衛的制服。詠歎調和小溪拿了制服先離開，輪流在駕駛艙裡更衣，保持隱私。

阿游花了十秒鐘才明白，所有制服都不合身。他打開另一個置物櫃，想找出更多衣服，卻找到一個黑色的大塑膠袋。他一提起把手，就發現它很重，索倫在他背後發話。

「那是一艘充氣船，外界人。如果你要穿那個玩意兒，我就退出這次行動。」他冷哼一聲。「你不識字嗎？外面的大字寫得很清楚：『摩托船，小號。』」

阿游把那個袋子塞回儲物櫃。他用了全部的自制力，才沒有把金屬櫃門扯下來，砸到索倫臉上。

「有了，阿游。」裘比得挑起嘴角，露出歉意的笑容。他把一疊摺好的東西扔過來，「特大號。」

阿游一把接住，脫下上衣。

索倫在他背後吐了一口大氣。「那個刺青是永久的嗎？」他目瞪口呆道，接著他的注意力又被羅吼肩膀上的豹子圖案吸引。索倫張口想說什麼，但考慮之後，決定閉上嘴巴。

他害怕羅吼，這很明智。羅吼有時會變得殘酷無情，殺人不眨眼，阿游曾目睹過不少次。最近，感覺就像那是他唯一的面目。

羅吼朝阿游望過來，目光森冷陰鬱，但他的情緒卻是明亮的猩紅色。

正常情況下，羅吼會嘲弄索倫，但現在卻全然反常。他把面前的儲物櫃關上，轉身走人。

阿游穿上警衛制服，覺得它輕巧硬挺，質料很冷，稍微有點兒反光。他從未想過自己有朝一日會穿成一隻地鼠。擄走鷹爪的那些人就穿這種衣服，夢幻城槍擊詠歎調的人也一樣。阿游以為自己會因為這些原因而討厭這件衣服，卻很訝異地發現自己很喜歡它的觸感，就像披上一層有保護作用的蛇皮似的。

他們列隊走出浮力船時，他沒有錯過詠歎調多看他一眼的驚訝表情。他咧嘴一笑，然後意識到自己的想法——對於自己在有更重要的事需要擔憂時仍這麼在意她的感受，覺得不止一點點的自責。

外面的空地上，強風吹得落葉一波波掃過。雨雲在天空裡交織得沒有一絲縫隙，夜晚籠罩在無法穿透的黑暗中，小溪和詠歎調只好跑回浮力船去取手電筒。

雖然看不見流火，阿游的皮膚卻已被它刺痛。他很想知道烈焰的湍流是否已在雲層後面纏繞成漏斗，紅光會在何時出現。早晨的暴風雨是否會挾帶流火風暴？

小溪和詠歎調回來了，他們各自就位。索倫、裘比得跟詠歎調一起留在天鵝機上。小溪、阿游和羅吼則在樹林裡守候，準備在龍翼機來救援時將它包圍。阿游比個手勢，他們就衝過來，演習打倒警衛的過程，包括由誰發言，說些什麼。

他們花時間協調，如何擊倒警衛而不傷害他們。龍翼機例行配置四名機員，都是受過訓練的駕駛員，他們需要這些駕駛員，才能從黑貂與黑斯手中竊得浮力船。

四名駕駛員代表四架龍翼機，加上他們已經擁有的這架，就有足夠的空間把全體潮族送達永恆藍天。

「不要流血。」他們把所有細節從頭到尾演練了幾遍，然後阿游說道。「我們要照計畫進行。」

一致同意，每個人都點頭認可。

能做的他們都做了。

他們準備好了。

11 詠歎調

「所以……」索倫用顫抖的手指著駕駛座，他另一隻手緊緊抓著智慧眼罩。「我坐下來，然後就開始。」

「去吧。」詠歎調道。

「謝了。」索倫跌進椅子裡，一條腿開始抖動。

昨晚演習的時候，他都很平靜，所有的一切也都很平靜。但現在，大雨敲打著駕駛艙的玻璃，外面的灰色晨光中，樹木前翻後仰，風從艙門外呼嘯而入。

這不是流火風暴，但也夠讓詠歎調的胃緊張得抽搐。

「我們開始吧。」阿游道。

羅吼和小溪已在外面就位，只等任務啟動。

他們不會為了暴風雨而變更計畫。詠歎調來到外界之前，並不真正了解雨是怎麼回事。虛擬世界裡，下雨代表詩情畫意。夜晚跟朋友在山區小木屋聚首，最宜有雨。白天在咖啡館讀書，下雨也很有情調。但在現實世界裡，它只會劈哩啪啦打痛你的眼睛，凍僵肌肉，寒透骨髓。它有讓人不舒服的一面，他們希望龍翼機載來的警衛會因雨而手忙腳亂。

「我準備好了，」索倫道。「都安排好了。我在夢幻城做過一次同樣的事。記得嗎，老裘？」

另一個駕駛座上的裘比得坐得筆直，一改他平時的半癱瘓坐姿。「是啊，我記得。那次你讓我們擺脫了歷史考試。」

索倫嘴角一彎。「對啊……考試。」

詠歎調很好奇他是否想起從前的她：他們距離上學的日子何其遙遠。在夢幻城的聊天室耗上幾小時做功課，或分身到虛擬世界的生活，都已過去了。

「我一駭進他們的系統，」索倫道：「就可能被追蹤。我會盡可能設下障礙，但早晚會被找到。」

這一點他早已告訴他們了。任務可分為三部分。首先是破壞巨蜥號的安全系統，由他獨力處理。接著讓巡邏隊來找他們，以便奪取龍翼機——也就是第二部分。最後他們要假扮警衛，進入巨蜥號。

最壞的情況下，安全系統被侵入的行徑，會在他們進入巨蜥號內部搶救炭渣時敗露，但索倫預測，這件事最快要兩小時才會發生。如果依計行事，時間應該很充裕。

「知道了，索倫。」詠歎調說：「如果要攔截這梯次的巡邏隊，必須立刻開始行動。」

他點頭，臉上失去了血色。詠歎調注視他鬆開緊握在手中的智慧眼罩。他很費力地把眼罩湊到臉上，把那塊透明塑膠片放在左眼上。

一秒鐘過去了。兩秒，三秒。

索倫全身一緊，手指嵌進扶手裡。「我進去了。」他坐直上身，肩膀一震，膝蓋仍在上下抖動。「我們開始了。你在哪兒？我在哪兒？你在哪兒？我在哪兒？」

擋風玻璃外出現一個飄浮在空中的影像，索倫便停止叨唸。

那是他上半身的複製。透明的三D影像，長得跟他一模一樣，連下巴上那道纖細的疤痕都不缺。巨細靡遺複製了他身上的衣服——他們都穿的衣服：警衛的淺灰色飛行裝，袖子上有藍色的反光條。

這影像沒有背景，四周看不見房間或駕駛艙，整個化身像鬼魅般飄浮在空中。

「哼，別胡鬧。」索倫伸手撫平頭髮道：「我的頭髮哪有那麼難看，軍方使用的近似演算法真蹩腳。」他口中念念有詞，同時在天鵝機的儀表板上鍵入一連串指令。

詠歎調沒見過任何人同時這麼專注而瘋狂。阿游默默旁觀，她很想知道他從索倫的情緒中聞到些什麼。

「抱歉，你不能留下，索倫。」索倫道：「待會兒見，帥哥。」

那個三度空間的化身變得模糊而扁平，好像被夾在玻璃板中間。另一個人影在他們面前擴大成形：沒有生命、瞪著正前方的黑斯。

黑斯的體型比索倫壯碩，臉上稜角分明，一頭油亮的黑髮梳往腦後。只有那雙呆滯而凹陷的眼睛，透露他跟兒子的年齡差距有百歲以上。

索倫在駕駛座上動也不動，定睛看著父親的分身。黑斯把他丟在夢幻城，現在他想必在思量這件事。

詠歎調舔舔嘴唇。她已緊張得胃疼，但他們才剛開始呢。

阿游迎上她的目光，輕輕點一下頭，好像已聽見她懸在舌尖上的話。

「繼續，索倫。」詠歎調低聲道。「你做得很好。」

索倫似乎已鎮定下來。「我知道我做得很好。」他道，但聲調中卻沒有一貫的趾高氣揚。

黑斯的分身有了生氣，他挺起肩膀——就像索倫幾分鐘前那樣震了一下。現在它受索倫控制，他會像操縱木偶一般操縱這個化身，透過智慧眼罩指揮它。

「一直希望能像你一樣，老爸。」他壓低聲音道。「我連上巨蜥號的系統了。」

他的手指在天鵝機的儀表板上滑動，毫不費力地透過浮力船的儀器控制那個化身。詠歎調想道，這是他的強項，就像歌唱是她的強項一樣。

擋風玻璃前方亮起一面透明螢幕，分為三格。黑斯占據中間。右側的螢幕有好幾幅地圖，座標，和以藍色霓虹燈標示、可以上下捲動的飛行路線。左側螢幕顯示一個跟天鵝機類似的駕駛艙，只是小一點。那是龍翼機巡邏船——他們企圖奪取的飛船——內部。

四名身穿飛行服、戴頭盔的警衛分坐兩排。

黑斯——或該說，索倫扮演的黑斯——立刻發話，他的化身忽然滿身洋溢詠歎調熟知的權威感。「巡邏船阿爾法一九，這是司令一號，完畢。」

他停下，等這個訊息生效。

它確實有效。

絡。

龍翼機的飛行員擔心地交換眼色。司令一號就是黑斯執政官，最高層的頭兒直接跟他們聯

坐在通話器前面的警衛答道：「阿爾法一九收到，完畢。」

他們信了。詠歎調吁一口氣，注意到身旁的阿游也鬆弛下來。

「阿爾法一九。」黑斯的化身說：「大約三分鐘前——不，就算四分鐘好了——在你們返航路線上，有艘浮力船墜地，我們接到求救訊號。有誰可以告訴我，你們為什麼不回應？」

索倫扮演父親惟妙惟肖，以呼之欲出的優越感和瀕臨失控的敵意吐出每一個字。

「沒有求救訊號，長官。我們沒收到，完畢。」

「待命，一九。」黑斯道。索倫讓通訊繼續開著，讓警衛看到黑斯轉身，對一整個根本不存在，全憑各人想像的管制中心咆哮：「誰把座標告訴他。聽著，各位。我的兒子在那艘船上！」

「您的兒子，長官？」龍翼機的駕駛員道。他當然知道夢幻城倒塌時，索倫留在城裡，但那並不代表索倫沒有生路——或黑斯不歡迎他回來。

黑斯回過頭，對某個假想的部下說：「他回來後要檢查他的聽力。如果那些座標不立刻——」

載有飛行路線的那塊螢幕開始閃爍。新資訊不斷顯示——地圖、天鵝機的圖表、座標——像螢光的雨點從上往下降落。

黑斯湊上前，瞪著攝影機的鏡頭。「聽清楚，我要那艘船上的每個人一小時內到達這裡。如果你們讓我失望，就不用回來了。知道了嗎，阿爾法一九，完畢。」

「遵命，長官」的餘音猶在，黑斯的影像就消失了。

索倫切斷通訊。他往後靠著駕駛椅背，呼吸急促，胸口起伏。「我爸真是個混蛋。」過了一會兒，他道。

沒有人反對。這似乎讓他很洩氣，雖然話也是他說的。他瞇起眼睛，愁眉苦臉回到儀表板前，把天鵝機的動力完全關閉。

駕駛艙一片黑暗，這雖然是詠歎調意料中事，但仍嚇了一跳。雨水像小河般沿著擋風玻璃流下來。

詠歎調打開手電筒，光線照亮索倫的臉。

「瞧，」他咬緊牙關道：「多簡單。」

到目前為止，詠歎調想道。情況只會愈來愈危險。

他們離開駕駛艙，匆匆來到機門。她小跑步到外面，雨打著她的肩膀和臉，落在舷梯上的響聲紛雜。

小溪和羅吼在天鵝機後方，利用機尾和一頂野戰帳棚掩護，生了一堆火，蓋上大量青綠的樹枝。效果很逼真，浮力船尾端冒出大蓬黑煙，掩蓋它的形跡，也製造墜機的假象。

一陣強風吹過，詠歎調轉過頭，用濕透的衣袖壓住一聲咳嗽。

「我應該在前面。」索倫跑到她身旁。才出來一分鐘，她已全身濕透。「我應該第一個跟他們接觸。」

阿游搖頭。「不，我們按照原訂計畫行事。」

索倫猛然轉身，面對阿游。「你看到那些警衛有多麼緊張。如果不能馬上看到我，他們會更緊張。」

「錯了，定居者。你最有價值。他們預期你受到完善的保護，也就是像我們規劃的那樣，站在舷梯旁邊。」

「他說得對，索倫。」詠歎調道。

這次任務他們按照各自的長處，分配了不同的角色。阿游、羅吼和小溪知道如何在生死對峙時保持冷靜，他們的感官靈力也有明顯的優勢，較適合先跟警衛接戰。

「這是救援任務。」索倫不肯鬆口。「他們不會預期——」

「待在這兒！」阿游眼中冒出怒火。「不要離開這位置，要不然我發誓要再次打爛你的臉。」

他瞥一眼詠歎調，綠眼睛一閃而過，隨即跑離現場，每一步都迸出一片水花。他個子太高——太引人注目——但不消幾秒鐘，他就消失在空地邊緣的樹林裡。小溪和羅吼緊跟在後，三個人遁入在雨中更顯得朦朧的樹木陰影裡。

「他以為他是誰啊？」索倫道。

「他是血的統治者。」裘比得說。

「安靜！」詠歎調道，眼睛眺望著遠方群山。她用耳朵在沙沙雨聲中捕捉某個聲音，蜂鳴似的嗡嗡聲。隔著煙和雨的帷幕，她看到一個光點越過山巒，像一顆藍色的照明彈，直奔他們而來。

龍翼機。

它像一片刀鋒破空劈來，隨著它的接近，引擎聲愈來愈響亮，她不得不用雙手摀住耳朵。風雨交加，打在她臉上。詠歎調瑟縮一下，轉向一側躲避。眼睛一花，飛船就出現了，懸浮在百步外。

這景象使她的胃緊縮。她身旁的裘比得倒退一步，索倫低聲咒罵。龍翼機的線條流暢簡潔，閃閃發亮，像一滴月光，簡直就是速度的化身。

在她眼前，飛船的降落架從機腹展開，優雅地降落在雨水濕透的草地上。

艙門滑開，三名警衛跳出來，落地時濺起水花。

才三個人。也就是說，還有一名機員留在機上。

她挪動重心，脈搏狂跳。他們排練過這種場合該怎麼做。風險會增加——尤其對阿游而言——但他們有準備。他們辦得到。

警衛穿輕量服裝，戴頭盔和護目鏡，跟他們一樣。其中一人在飛船旁留守，另兩人穿過空地，向詠歎調走來。他們前進時很謹慎，槍口比著周遭地形，防範任何危險或威脅的跡象。

一道紅光在她胸前掃過，所有的一切都像在遠方，遙遠而緩慢。雨聲聽不見，大顆滴落她肩膀的水珠也消失了。一切退散，只剩下深種在她二頭肌裡的痛楚。

「手舉起來！舉高！」其中一個人喊道。

她身旁的索倫和裘比得都舉了手。詠歎調從視野邊緣看到彎曲的手指，才意識到自己也高舉雙手。她受傷的手臂不覺得痛，她還不知道自己能做這樣的動作。

遠處，羅吼從樹林裡出現，撲向看守龍翼機的那名警衛，他從後方接近，像頭豹子般靈巧而緊盯目標。

她完全看不清他撲噬的過程，他用那麼大的力道衝撞警衛，令她不由得往後一閃，覺得肺裡的空氣都被擠了出去。

才一眨眼，羅吼把那人推倒在地，立刻用膝蓋壓住那名警衛的脊椎，用定居者的手槍抵著他頭部。

索倫輕呼一聲，散發出野性的能量。她看過羅吼無情的效率，但索倫沒見過。

阿游從樹林裡衝出來，越過羅吼，鑽進龍翼機。接著小溪現身，來到兩名仍小心翼翼前進的警衛身後，他們渾然不知隊友已倒在羅吼腳下。

「放下武器！」小溪舉起槍，喝道。那兩人轉身，見到她手中的槍便呆住了。詠歎調從隱藏的槍套裡拔出自己的槍，用她並非慣用的左手拿武器，感覺有點笨拙，但她不認為有必要用它。

四名警衛都解除了武裝：阿游會對付飛船裡那個人，羅吼已解決了船外那個人，她和小溪則控制了空地上的兩個人。

一切都在控制之下。正如他們的計畫。

直到索倫伸手到背後，掏出一把槍。

12
游隼

阿游衝進龍翼機的駕駛艙，看到他的目標——留守的那名警衛正坐在駕駛座上。

那人伸手去抓腰帶上的佩槍，但他根本來不及摸到武器。

阿游抬膝撞擊警衛的臉。這不是他原先計畫的戰略，但空間太小。他抓住昏迷警衛的衣領，把他拖到機艙門口，扔進雨中，就摔在距離羅吼制伏的那個人幾步遠的地方。

阿游跳下龍翼機。他不需要跟羅吼說一個字，羅吼很清楚接下來該做什麼。

「我得手了，阿游。去吧。」他還沒邁開腳步，羅吼就說道。

阿游從他身旁衝過，奔向小溪。隔著積水的空地，天鵝機的尾巴下面還在冒煙。詠歎調、索倫和裘比得跟飛船對照，顯得那麼渺小，令他驚訝。小溪站在空地中間，介於兩架浮力船之間，用槍比著她從背後奇襲成功的兩名警衛。

那兩人仍拿著槍，評估眼前的形勢，阿游看著他們打量被制伏的同伴躺在羅吼腳下的泥濘裡，然後是小溪和詠歎調的槍，最後還有跑上前去的他。

警衛別無選擇，他們應該認清事實投降，他們也應該已經那麼做了，但有些事不對勁。

阿游距離小溪二十步時，看到索倫手中的槍。

「你們聽見她的話了！」索倫以最大音量吼道：「她叫你們放下武器！」

警衛從小溪看到阿游再看到索倫，動作猶豫不決。他們背對著背靠在一起，舉起了槍。

「放下！」索倫叫道。

他們會的。阿游很想大喊。給他們機會，他們會做的！

他吞下那些字句。恐慌只會助長恐慌，喊叫只會讓情況變糟。

索倫伸直手臂，他的槍在兩個警衛身上比來比去。「我告訴你們，放下武器！」

砰一聲劃破空氣，雖然在雨聲中變得模糊，卻無疑是槍聲。

索倫開槍了，後座力使他往後晃了一下。

槍聲立刻大作，警衛開始還擊。

小溪尖叫一聲，倒在地上。詠歎調、索倫和裘比得四散逃開，躲進天鵝機。

阿游全身每根肌肉都想奔到他們那兒去，但他卻撲倒地面。子彈在他四周飛過，打在潮濕的泥土上嗤嗤作響。他在雨水中不斷翻滾，空地上找不到掩蔽的地方。

槍聲停了，傾盆大雨聲填補了留下的沈默。他抬起頭，兩名警衛正往樹林裡跑。較矮的那個邊跑邊回過頭掃射蹲在龍翼機旁邊的羅吼。

羅吼閃到機身下，消失在另一邊。

更多槍聲，呼嘯著從頭上飛過，擋住去詠歎調那兒的路，擊中阿游手臂旁邊的爛泥。

他不加理會，兀自舉起槍，發揮他知道的所有關於射擊的知識。他放鬆肌肉，讓手臂的骨骼支撐武器。然後瞄準、吐氣，發射兩槍。稍做調整，他找到另一個人，又開了兩槍。

全部命中目標。每一發都致命。

兩名警衛躺平在森林邊緣。

他們還沒倒地，阿游就跳起身。他慌亂地在厚厚的爛泥裡尋找立足點，半跑半滑行，衝進天鵝機，心裡只有一個念頭，只有一個人。

「我沒事。」他趕到詠歡調身旁時，她這麼說。

他還是扶著她肩膀，把她從頭到腳，從腳到頭，看個清楚。她確實沒事。他等著心情變輕鬆，卻輕鬆不下來。

「阿游，你呢？」詠歡調反問，眼睛眯了起來。

他搖頭。「沒。」

慘叫聲轉移了他的注意力。裘比得在不遠處抱著大腿，痛得在地上打滾。小溪跪在他身旁，血從她頭頂一道傷口湧出，沿著一邊臉頰流下來。

「我沒關係，阿游。」她道：「只是擦傷，他的傷勢嚴重，他們打中他的腿。」

詠歡調來到裘比得另一側。「讓我看看，老裘。鎮定下來，讓我看看。」

阿游望向空地另一頭。羅吼站在龍翼機旁邊，腳下躺著另兩名警衛。阿游吹一聲口哨，羅吼抬起頭搖了搖，阿游就懂了。羅吼射殺了他們，他必須這麼做。索倫一開火，就不可能有別種結局。

阿游的視野縮成一個點，他的怒火也集中在那一點。他猛然轉身，一把抓住索倫的衣領。

「你到底有什麼問題？」他吼道。

「他們不把槍放下！」

索倫掙扎，但阿游抓著他不放。「你沒給他們機會！」

「有，我有給！放下槍要多少時間？一小時嗎？」索倫不動了，不再抗拒阿游的掌握。「那一槍本來只是警告！我沒想到他們會還擊！」

阿游無法回應。他很想再次打斷索倫的下巴，讓他永遠不能再說一個字。「我上次就該把你幹掉的，定居者。」

羅吼跑過來。「我們該走了，阿游。時間不等人。」

「你回去。」阿游鬆開索倫，推他一記，道：「不要你出這趟任務了。」

索倫很危險，現在阿游無論如何都不要他進入巨蜥號了。

「哼，是嗎？誰替你開龍翼機？」索倫朝裘比得撇一下頭。「他嗎？我看是不行。誰帶你進入巨蜥號去找炭渣？你以為隨便逛逛就會碰到他，野蠻人？」

「我該學習駕駛浮力船的。」詠歎調說。

她語帶諷刺，情緒卻冷得像冰。阿游將它吸入，讓它冷卻心頭的怒火。

「我們得帶他去，阿游。」她道：「警衛都死了。裘比得和小溪又受了傷。如果索倫不來，計畫就完了。」

阿游看著索倫。「到龍翼機裡面去等著。不先跟我報備，你連眼睛都不許眨。」

索倫大步走開，一路嘟噥道：「我在眨眼，野蠻人。我現在就在眨。」

「索倫。」羅吼喊道。索倫回頭看時，羅吼把刀往空中拋去。刀尖翻滾著往索倫的方向飛，他尖叫著躲向一旁。

刀尖以毫髮之差沒有命中他，這一定就是羅吼的本意，羅吼從不失誤。

「你瘋了嗎？」索倫喊道，氣得滿臉通紅。

羅吼跑過去，冷靜地拾起刀，狠狠地使勁把刀插回鞘內。「這才是正確的警告方式。」

阿游看著他們走到龍翼機那兒。方向相同，中間隔開二十步。然後他把裘比得抱進天鵝機，放在駕駛座上。

詠歎調已在船上。她在裘比得腿上綁妥止血帶，在小溪頭上包紮了繃帶，同時指示小溪治療裘比得的傷口。抗凝血劑，加壓，止痛藥。所有用品在她腳邊的醫療箱裡都找得到。

裘比得不停嘀咕，一遍又一遍問他會不會死。他腿上流出的血混合雨水，滴在機艙地板上。在阿游看來，這一槍只擊中肌肉，子彈穿過，傷口很乾淨。以槍傷而言，情況還算不錯。但裘比得就是要喋喋不休，直到詠歎調用手摀住他嘴巴，示意他安靜。

「聽著。」她道。「你必須駕駛這架飛船，裘比得。回山洞去，小溪認得路，到了那兒，他們會照顧你們。」

「我們會回去的。」小溪露出笑容道：「別擔心我們。去吧，祝你們好運。」

「妳也好運，小溪。」詠歎調說：「一路平安。」她隨即衝出駕駛艙。

阿游在舷梯口追上她。傾盆大雨落在空地上，像一片瀑布擋在外面。他攬住她的臂部，唯恐弄痛她的手臂——這也是個問題。

四人死亡，兩人受傷。

他們還沒看到巨蜥號呢。

「詠歎調，太危險了——」

「我跟你去，阿游。」她轉身面對他。「我們要救回炭渣，我們要取得浮力船，然後我們去永恆藍天。我們一起發動這個計畫，也要一起完成。」

13 詠歎調

索倫駕駛龍翼機，他們加速穿過暴雨，向巨蜥號飛去。安靜的駕駛艙裡，聽得見每個人不平穩的呼吸聲。他們宛如一個壓力四重奏，每個人都在努力集中精神。

詠歎調的背貼著椅背。這段旅程很顛簸，比搭乘天鵝機激烈多了，龍翼機加速像打架一樣，她抽痛的手臂對每個小震動都有反應。

索倫和羅吼坐前面的兩個位子，指揮官與駕駛員。她和阿游坐在後面。

半小時前，同樣的位子上坐著四個男人。她的椅子上還留著其中一人的體溫，透過衣服滲入她的大腿和背部。她好冷，全身濕透了在發抖，但那份暖意——某個人生命最後的餘溫——使她很想從皮膚裡鑽出來。

是她的錯嗎？槍機不是她扣下的，但那有差別嗎？她眼光移到索倫背上。她帶他去潮族，她曾信任他。

阿游在她身旁坐得筆挺。他渾身泥濘、血跡，非常專注，他的靜止跟不斷從他頭髮上滴落的雨水恰成反比。他從一開始就反對索倫，詠歎調想道，她是否當初就該聽他的話。

她把注意力轉回擋風玻璃上。模糊的樹影掠過，巨蜥號駐紮的那片山，以驚人的速度逼近。

「再五分鐘。」索倫道。

五分鐘後抵達巨蜥號。他們直搗虎穴——那兒會有兩頭猛虎。

她眼前浮現黑斯，他把人命看得一文不值。*旅途平安，詠歎調*，他曾說，然後立刻把她扔到外界等死。他對留在夢幻城那幾千個人，做的是同樣的事。他告訴他們，他會修理所有的損壞；然後把他們拋棄在倒塌的密閉城市裡。

若說黑斯殺人不見血，黑貂更是不折不扣的兇手。殺人對他而言是種個人行為；他對麗薇發射弩箭時，還盯著她的眼睛看。

詠歎調咬住下唇，喉頭湧起對阿游的心痛。她也為羅吼、鷹爪和小溪心痛。現在興起這念頭實在愚蠢，但悲傷就像沾在他們身上的爛泥，難以收拾。一旦乘虛而入，很快就濺得到處都是。

「我也要學開這種機器。」阿游道，聲音很低沈。「然後跟妳比賽。」

他的綠眼睛帶著一抹笑意，少許愉快的好勝心。或許他真的想駕駛浮力船，也或許他就是知道，說什麼樣的話能讓她平靜下來。

「你會輸給她。」羅吼在前座說道。

他在開玩笑，詠歎調想道，但阿游沒有回應，沈默中度過的每一秒鐘，都讓羅吼的話顯得更不友善。

所幸索倫打破沈默，讓她鬆了一口氣。「我追蹤前五次飛行路線，都沒有差別。我要從前幾次任務抽取聲音樣本，做些修改，拼接起來。這可以讓我們通過通訊協定，使一切顯得合於常軌，他們不會發現異狀。」

他們稍早已排練過這部分，因為警衛即使還活著，也能透過立即通訊破壞整個計畫。索倫負責把已喪命警衛的錄音剪接起來，重新利用，延續他們還在出勤的假象。虛擬世界——曾經是他們生活的全部——變成一種武器，幫助他們維繫巡邏隊正常的外表。

索倫把這件事重述一遍，揮舞雙手，展示他的功勞，算不算一種致歉的方式？

詠歎調清一下喉嚨。她配合演出，詢問更多他們早已知道的資訊。他們需要團結，尤其是現在。

「到了那兒以後呢？」她問。

「都準備好了。」索倫道：「資料都在這裡。」

他按了幾個鍵。就如同在天鵝機上一樣，透明螢幕上出現一張巨蜥號的平面圖。巨蜥號的外觀類似一個由許多獨立單元組成的螺旋圈，各單元可以連接或拆開，就像舊式的火車車廂。每個單元都可以切割出來獨立存在，或像是索倫在解說流程中所謂的自主，每個單元都能單獨移動或戰鬥。

靜止狀態的巨蜥號會像蛇一般盤旋起來，跟夢幻城的設計採用相同原則。外圍的單元有防禦和支援的功能，內圈三個位於螺旋中央的單元是最高保全與最高優先，最重要的人物都住在那兒。

「我父親和黑貂一定在這幾個核心單元裡。」索倫把它們標示出來說。「我猜炭渣也在那兒。」

他們就根據這猜測，拿生命去冒險。

「降落場位於這個區塊的南端。」索倫點亮圖面上的一區，說道：「中央走廊的入口在它正對面，也就是北端。我們得去那兒，它可以讓我們直接進入巨蜥號內部，不必經過其他區域。」

「你可以讓我們進入那條走廊？」她問道。

「毫無疑問，把守很嚴密，但我們到了那兒，我會設法駭到密碼。稍早我嘗試過，但除非我在現場，否則無法進行。」

「要是你駭不到怎麼辦？」

「我們就採取大聲公計畫。炸藥。」

索倫說話時沒有他一貫誇大的語氣。他犯了一個錯誤，他自己也知道。她看一眼阿游，希望他也發覺了這一點，但他好像沈浸在自己的思緒中。

「三分鐘。」飛越幾分鐘前看起來還非常遙遠的山頂時，索倫道。

一波腎上腺素湧進她全身。看到了，巨蜥號坐鎮在高原的中央。

索倫倒數最後兩分鐘，詠歎調覺得龍翼機逐漸下降。他們接近成排羅列在高原上的飛船時，她的脈搏不斷加快。她看到十架天鵝機，較小型的龍翼機數量有兩倍。才不過八天前，同樣這些飛行機還停在夢幻城的機庫裡。

索倫把龍翼機飛向跑道——在艦隊中間闢出的一條長條形泥土路。巨蜥號的南側，隔著濃密雨幕，聳峙在對面，顯得陰森而雄偉。

龍翼機觸地時輕輕一震。幾名警衛走出巨蜥號，沿著跑道向他們跑來。

「他們只是來檢修浮力船。」索倫回答所有人心頭的疑問。「別擔心，這是飛行後的標準程序。把頭盔戴上，門打開時，直接走進巨蜥號。地面工作人員由我應付，我會追上你們。對了，盡量表現得好像來過這兒的樣子。」

詠歎調瞥一眼索倫。雖然他很難相處，但若非有他，他們絕對到不了這裡。

她戴上頭盔。太大，而且隱隱有嘔吐物的臭味和汗酸味。

她走出駕駛艙，強迫自己無視雙頭肌蔓延的疼痛，把手臂打直，必須這麼做才顯得正常。

「走吧。」艙門開啟前，索倫說道。

強風捲著雨水噴上她的面甲。

詠歎調跳下地面，後面跟著羅吼和阿游。一踩上泥濘，她就覺得兩腿沈重，雨滴比她預期的更大。東倒西歪走了幾步，她才站穩。阿游和羅吼都伸手幫忙，但她挺起身，不理他們。她不認為警衛會在同伴跌倒時趕上來攙扶。

在她身後，索倫跟地面工作人員交談。他嗓門很大，充滿自信，好像什麼都知道似的。

隔著打滿雨水的面甲，她看見四周都是高聳的浮力船，光滑而沈默。雖然有羅吼和阿游在旁，她仍覺得暴露無遺。那些巨大的飛船就像觀眾，在她經過時觀察她。

警衛制服可防水，但汗卻沿著她前胸後背流下來，使制服黏在身上。

每走一步，巨蜥號就好像變得更大，大到她懷疑它根本不可能移動。走近時，她看見有尖釘的大輪子——每個都有好幾呎高。她曾經因為它盤繞的構造而覺得它像蛇，但現在她認為它比較像蜈蚣。

兩名警衛站在一個突出的小屋簷下，把守入口，佩戴著曾經打穿她的手臂和裘比得大腿的武器。她看到入口兩側都有染成黑色的玻璃窗。

有人監視他們嗎？黑斯？黑貂？雨勢這麼大，他們能看得多清楚？

索倫從她身旁衝過，沿著坡道跑上去，通過警衛面前，進入巨蜥號，絲毫沒有放慢腳步。門衛在詠歎調、阿游和羅吼跟上去時，只點頭示意。

走進裡面，左右都是鋼鐵走廊，寬度僅夠兩個人並肩站立。索倫帶著他們向右跑，詠歎調的呼吸變得急促。

十分鐘前，他差點搞砸了整個任務；現在他卻靠著智慧眼罩裡的平面設計圖，主導全局。詠歎調抓住阿游的手臂，要他放慢速度，要他們全體放慢速度。他們太吵了，太醒目了。阿游、羅吼、索倫都是大塊頭，她旁邊至少有五百磅的重量在奔跑，巨蜥號已感覺到了。他們在走廊裡製造出一場小型地震，地板震動，提醒她這不是個固定的結構。

他們經過兩扇門，三扇，五扇。

索倫把它們帶往下一扇門——裝備室。對面牆上掛著一排排跟他們身上穿的一模一樣的飛行裝，頭盔和武器放在狹窄的儲物櫃裡。

索倫跑到一個儲物櫃前，搜索一陣。他取出一把又小又短的黑槍，槍筒很粗。「手榴彈發射器。」他說：「大聲公計畫用。」

他們脫下飛行盔，換了新武器。阿游拿了一段繩子，繞在肩上。他們魚貫回到走廊，再次由索倫帶頭，他加快腳步，只差沒有開步跑，一馬當先在彎彎曲曲的走廊裡覓路。每轉一個彎，詠歎調都會擔心，離開時必須再轉一次才走得出去。

有個來自後方某處的聲音傳進她耳裡。詠歎調跟羅吼四目相對，他也聽見了，有人走過來。到目前為止，他們一直沒碰到別人，但好運已經結束了。

羅吼輕吹一聲口哨，前面的阿游立刻轉身回應。他們一起向聲音的來處衝去，動作迅速一致，詠歎調只覺他們經過面前時帶起一陣風，兩人轉個彎就不見了。

詠歎調強迫自己繼續跟索倫走——前往中央走道——雖然她有種去追趕他們的迫切衝動。她加快腳步，再回頭看一眼，卻撞上索倫的胸膛。詠歎調被彈回來，嚇了一跳。

索倫雙臂交叉站在那兒，滿臉笑容。「很刺激，不是嗎？」

「你幹嘛停下？」她滿懷恐懼地問道。他做這種事竟然還樂在其中。

「我們到了。」索倫歪歪頭，對一扇厚重的門示意，門旁有塊黑色的通行授權面板。「就是這裡。」

門上沒有記號，看起來一點也不像她心目中通往巨蜥號高安檢區的那種門戶。

然後她忽然想起了，她會在門後找到炭渣。

還有黑斯。

還有黑貂。

索倫跪在面板前面。他扭動一下指關節，輕敲一下，讓面板亮起來，然後熟練地從一個保全介面轉換到下一個。

看著他，她想起了農業六區。她想起幾個月前那個晚上，眼前驀然跳出索倫的手掐住她喉嚨的畫面。詠歎調搖搖頭，甩開這段記憶，專心聆聽走廊裡的腳步聲——等待羅吼與阿游。但她只聽見頭頂燈光發出輕柔的嗡嗡聲。

「快點，索倫。」她低聲道。

「說這種沒好處，需要解釋嗎？」他看著面板，頭也不抬道。

她的目光轉到他掛在腰帶上的手榴彈發射器。安靜的計畫，她祈禱著。破解密碼，拜託讓安靜計畫成功。

通行面板閃現綠色。她整個情緒放鬆下來，但為時極短。她往走道望去，阿游和羅吼在哪？

索倫抬頭看她。「不是我要催妳，」他道：「但我們只有六十秒，然後門就會關上。妳打算怎麼辦？」

14 游隼

阿游貼著牆壁，向聲音傳來的方向衝去，羅吼領先他半步。

運氣好的話，轉角附近的隨便什麼人就會回頭，或進入分布在走道旁邊的某個房間。但他和羅吼沿著走廊快步走來，不曾經過其他門戶——換言之，沒有別的出口。

羅吼回頭看一眼，搖搖頭。他一定也意識到同一件事：碰撞在所難免。

聲音已很清晰：一個男人，抱怨定居者的食物。一個女人，用笑聲回應。

他認得那笑聲，它令他的血液結冰。

羅吼撲向前，無聲無息走了十步，在轉彎處單膝跪下。阿游在他身後幾呎遠，採取防禦姿勢，槍口瞄準，做好準備。幾秒鐘後，男人出現了，邊轉彎邊講話。

他穿著典型的角族服裝——黑制服的胸前繡著紅色鹿角。羅吼抬腿一掃，將那名男子踢翻，一秒鐘也不浪費，立即撲上去，抓住那人腦袋就往地面撞。

跟在後面的女孩穿著同樣的制服，黑衣服襯托她的頭髮如落日般紅豔。

奇拉。

她還來不及反應，就被阿游抓住，壓制在牆上。他用一隻手摀住她嘴巴，另一隻手勒住她脖子。她沒有反抗，但眼睛瞪得很大，她的情緒支離，呈恐懼的藍色。

「只要有一點聲響，我就捏碎妳喉嚨。懂嗎？」

阿游從不曾傷害過女人，從來沒有過，但她背叛過他，還利用他，擄走炭渣。

奇拉點頭。阿游鬆開她，努力不看他的手指在她臉頰上留下的紅印。在他身後，羅吼拉著倒地男人的手臂往回拖。

往回拖……拖到哪裡？沒地方藏啊。

「嗨，游隼。」奇拉有點喘噓噓地說。她舔舔嘴唇，努力恢復從容。

兩星期前，在極短的一瞬間，他曾考慮要親吻那兩片嘴唇。當時他真的瘋了，被他的部落和詠歎調拒絕，又思念麗薇和鷹爪。奇拉在他生命的最低點乘虛而入，差點毀了他。

「你幫我們省了不少麻煩。」她道：「我們正打算去找你。」

阿游不解。他們找他做什麼？他把好奇心拋到一旁。「妳要幫我找到炭渣和黑貂。」

「幹嘛找黑貂？」

「為了永恆藍天，奇拉。我需要方位。」

「我知道座標，我可以送你去。」她瞇起眼睛：「但我為什麼要幫你？」

「為了珍惜自己的生命啊！」

她苦笑一聲。「你不會傷害我的，阿游。你不是那種人。」

「由我來動手，就不成問題。」詠歎調道。

阿游轉身，見她向他們跑來，沒受傷的手裡握著一把槍。「帶著她，快點。」她注視他的眼睛說。「索倫把門打開了。」

阿游領著奇拉進入中央走道。羅吼把昏迷的男子扛在肩上，剛衝進去，門就關上了。

他們辦到了，距離目標又近了一步。

「她是什麼人？」索倫問。

「我叫奇拉。」

詠歎調舉起槍。「嗨，奇拉。」她對羅吼肩上的人示意。「告訴我們，該把他扔在哪裡。」

奇拉的臉一紅，怒火上升。「那兒，那是管道間。明天之前，不會被人發現。」

羅吼快手快腳處理掉黑貂的手下。

「炭渣呢？」阿游對奇拉說。

「這邊來。」她帶他們向前走，這條走道鋪滿黑色的橡膠板，不像走廊，倒像條管子。

「時間，索倫。」阿游道。

「還有一小時。」

他們在中途點。一小時前，索倫假扮成黑斯，發假訊息給龍翼機。再一小時，安全防護遭到破壞一事就會被發現。

「炭渣在這裡。」奇拉在一扇門前面停下腳步。「裡面應該有四個人，一名警衛在對面的觀察室裡，還有三個醫生。」

索倫扮個鬼臉，在詠歎調與阿游之間看來看去。「只有我想知道她為什麼要幫助我們嗎？」

「她說的是實話。」阿游道。他聞得出來——他只需要知道這一點。他們必須找到炭渣，然後離開這裡。

羅吼走到門前，準備動手。雖然兩人失和，但羅吼的每一步行動都完全符合阿游的期望——就如同他們一直並肩作戰與狩獵。無需言語，就能讀出對方的心思。

阿游把奇拉推給索倫，然後對羅吼點頭，羅吼立即鑽進門內。阿游緊跟在後。他們很快控制了房間。羅吼以爆發性的速度制住警衛，奪下武器，把他壓制在地。

一面玻璃牆把房間隔成兩部分。觀測窗前有一排書桌，擺著醫療設備和監視螢幕。三個穿白袍的醫生站在那兒，全都嚇得不能動彈。

阿游一邊找尋監視攝影機或警報器，腳步一點也沒停，越過窗戶，進入觀察室。

炭渣在裡面，被帶子綁在一張病床上，眼睛半睜，皮膚跟蓋在身上的床單一樣白。

阿游對鉸鍊開了幾槍，直到門彈開。他推開門，衝到床畔。

「炭渣。」

一股濃郁的化學藥品味，從往炭渣的手臂注射針劑的幾個藥包和管子傳來。阿游閉住呼吸，但他的喉嚨已被那股強烈的味道刺痛。

「阿游？」炭渣聲音沙啞。他眨眼時，阿游只看見眼白。

「在這兒，我要把你救出去。」

阿游把連接到炭渣身上的所有管子和電線拔掉。他已盡可能溫柔，但他的手——通常很穩定——抖個不停。炭渣重獲自由後，阿游把他抱起，臂彎裡的重量令他不忍到極點——太少了，太輕了，根本不像一個十三歲男孩。

另一個房間裡，索倫和羅吼用繩索把醫生綁在椅子上。詠歎調在門口用手槍指著奇拉。他們衝出中央走廊，循原路退回巨蜥號南端的出入口。阿游抱著炭渣，羅吼押著奇拉。

「索倫，我們需要駕駛員。」詠歎調說。

這是計畫中唯一沒完成的部分，但阿游的直覺告訴他，最好放棄這部分。

「妳是說真的嗎？妳以為我現在能找到四個駕駛？」索倫無法置信地說。

阿游迎上詠歎調的眼神。「我們以後再設法吧。」

「我已經打開了警報器。」他們經過先前那間裝備室時，索倫道。

幾秒鐘內，空中爆發警報器的長鳴。這是他們逃亡的策略。警報顯示巨蜥號北端遭人入侵，那是他們剛才的位置。他們希望用聲東擊西的手法轉移注意力，掩護他們在南端竊取飛船的行動。

他們到達通往外面的雙扇大門時，索倫忽然停步。他焦慮地看一眼後面。「我父親在這裡某個地方。」

「索倫，你不能回頭。」詠歎調說：「你必須開飛行機帶我們離開。」

「我有說不要嗎？我只是想看看他。我想——」

「以後再想。」阿游把炭渣交給索倫，自行走向門口。他不確定會在外面遇見什麼，隨即拔出槍，對羅吼點頭說：「你先走，我掩護你。」

羅吼鬆開奇拉。「不，我留在這兒。」

好一會兒，阿游不懂羅吼在說什麼，然後他聞到羅吼的情緒，鮮紅、燃燒、嗜血，這才確定沒有聽錯。

「我不離開。」羅吼說：「我要找到黑貂，看他死掉，我才離開。如果不做個了斷，他還會來找炭渣。除非我們讓他停止，否則他會追捕你和我。你必須斬斷毒蛇的頭，阿游。」羅吼指著走廊說：「毒蛇就在裡面。」

阿游無法相信自己聽見的話。只差幾秒鐘了，再幾步就能乾淨利落地脫逃。「你只是要復仇，沒有別的。別裝作不是。」

羅吼攤開雙手。他的瞳仁放大，閃耀著獸性的能量。「你說對了。」

「你到裡面去也不能改變任何事。你只會斷送自己的生命。我命令你，羅吼。我以血主的身分命令你，我用朋友的身分請求你：不要那麼做。」

羅吼倒退著往大廳深處走，他說：「我不能放過黑貂，他必須付出代價。而且我早已死了，阿游。」

他隨即轉過身，急急向巨蜥號深處跑去。

15 詠歎調

詠歎調追在羅吼後面。

她不知道要如何阻止他。跟他談嗎？他不肯聽。用武力嗎？他比她強壯。她只知道不能讓他去，不能讓他獨自面對黑貂。

阿游擦過她肩膀，從她身旁衝過。他在走道裡大步奔跑，每一步都更接近羅吼一點。他會把羅吼敲昏，幫助他會讓她心碎，但她還是要那麼做。無論如何，他們都不能把羅吼留在這裡。

阿游幾乎已追上羅吼，但他忽然停步。直覺像一根矛穿過她心頭，她全身肌肉一僵鎖定，也猛然停下腳步，正覺得不解，便看見前方走廊裡滿滿都是警衛。

他們用武器瞄準阿游和羅吼，叫囂著，威脅著，大聲發出一連串命令。

「放下，放下，放下！立刻把武器丟在地上！」

詠歎調掏出槍，但她已看見五、六名警衛，還有更多人進入視線。對方人太多了，他們被圍困了。這一認知讓她心膽俱裂。

然後她看見羅吼向最近的一個人撲去。

下一秒鐘，阿游也跟著行動，現場一片混亂，拳腳飛舞，打成一團。

她舉起手槍，找尋目標，但走道很窄，她又只能用左手。她不能冒擊中阿游或羅吼的危險。

三個人把阿游壓在地上——她甚至看不見他。

「跑，詠歎調！離開這裡！」他喊道。

接著羅吼從混亂中衝出來，背後追著兩個人。他們抓住羅吼的手臂，把他往牆上撞。羅吼的額頭撞上鐵板，發出令人欲嘔的巨響。

一名警衛拿槍抵住他下巴，對詠歎調大叫：「妳開槍，我也開槍！」

阿游還在叫她離開，但她永遠做不到——即使她願意也做不到。

她身後，那個名叫奇拉的紅髮女孩站在出口。她不知怎麼，已經把索倫稍早取得的那把外型粗短的手榴彈發射器拿在手上。她滿面笑容，把它抵住索倫的太陽穴，而他懷裡抱著炭渣，顯得很無助。

靜電爆裂的聲音使詠歎調猛然轉身。一名警衛拖起阿游跪在地上，把他手臂扭到背後，另一名用電擊棒戳他的肋骨。

阿游兩眼一翻，砰然倒地。

那人轉而拿電擊棒對付羅吼，他全身震顫，癱倒在牆上，然後滑落地面。

走廊裡的喊聲沈寂下來。詠歎調什麼也聽不見，眼中只見羅吼和阿游，失去知覺，躺著不動靜如屍體。她心裡只想趕快分身離開，跳進冰冷黑暗的蛇河，只要能脫離這裡，隨便到哪兒都好。

「結束了，詠歎調。」索倫道：「他們抓到我們了。結束了。」

他的聲音讓她吃了一驚。她又恢復成自己，意識到自己仍站在那兒，槍口對準那個拿電擊棒的人。

她這樣站了多久？有一段時間了吧，她猜。久到足夠讓所有警衛都趴在地上，用槍瞄準她。等待著。

她鬆開手指，讓槍掉下。

16 游隼

阿游在奇拉的聲音中醒轉。

「游─喔─隼……」她拉長聲音，唱歌似的叫他名字。

他努力釐清視野，想知道自己身在何處。

「看得見我嗎？」奇拉彎下腰，靠過來，愈來愈近，愈來愈近，直到阿游眼中只看到她的臉。她微笑。「真高興你在這兒，我討厭我們分手的方式。」

他討厭那之前的一切——跟她相處的每一秒鐘。他很想告訴她這件事，卻說不出話來。

所有的東西都緩慢而響亮，他好像隔著一層扭曲的玻璃觀察。奇拉的嘴唇顯得太薄，她的臉太長，臉頰和鼻子上的雀斑離開皮膚移動，分布得滿臉都是，頭皮上也有，變得很黑，變成深紅色，忽然間她不再是奇拉。

她是一隻狐狸，長著亮晶晶的黑眼睛和針尖般鋒利的牙齒。

他心頭一陣慌亂，想抬頭，舉起手臂，身體卻沒有反應，四肢重得像鉛塊，甚至無法眨眼。

「你知道我是奉命去潮族的，是嗎？」

是奇拉的聲音，但聲音來自狐狸，來自那隻動物閃爍的眼睛。

「黑貂派我去抓炭渣，我沒想到會讓你分走那麼多注意力，而且我們才剛認識。但我一直服從黑貂的命令，而其實你也該那麼做。我是說真的，我不想看你受傷害，阿游。」

狐狸轉過身。「他聽得見我說話嗎，洛倫？他看起來好遙遠。」

「我聽不出來他有沒有聽見，奇拉。」一個低沈的聲音應道。「這超出我的聽力範圍。」

「有必要用藥嗎？他已經被綁在床上了，我甚至聞不到他的情緒。」狐狸消失了，走出阿游的視野。「地鼠醫生在哪裡？黑貂也不會喜歡這樣。」

阿游聽見門打開又關上，奇拉的聲音逐漸遠去。

頭頂上，金屬天花板上有外露的管子和線路。它們波動不已，像是他在水面下觀察它們。

他沒有別的事可做，所以他開始從左邊的角落看到右邊，記住每個轉折和彎曲。

過了一段時間。他知道，因為奇拉回來了。

「這樣好多了。」她微笑道。她坐在床沿，屁股貼著他的手臂。她恢復原形——不再是狐狸了。

「我叫定居者減少劑量。」她道：「不用謝我。」

現在阿游可以眨眼了。他的思想不像早先那麼朦朧，也可以用眼神追蹤奇拉的動作。儘管如此，他的四肢還是無法移動，而他很想把手臂從奇拉的屁股旁邊挪開。

她回頭望。「他看起來好多了，是不是，洛倫？」

站在門旁的那個男人很瘦，細細的鼻子和眼睛像老鷹。他的黑頭髮還沒有轉為花白的跡象，看起來卻閱歷豐富，能力超強。阿游猜這名戰士大約四十多歲。他胸前繡的鹿角是銀色，而不是一般的紅色，可能代表他在黑貂部隊裡階級較高。

「非常多。」那人應道。

簡單幾個字，卻含有強烈的諷刺。

奇拉轉身面對阿游。「你今天早晨差點就逃脫了，我還以為你會成功。我很期待成為你的俘虜呢。」她微笑著湊上來。「哦，你的朋友嗎？他就是跟詠歎調一起離開的那個靈聽者，是嗎？你沒告訴我，他長得那麼帥，不過他跟你不能比。」她的目光掃過他的身體。「其實你沒必要擔心他，他被關在拘留室，跟詠歎調在一起。」

阿游知道她的把戲。她利用他缺乏安全感的各個因素，把它們串在一起，逐個擊破。

「我敢打賭你很希望能依靠值得信任的人，似乎你這輩子一再遇到同樣的問題。」

阿游吞了一口口水。他的喉嚨又乾又澀，像樹皮一樣。「我沒有信任過妳，奇拉。」

她對他眨眨眼，聽見他說話，她笑得更開懷。「我知道。你看穿了我的真面目，所以我才這但是——」

麼喜歡你。你知道真相，但你仍然不恨我。嗯，除此之外，你長得好迷人。你能動的時候更妙，

滑門拉開時，她忽然住口，從床上跳起身。

走進來一個中等身材的男人，一頭黑髮剪得很短，眼睛的色澤像水。他脖子上掛一條閃閃發亮的血主項鍊，藍寶石和鑽石被合身的黑上衣襯托得光芒四射。

黑貂。

憤怒像巨浪打來，淹沒了阿游。他沒預期會見到殺死姊姊的兇手，更沒料到會爆發如此激烈的怒火。他想挖出黑貂的眼睛，折斷他的手指，敲碎他全身骨骼。但他被困在癱瘓的身體裡，無處宣泄恨意。它只在他的腦子裡橫衝直撞，把所有與麗薇有關的回憶都掀了出來。

姊姊在他心裡活了過來，笑的時候把頭髮甩到肩膀後面，哈鷹爪癢癢，逗得他笑到流眼淚，講笑話時搥羅吼的手臂。

他的心靈覺得好脆弱，無法把這些回憶擺到一旁。更令他恐懼的是，流淚的壓力在他眼睛後方不斷上升。

「奇拉，請妳立刻離開。」黑貂鎮靜地說。「洛倫，幫我拿張椅子來，然後你也可以離開。」

他們依命行事。阿游等黑貂來坐床邊那把椅子，然後開始做他打算要做的隨便什麼事。

但他沒有。

一分鐘一分鐘過去，阿游的焦慮不斷上升。他體內仍有藥物，使他的思路變慢，血液變稠。

他無法掌握自己的情緒，覺得對現實的控制力流失，腦海裡不斷出現可怕的畫面。流血的傷口，燒焦的肌肉，中毒的血管，一個比一個恐怖。

要不是黑貂開口說話，他幾乎忘了他的存在。

「你的情緒很微弱，但光是我聞到的就很不尋常。遺憾的是，我不認為它是完全針對我。你服的藥有溫和的迷幻效果，我可以想像你從中得到很多樂趣。這是黑斯的點子，與我無關，它是用來消磨你的鬥志。我告訴過他沒必要，但你這次的行動差點成功，讓他很尷尬。我個人認為，你差點成功也讓我很佩服。我一直在四處觀察，我知道你做到這地步很不簡單。」

阿游禁止自己回應。殺死麗薇的兇手沒有資格跟他說話。

黑貂走到床邊，站在他上方。他的眼睛再次引起阿游注意。透明，但周圍有一圈深藍色，那雙眼睛研究著阿游，摻雜著冷酷的算計和興趣。「順帶一提，我是黑貂。」

他拉過椅子坐下，把一條腿架在另一條腿上。「你和我的見面似乎是無可避免，不是嗎？」他道：「我認識你父親，你哥哥，你姊姊。我覺得好像所有的事都導向這件事，導向我們。

「不過，我覺得令尊對我的評價不高。」黑貂悠悠說道，彷彿在跟老朋友聊天似的。「我們見面是在好多年前，還有部落聚會這種活動的時候。喬丹跟陌生人相處時態度保守，話也不多，頗像你的作風，但維谷和我很處得來。

「你哥哥很有心機，野心也大。他來協商把你姊姊嫁給我時，我們相處很愉快。他在邊緣城的時候，我們做過多次長談……其中好幾次都是關於你。」

阿游咬緊牙關，直到牙齒作痛。他不想聽這番話。

「維谷表示對你很擔心。他怕你會試圖奪取潮族的項鍊，所以他要求我把你網羅過來，作為奧麗薇亞婚約的一部分。他要送走你，游隼，我也同意了，我最喜歡能讓人害怕的人。我很期待見到你。但後來，維谷寫信來說，他已為你做了別種安排。我們都知道結果是怎樣。」

黑貂望向天花板，用鼻子深深吸了一口氣。他脖子上的項鍊寶光閃爍——全然不像潮族那條粗糙的金屬項鍊。他的項鍊。

「換作是我處在你的位置，也會對維谷做同樣的事。」黑貂繼續道：「背叛是不容許的。事實上，我做過同樣的事，這就要說到你姊姊奧麗薇亞。」

阿游來不及克制，喉嚨裡就發出咕嚕咕嚕的聲音。

黑貂挑起眉毛。「新鮮的傷口？我也一樣。」他點一下頭，沈默了一會兒，眼神凝視遠方。「麗薇無與倫比，兇猛，跟她在一起就像呼吸火焰。我要你知道我對她很好，我要她擁有一切最好的……」

他在椅子上挪動一下身體，靠得更近一點。「跟你談話很容易。我這麼說，不僅因為你是個好聽眾。」

最初阿游以為他在開玩笑，但黑貂的表情確實既悲哀又輕鬆。

「你是靈嗅者，又是血主。」他繼續道：「你比任何人都更了解我的處境。你知道要找到值得信任的人有多難，幾乎不可能，人會為最微不足道的理由互相背叛。為了一頓飯，他們會把友誼丟在一旁。為了一件溫暖的外套，他們會從背後捅對方一刀。他們偷竊、撒謊和背叛，他們貪圖不能擁有的東西，實際擁有的東西又永遠不夠。我們是一種軟弱、不及格的生物。我們永遠不滿足。」

黑貂瞇起雙眼。「你是不是跟我一樣經常聞到那些東西？偽善？缺乏基本品格？難以忍受。我受夠了，我知道你會同意。」

「我不同意。」阿游道。他再也不能保持沈默。「人都不完美，但這不代表他們會像牛奶一樣餿掉。」他的聲音沙啞而微弱，幾乎聽不見。

黑貂打量他很長一段時間。「你還是個初出茅廬的小夥子，游隼。你總有一天會認同我的話。」他把一隻手放在胸前的金色鹿角上。「我不撒謊。我告訴麗薇我要把全世界都給她，那是真話。我曾經計畫那麼做。後來對她有了認識，我更要那麼做。凡是她想要的東西，我都會給她，只要她忠貞。

「我知道你的朋友羅吼。我們協商這筆交易時，你哥哥就告訴過我他們之間的事。奧麗薇亞遲了好多個月才來找我，比維谷和我協議的時間晚了好多個月，我知道原因何在。我在各地都安排了靈聽者幫我打聽消息。我在每片森林都埋伏了靈視者，做我的眼睛。但麗薇還是來找我了。她告訴我，她選擇了我。我告訴她，她必須百分之百確定。我告訴她，一旦做了決定，她就不能回頭。她發誓說不會。她承諾把自己交給我。」

黑貂靠得更近，壓低聲音。「我是個誠實的人，聽說你也是這種人。我怎麼待人，就期待別人怎麼回報。你不是也一樣嗎？這種要求過分嗎？」

不要回答，阿游告訴自己。不要爭辯，不要說話，不要讓他得逞。

黑貂往後一靠，打開交叉的腿，臉上展開滿意的笑容。「跟你談話很愉快，我已經在期待下次的交談——很快的。」

他站起身，向門口走去，他的笑容消失，眼神冰冷如死。「你知道，游隼，你不是唯一被維谷欺騙的人。你哥哥承諾給我一個新娘，卻賣給我一個妓女。」

17 詠歎調

「我要見我父親！」索倫對著門外大喊。「告訴他，我要見他！」

他一直這麼喊，一陣一陣的，超過一小時了。

他們被關在一個小房間裡，有兩張固定在地板上的鐵床，床上除了單薄的床墊什麼也沒有。另一頭有個只容得下一具馬桶和一只洗臉盆的小隔間。

羅吼坐在她身旁，一副再過幾秒鐘就要攻擊索倫的模樣。他眼睛上隆起一道紫色腫塊，那是稍早在牆上撞出來的。

終於，索倫轉身面對他們。「沒有人在聽。」他道。

「他現在才想通？」羅吼喃喃道。

「你憑什麼說話，外界人？要不是你——」

「閉嘴。」羅吼咬牙切齒道。

「我？我們在這裡都是你害的。」

「索倫，別說了。」詠歎調說。

「妳還護著他？」

「我們必須專心思考怎麼離開這兒。」她道。「你父親會跟你說話的，他遲早會來。他來的時候，你必須跟他談判。找到炭渣和阿游——」

提到阿游的名字，她的聲音就斷了，所以乾脆打住，假裝話已經說完了。

索倫倒在對面的床上，發出一聲沮喪的長嘆。警衛沒收了他的智慧眼罩，他的衣服沾滿泥巴塊，那是早先跟龍翼機駕駛在泥濘中發生衝突的結果。

詠歎調伸直兩腿，瞪著自己骯髒的褲子。輕量衣料上的雨水已經乾了，但她還是覺得又冷又黏膩。阿游在昏迷中被拖走已經好幾個小時了。她渾身上下都覺得少了他，從皮膚開始，一直深入到肌肉和骨髓裡。

「妳要我跟我父親協商。」索倫誇張地點頭。「對哦，這招包準管用。還記得妳跟他的那些小約會嗎？到威尼斯喝咖啡？到日本喝茶？妳對他的作風比我還了解。而且他不急著見我，不是嗎，詠歎調？」

「他是你父親，他本來要你跟他一起離開夢幻城的。」

他嗤之以鼻。「他也要把我的朋友丟下送死。妳到底要我跟他說什麼？『對不起，我們駭進你的保安系統，冒充你，偷開你的浮力船，還殺了你幾名士兵，拜託放了我們好嗎？』」

「再說一個字，定居者，我就要你好看。」羅吼的聲音低沈，充滿致命的警告意味。

索倫靜止不動，收起臉上得意的假笑。他搖搖頭，砰一聲倒回床上。

「效驗如神。」羅吼低聲道。他縮起膝蓋，雙手捧頭，拉扯自己的頭髮。

詠歎調看著他，也看到了自己的沮喪。他們還要在這兒待多久？黑斯和黑貂打算如何處置他們？馬龍說過，再過幾天，流火風暴可能會變成常態，而且無所不在。現在外面是否已經那樣了？被困在這個小房間的每一秒鐘，都剝奪了他們求生的機會。

她的目光投向擱在自己大腿那隻受傷的手上。一定有辦法脫身，只要她想得出該怎麼辦。

「索倫。」過了一會兒，她道。

「什麼事？」他疲倦地說。

「黑斯來找你的時候，告訴他，我也要見他。」

稍後，她從蜷起身體，側躺在硬邦邦床墊上的睡姿醒來。羅吼站在房間中央，眼神空洞地瞪著虛空，手裡運作一把看不見的刀。詠歎調曾經看過幾百次他拿刀在指尖上轉動，這是他坐不住時的習慣。現在他除了空氣什麼也沒有。

索倫不見了。

羅吼看見她，停下手中動作，俊美的臉上閃過一抹尷尬。他在她對面坐下，抱起手臂。「妳說得對。一小時前，警衛來帶索倫去見黑斯。」羅吼對門口歪一下頭，一個塑膠瓶和兩個托盤放在地板上。「他們送來食物。我本來想叫妳，但妳好像很需要睡一下。而且，食物看起來很可怕。」

詠歎調昏沈地坐起。「我睡了多久？」

上了。

「幾小時吧。」

她本來沒打算要睡，但手臂的痛楚讓她疲倦，而且她也超過一天沒休息了，一躺下眼睛就閉上了。

「你吃了嗎？」她問。兩個盤子看起來都沒動。

羅吼聳聳肩。「我現在很想要一瓶樂斯酒，如此而已。」

她咬住嘴唇，打量他。羅吼原本就瘦，但最近臉變得更尖，眼睛下面有深深的陰影。

她也沒胃口，但她拿起水瓶，跟他坐在同一張床上。喝了一大口以後，便把瓶子遞給他。

「這不是樂斯酒。」

「喝就是了。」

羅吼接過去喝。

「他們為什麼選他？為什麼是阿游，不是我們？」

「妳知道為什麼，詠歎調。」

她不喜歡他這種否定的語氣。更糟的是，她不喜歡心中的擔憂獲得證實。

黑斯和黑貂抓走阿游，因為他跟炭渣有特殊的聯繫，他們打算利用他。

羅吼沒再說什麼。時間過去，她覺得他在退縮。詠歎調剝下制服上結塊的泥巴，她討厭這種不斷延長的沈默，除了他們的呼吸聲，什麼也聽不見。

阿游可以沈默，卻不適合羅吼。

她沒有打破他們之間的沈默。她不想像索倫那樣，怪他害得大家被俘，但如果開口，她很可能也會說這種話。

羅吼把水瓶放在地上。「我有沒有告訴過妳，有次麗薇、阿游和我去幫維谷看馬的故事？」他道，又坐了下來。

「沒有。」她道，喉嚨裡升起一個硬塊。他在說話，這是她樂見的。講一個麗薇和阿游的故事，就像他以前做過的無數次那樣，但那時麗薇還活著。「你沒給我講過那個故事。」

羅吼點頭道：「發生在幾年前。有幾個貿易商從北方帶著馬來到盾谷，維谷派我們去看看。麗薇和我十七歲，阿游小一點。」

他頓一下，抓抓下巴上的黑色鬍碴。詠歎調不明白他怎麼能保持那麼正常的聲調。這個故事、這個地方，或他們的處境，一點都不正常。

「我們從來沒見過真正的馬。我們到了貿易商的營地還不到一小時，就冒出來一股離散者的盜賊。那群人跟六人組有點像。一群惡漢，只因為對你看他們的方式不爽，就可以拿刀砍你。我們試著避開他們，但結果我們都在等著跟販馬頭子見面。

「那些人一眼就認出麗薇。他們知道她是維谷的妹妹，就開始揶揄她，說些下流的話……惡劣的話。以麗薇的脾氣，是不會保持沈默的，阿游也不會。我尤其不會，但他們人多勢眾，是我們的三倍。阿游和麗薇閉著嘴巴，但過了大約十秒鐘我就聽夠了。我覺得若是不做點什麼，我一定會發瘋。

「所以我就單挑其中一個人，很快就變成我一個對付九個人。阿游和麗薇當然跳進來助陣。我們打得雞飛狗跳，過了好一會兒，才有人來拆開我們。麗薇和我只受到一點擦傷，但阿游的鼻子血流如注，斷了一、兩根手指。那是我們的猜測，因為他的手指腫到無法判斷傷勢。他還扭傷了腳踝，手臂也挨了一刀。」

羅吼脖子上的肌肉在他吞嚥時扭動。「看到他傷成那樣，就跟聽到麗薇被人說得不堪相似，都讓人難過。但更糟的是，這件事是因我而起，他是因為我而受傷。」

詠歎調終於聽懂了故事的重點。羅吼很害怕，他害怕阿游因他而受傷，因為他選擇留下來獵殺黑貂，不肯在他們有機會逃脫時一起離開。

她很想告訴他，阿游不會有事，卻做不到。她太緊張，太害怕阿游不會安然無恙。所以她轉而說道：「我覺得你告訴我的每一個故事裡，阿游好像都打斷了鼻子。」

羅吼挑起一道眉毛。「妳親眼看到那個鼻子了，不是嗎？」

「是啊。」詠歎調不管右臂的抽痛，抱住雙腿。她眼前浮現阿游手按心臟的表情。「我該感謝你，我喜歡他鼻子的樣子。」這是事實，她愛極了。

「妳可以等我們逃出去再謝我。」

「等我們逃出去就謝你。」

羅吼皺起眉頭。「對……等著。」

門嘶一聲開了，他們跳起來。

三名黑貂的手下走進來，其中兩人的黑制服繡著紅色的角族標誌，但第三個人看起來是他們的領袖，制服上繡著銀角。他們腰上都有槍套，配戴定居者的手槍。

「轉身過去，手放在背後。」一個人說。

詠歎調沒有動。她瞪著最年長的那名戰士不放——穿銀角的那個。她認識他，他們初次抵達邊緣城時，見過這人在城堡裡的廣場上跟麗薇格鬥。

她甩開這段回憶。「你們要帶我們去哪裡？游隼和炭渣在哪裡？」

那人若有所思地瞇起眼睛，好像也在追憶在哪兒見過她，然後他的目光落在她緊貼身側那隻受傷的手臂上。他看人的方式很專注，這令她心驚膽戰，血液在耳中衝激。她意識到身旁的羅吼也很緊張，還屏住了呼吸。她很好奇他是否也記得這名角族的軍人。

「我奉命帶你們兩個去見黑貂。」年長的戰士終於道。「為了達成命令，我可以使用任何必要的武力。清楚嗎？」

「我不能把手放在背後。」詠歎調說。「我一星期前中了一槍。」光是想像做那種動作會有多痛，她就已經開始頭昏了。

「你打算怎麼辦，洛倫？」另外兩名士兵中的一人問道。

「我看著她。」他們的長官道。

洛倫，詠歎調記得這名字。那天在廣場上，麗薇將他擊敗時，喊過這名字。

羅吼的手被塑膠手銬銬在前面。然後洛倫抓住她左臂，把她拉進走廊裡。

18 游隼

天花板不一樣了，沒有管子和線路。

這是阿游張開眼睛注意到的第一件事。第二件事則是他鼻腔深處有流火帶來的刺痛。

炭渣。

阿游轉頭見他躺在隔壁床上，被粗大的塑膠手銬固定在床上。他專注地皺著眉毛，好像一直在用意志力喚醒阿游。他穿著一身鬆垮垮的灰色上衣和長褲，有管子把液體注射到他手臂裡。

阿游很想衝到他身旁，但他也被束帶綁住動彈不得，連挪動個一吋都辦不到。

炭渣舔一下乾枯的嘴唇。「你們來這兒就為了救我？」

阿游吞一口口水，他的咽喉痛得厲害。「是的。」

炭渣哭喪著臉。「抱歉。」

「不……不需要。我很抱歉沒能把你救出去。」

說每個字都很費力。房間裡瀰漫著藥味，阿游舌頭上有化學藥品的味道。他覺得動作遲緩，還有點頭昏，但他迫切渴望動一動，想離開這張床，伸展筋骨。

炭渣沈默下來，他的呼吸嘘嘘作聲，眼皮閉上了幾秒鐘。

「我也試過，」最後他說：「我是說，離開這裡。但他們給我注射這種藥，它使我變得好軟弱。我也叫不來流火，我接觸不到它……我覺得很不舒服。」

阿游看一眼那面把房間分隔成兩半的玻璃牆。它跟他稍早找到炭渣的那個房間，幾乎一模一樣，只不過更大一點。另一半是空的——只擺了一張長桌和十來把椅子。

「我們會找到別種方法逃出去。」

「怎麼可能？」炭渣問道：「他們把你也綁起來了。」

他說得對。阿游目前這種狀況，救不了任何人。

「柳兒……她……見我不在，有說什麼嗎？」炭渣問。「算了，這不是我想問的，也不想知道。」他倉促補充道。

「她說了很多話，炭渣，事實上，說太多了。她一直在詛咒你被抓走的那一天，沒有人能讓她住嘴。她還找鷹爪幫忙罵髒話……我想……我想連跳蚤也在汪汪汪罵髒話。這情況恐怕會持續到我們帶你回家。

「茉莉想念你，阿熊也一樣。葛倫被奇拉的手下騙過，心情好難受。他至少這麼對我說了十幾遍，他對小枝和六人組其他隊員說這話的次數還要乘以一百倍……就這樣。所有人都想念你，所有人都要你回去。」

說這麼多話真費力，阿游的頭陣陣作痛，但他一心想把炭渣逗笑。炭渣也果真笑了——抖索的，淚汪汪的笑——阿游覺得淚水湧進自己的眼眶。

「我喜歡那兒，跟潮族住一起。」

「你是我們的一分子。」

「是啊，」炭渣道：「我是。謝謝你來救我，即使沒有成功。」

阿游回他一個微笑。「當然……很高興來到這兒。」

這逗得他們兩人都哈哈大笑——該說是笑沒笑成，反而拼命喘氣咳嗽，製造出恐怕是有史以來最悲慘的聲音。

另一個房間的門開了，他們沈默下來。

黑斯帶著索倫走進來，在桌前坐下。

還有人跟在他們後面進來，他看到羅吼和詠歎調被警衛押著。

19 詠歎調

詠歎調瞪著那塊黑玻璃，她看不見阿游，但她知道他在另一頭。

「怎麼回事，黑斯？」她問。

黑斯坐在桌前，雙手抱胸，不理她。

負責看守她的洛倫，把她拖到桌前。「坐下。」他把她推到一張椅子上，又令羅吼在她另一側坐下。詠歎調覺得羅吼在看她，這才意識到自己的呼吸非常急促。她必須鎮定，她需要專心。

桌子對面，索倫坐在他父親旁邊。他換了新衣服，頭髮淋過浴，還有點濕，也梳過了，但她注意到他寬闊的肩膀下垂，臉上帶著倦容。他清理過了，但他似乎比先前更疲倦。

他接觸到她的眼神，歉意地微聳一下肩。那是什麼意思？他背叛了她，又跟黑斯結盟了嗎？

她望向黑斯，從血管裡升起一股厭惡。他宛如雕刻的五官，看起來比她記憶中更刻薄，眼睛更小更呆滯。話說回來，過去幾個月，她也只在虛擬世界裡透過智慧眼罩看見他。

他們見面時，他都穿便服，高級西服，偶爾也穿軍便服。現在他穿的是整套華麗的軍裝大禮服——令人肅然起敬的制服，領口和袖口都點綴著綬帶。

四名警衛從門外走進來，配備了步槍、手槍以及他們用在阿游和羅吼身上的電擊棒。

看到這麼多武器，令她猛然滿懷戒懼。

「阿游在裡面嗎？」她提高聲音道：「我們來這裡做什麼？」

正好黑貂走進房間，她的聲帶忽然收縮，說不出話來。

黑斯只當她不存在，黑貂卻相反。他微笑道：「哈囉，詠歎調，真高興又見到妳。是的，炭渣和游隼都在裡面，妳很快就會看到他們。」

她很想再看一眼那面玻璃牆，但黑貂的眼睛卻使她無法挪開目光。她在內心重播了一遍邊城陽台上的最後幾秒鐘：麗薇仰天跌倒在石板上，黑貂發射的那支弩箭插進她的心臟。

「人都到齊了，我看，」黑貂道：「我們開始吧？」奇拉溜到他身旁的椅子上，向詠歎調做了個招手的小動作。

羅吼的眼睛盯著黑貂。他被綁在前面的兩隻手，緊握成拳頭。

「我們應該從永恆藍天開始，」黑貂道：「因為那是我們來此的目的。如果你們都了解我們進入它要面臨什麼樣的挑戰，會有點幫助。」

「我憑什麼相信你知道它的位置？」詠歎調問。「我們之中的任何人又憑什麼？」

黑貂微笑，淡淡的眼睛眨也不眨。她無從判斷他對她的打岔是高興或憤怒。

黑斯坐在他身旁，相形之下，顯得非常軟弱溫馴。黑貂穿合身的黑外套，脖子上掛著亮晶晶的血主項鍊，顯得魅力十足，大權在握。

「那我就從我怎麼發現它說起，讓妳自行決定要不要相信我。三年前，我有一艘貿易船巨石號遭風暴襲擊，被捲到外海。船員大都不幸喪生，只有兩名年輕水手存活。他們航海經驗不足，卻很巧都是靈視者。他們在海上漂流了好幾個星期，看到難以置信的東西。

「我們都見過流火的漏斗，但他們描述的景象卻大不相同。一道流火組成的牆，或者該說，一道流火的瀑布，一個從天而降的障礙，向上無盡延伸，同時橫過地平線，直到眼睛看不見的地方。驚人的景象，但它後面的景致卻更驚人。這兩個年輕人透過川流不息的流火的縫隙，看到晴朗的天空，靜止的藍天，沒有流火。」

「這兩個人在哪裡？」她問。

「都不在了。」黑貂攤開雙手，很實際地說：「我不能讓消息走漏。」

他真是無情，公開招認他殺了那兩個水手，卻沒有一絲悔意。詠歎調看看四周，圍桌而坐的人似乎沒有一個感到意外。

「你沒看到證據就相信這故事？」她問黑斯。

「這故事證實了我們的理論。」

「什麼理論？」她質問。答案終於出現了，她要知道所有細節。

黑貂對黑斯點頭，由後者回答。「那是一個早期理論，跟地球磁場在流火出現後陷於混亂有關。地磁的北極和南極變動，我們至今仍處於這種衝撞的後遺症當中。理論認為，這會形成小型的磁力包……跟水滴形成的方式相同。我們推測，永恆藍天是磁力包的一種，它是一個流火無法進入的磁場。那兩個人看到的，就是它的邊界——流火被推向這磁場的最高處，並集中在那裡，形成一道圍牆。」

「為什麼我們之前不知道這件事？」詠歎調質問。

「該知道的人都知道，」黑斯道。「但知道也沒用。我們做了廣泛的搜索，卻什麼也沒找到。這觀念就被放棄了。」

一下子接收這麼多資訊，詠歎調覺得全身都麻木不已。「那麼穿過障礙的計畫呢？」

黑斯瞥一眼那面玻璃牆。「我們用科技控制流火的研究可說毫無進展。但改弦更張，採用生物手段，卻有可能成功。中央管理委員會——妳母親也加入其中的一個研究團體——把重心放在塑造使密閉城市裡的生命可以永續的基因。但他們還另外推動幾個實驗計畫。其中有幾種，像是加強免疫力，希望能幫助我們回到外界，在密閉城市之外生活。還有一種研究的焦點是加速演化。」

詠歎調的母親是遺傳學家，她已經知道這項研究的目標。黑斯繼續解釋，讓其他人也能了解。

「他們創造基因可塑性高——擁有適應力極強的ＤＮＡ——的人，希望這批人無論遇到何種環境，都能迅速適應：在細胞的層次，能像變色龍一樣，在外星大氣層或任何其他狀況下調適改變。」

黑斯說話時，黑貂對一名站在門口的手下比個手勢。角族的士兵便從走廊進來，站在牆邊。黑斯的警衛也一起進來，雙方人馬都顯得不安。

「中央管理委員會已經看到，外界人身上出現加速演化現象，他們擁有更進步的感官能力。」他看一眼羅吼。「但這個計畫的成績超出所有人預期，受測者不但能適應流火，流火也適應他們。」

他頓了一下，一個拍子的沈默。那一拍之中，詠歎調只聽見自己的耳鳴。他再度發話時，她開始計算警衛人數，角族士兵人數，武器數量。

「不久，這計畫就被判定為失敗，有很多找不到原因的不穩定。就像做其他事一樣，解決了一個問題，還可能出現後續、相關的問題。科學家雖然創造出具有動態基因的人類，卻不知道怎麼關閉那些動態基因。實驗對象都在幾年內死亡，他們無法生存。他們會……自我毀滅。」

黑斯再瞥一眼玻璃牆，然後說：「只有一個例外。」

20 游隼

天花板上的揚聲器把每個字都送進來。

「我是……我是外星人？」炭渣道，房間裡滿是他的恐懼氣味。

「不，他不是那個意思。」雖然明知沒用，阿游還是不自禁地拉扯手銬。他很想打碎隔間玻璃，到詠歎調身邊。

抓住黑貂。

他們看得到對面，但阿游知道，另一邊未必看得到他們。每次詠歎調和羅吼看過來，都只是東張西望，目光從未停留在他或炭渣身上。

炭渣的眉毛擠在一起，滿臉絕望。「可是我聽見那人的話，他說外星。」

「他也說了變色龍，你又不是變色龍，你是嗎？」

「不是。但他們為實驗而創造我——這部分是真的。」

「你是什麼樣的人，是你自己創造的——與他們無關。」

「他說我會自我毀滅。他說我會死。他說——」

揚聲器傳出黑貂的聲音，炭渣沈默下來。

「我們需要炭渣幫助我們通過流火牆，唯有他能辦成這件事。」

詠歎調搖頭。「不行，他會因此送命，他不會為你效力。」

黑貂和黑斯交換一個眼色，由黑貂回應。「我想我可以代表我們雙方發言，我認為我們只在意妳提出的第二個觀點，可以說，你們正好在最完美的時機來到這裡。」

他站起身，走到玻璃窗前。「黑斯，請把這個變成透明。」

阿游先前沒注意到，玻璃有種淡淡的迷濛感，現在它忽然消失。另一個房間裡的人一致轉過頭來。

詠歎調從椅子上跳起來。恐懼閃過她眼睛，他真不願意看到她這樣。「黑斯！」她喊道：「你做了什麼？」

「這是必要的措施。」黑斯從椅子上站起來，走到黑貂旁邊。「我們用鎮靜劑保持他們馴服，否則我們無法控制那個男孩。」

「情況會改變的。」黑貂道。他沿著玻璃走，來到炭渣面前。「你聽得見我們說話，是嗎？」

「是的。」阿游低聲咆哮，替炭渣回答。「我們聽得見你們。」

黑貂微笑，好像阿游的反應令他很愉快似的。「好。炭渣，正如你剛剛聽到的，你是我們生存的關鍵，你是唯一能打開永恆藍天大門的人，我們需要你。但為了讓你能幫助我們，必須停用抑制劑，讓你恢復力量，發揮你天賦的全部實力。炭渣，我們絕不容許你用你的能力傷害我們。」

他轉向阿游道。「這就要靠你幫忙了。根據奇拉告訴我的，炭渣曾經為你冒過生命危險。他尊敬你，他會聽你的話。」

阿游望向奇拉。兩星期前，全靠炭渣逐走流火，潮族才能安全遷入岩洞。她也在現場目睹，一定把過程都向黑貂報告了。

「炭渣必須為我們做他為你做的事。」黑貂繼續道。「這需要你幫忙，讓這孩子在停用抑制劑期間守規矩，鼓勵他合作。他有機會救大家的命，他可以成為救星，游隼，成為烈士。」

「烈士。」炭渣在他身旁喃喃自語，他的聲音恐懼得發抖。

「他只是個小孩！」阿游來不及攔阻，話已脫口而出。

「他十三歲了，」奇拉冷笑道。「已經不小了。」

「你沒資格議價。」黑斯道：「籌碼都在我們手上。」

確實。他們有羅吼和詠歎調——他們可以強迫他配合——但他還是無法同意。

旁邊的炭渣開始哭泣。「我不能！」他看著阿游。「你知道這麼做的結果我會怎麼樣。」

阿游知道。上次炭渣召喚流火，差點送命。按照黑貂描述的那種規模，他必死無疑。

身為血主，為了幫助整個部落，他不得不讓自己鍾愛的人涉險，但這次……犧牲生命？他不能要求炭渣做這種事。

「他不會為你們做任何事。」阿游從黑斯看到黑貂，說道。「他也不會為我做。」

揚聲器再次傳出黑貂的聲音，他有點自鳴得意地對黑斯說：「必須採用我的辦法。」然後他把一隻手高高舉起。「炭渣，我要你思考四個字：『值不值得？』」他扳下手指，計算字數。

「如果你企圖脫逃，或用你的能力對付我們，應該先問自己這個問題。然後你該想想游隼——也就是阿游——想想他對你有多大的意義。想想如果他為你受苦，你會有什麼感覺。如果你不照我的話做，就會有那樣的結果，但事情不會就此結束。

「詠歎調，羅吼，甚至奇拉告訴我你非常喜歡的那個潮族女孩，他們都在我掌握之中。我相信你良心上不願意看到他們痛苦——或流血。另一方面，如果你肯幫助我們，你的朋友在這裡就會很平安。我會帶他們一起去永恆藍天，他們會在我的保護下過日子。在我看來，整件事都很清楚。這一切的利害關係，你懂了嗎？」

炭渣呻吟道：「懂了。」

「好極了。」黑貂的眼睛興奮得發光。「那麼我再問一遍：你的力量恢復以後，會完全聽命於我嗎？我能相信你會服從我嗎，炭渣？你願意把你的力量交給我處置嗎？」

21 詠歎調

「不！」

炭渣的回答是一聲戰吼，是野蠻的挑戰。

他的聲音還在空中回響，他的皮膚就被流火點燃，藍焰覆蓋了他的臉和手臂，還在頭皮上竄動。

房間裡的燈光不斷閃爍。警衛和角族士兵都發出驚呼，他們飛快掏出手槍，槍口都指著炭渣。

「住手！」黑斯喊道。「收起武器！他不可能傷害你們！」

詠歎調轉向臉色隨著閃光明滅的羅吼，想道，就是現在。

羅吼把桌子一推，用戴著手銬的雙手抓起自己的椅子，朝那面玻璃牆扔去。

椅子啪一聲命中，反彈回來。玻璃碎裂，表面形成蛛網密布的紋路，卻沒有掉落。

詠歎調身形一矮，鑽到桌子底下。

她四腳爬行到通往阿游和炭渣房間的門旁，聽見後面有人喊叫，腳步慌亂四散。她壓下保全面板，一道紅光閃現她意料中的訊息。要有特定密碼才能進入。

「索倫！」她叫道，卻不知道他會不會幫忙，或者他已跟黑斯連成一氣。

槍聲在她周圍響起。她摀住耳朵，縮成一顆球。子彈在她面前的門上打出彈痕，金屬受熱的怪味竄進她鼻子。她打起精神，準備面對在夢幻城挨槍那次手臂感受的撞擊。但啥也沒有。

「住手！別傷那男孩！不可以傷他！」黑斯在一片噪音中高喊。詠歎調向背後望去，只見他推開一名警衛，後者扔下手中的槍。一個角族士兵抓住羅吼的手臂，索倫匍匐在地，從房間對面向她爬來。

她沒看見黑貂。

「出去，所有人都出去！」黑斯吼道。

忽然槍聲停止，所有人都往門外衝。警衛和角族堵住出口，互相推擠，急著離開。踢騰的混亂中，掉在地上的那把槍被踢飛，滑過光滑的地板，停在離詠歎調幾呎遠的地方。

她連忙把槍拾起，瞄準那個企圖把羅吼拖出去的人。「放開他。」

那個角族士兵毫不反抗就放開羅吼，鑽進走廊，門在他身後關上。

黑貂與黑斯，警衛與角族，全部撤退了。

羅吼衝到她身旁，索倫也只慢了一秒。尖銳的警報聲從揚聲器爆發開來。

「我們得離開這兒，」索倫叫道。「他們要對這房間施放瓦斯。」

詠歎調抬起頭，調節耳朵，在刺耳的警報聲中聆聽，一陣微弱的嘶嘶聲從通風管傳來。已經開始了。

「找東西把我解開，索倫。」羅吼道。

詠歎調面對玻璃房間，她唯一的念頭就是到阿游身旁。她調整姿勢，用左手食指壓住扳機，從側面的角度射擊玻璃。槍在她手中彈跳了五、六次，玻璃終於大片大片掉下來。

她跨過玻璃框架，進入那房間，跑到阿游身邊。她把槍放在一旁，動手解開厚重的束帶，只恨那隻受傷的手又慢又笨拙，但她強迫自己冷靜。驚慌是沒有用的。

她看著阿游的臉，發現他的綠眼睛正盯著她不放。「你受傷了嗎？」她問。

他顯得很疲倦，皮膚沒有血色。炭渣幾乎失去意識，他使用超能力的時間雖短，但已吸乾了他的精力。

阿游勉強一笑。「憤怒到不覺得痛。」

羅吼解開炭渣的束帶。索倫過來解開阿游的一隻腳。詠歎調看見索倫的手停下一會兒，他身體搖晃，站立不穩，瓦斯已在他身上產生效應。

她也感覺到了。警報聲變得遙遠而低沈，好像即將消失在黑暗的隧道裡。

她一解開阿游的手，就衝到門口，發現它已鎖上了。

「詠歎調……」索倫在她背後說。「太遲了，來不及駭開它……瓦斯—斯……」他已口齒不清。

「還沒有太遲！」她從門口退後幾步，瞄準門鎖，只覺得天旋地轉，整個房間在打轉，害她無法穩定地瞄準。她舌根出現一種像爛檸檬的苦味，眼睛灼痛。

羅吼握住她的手，接過手槍。她注意到他的呼吸急促。「子彈會反彈……索倫說得對。」

她被失望淹沒，他們剛把情形搞得更糟的念頭使她崩潰。

詠歎調轉過身。阿游靠在床上，縮起他寬闊的肩膀。「詠歎調。」他只說了這麼多。

索倫沈重地靠在牆上，然後歪向一側，眼睛眨幾下就閉上了。檸檬味燒得她喉嚨疼痛，牆壁在波動，像船帆一般迎風飄拂。她無法動彈。

阿游的腦袋一歪，姿勢笨重而消極，沒有她熟悉的那種淘氣神態。「過來。」

他的聲音吸引著她。她走過傾斜的地板，到他身旁。她的臉撞在阿游胸膛上，他抓住她手臂。她只隱約記得自己坐在地板上，雙頭肌一點都不痛，卻完全沒有坐下的記憶。

阿游把她拉到身邊，抱在臂彎裡。索倫已經昏迷。炭渣躺在床上不動。羅吼坐在地上，怒目瞪著空氣。

他看起來好遠，房間好像延伸到無限遠的地方。

「真好，至少——」阿游轉過來面對她，膝蓋撞倒她大腿。「對不起。」

「沒感覺。」她努力用麻木的嘴巴說。「至少什麼真好？」

「我們在一起。」她看到笑容一閃而過，然後他眼睛就閉上了。他往前傾倒，額頭撞上她的鎖骨。

詠歎調伸臂摟住他脖子，緊緊抱著，一起昏迷過去。

22 游隼

「很好，醒來了。你在這兒。」黑貂道。

阿游張開眼睛，對明亮的光線眨眨眼。他第一個想到的是詠歎調，然後是羅吼和炭渣。

他正想要求見見他們，知道他們好不好——在哪裡。但他隨即看見床畔那張桌子。

盤子裡有一組工具。一把板鉗和一支榔頭，一個有黑色塑膠頭的木槌，一組各種尺寸的刀，許多件一端細如針尖的精密工具，像冰柱般亮晶晶的定居者工具。

他對接下來要發生在自己身上的事，沒有絲毫疑慮。不過他早有心理準備。從見到黑貂那一刻起，他就知道有這種可能。

穿銀角制服的黑髮男人站在門口，還有奇拉和另外幾名警衛。

黑斯站得比較近，就在黑貂旁邊，他不斷把重心從一腳換到另一腳。

「我一定得留下嗎？」奇拉問道。她低著頭，紅髮遮住了半張臉。

「是的，奇拉。」黑貂道：「直到我說妳可以離開為止。」

黑貂的藍眼睛盯著阿游不放，眨了幾下眼，靜靜看著他。他在嗅阿游的情緒。「你知道我們為什麼會在這兒，不是嗎？我警告過炭渣，我告訴他我要什麼。他拒絕了我。很不幸，他觸犯我的代價必須由你償付。」

阿游看著天花板，保持呼吸穩定。他最大的心願就是承受即將來臨的一切而不求饒。即使在他小時候，父親打他，他也從不求饒。他現在也不會做那種事。

「我不能傷害炭渣的肉體，」黑貂道。「那樣不能達成預定目標。但我可以讓他了解，除非他讓步，否則他會很痛苦——透過你。」

他把注意力轉移到桌上，他的手在鉗子上空停頓了一會兒，然後拿起木槌。他把那件工具拿在手中掂掂，測試它的重量。

阿游看得出它相當有分量。

「我在考慮淤青。明顯易見。不太髒，而且——」

「快動手吧。」阿游打斷他。

黑貂把木槌敲在他手臂上，它正中阿游的雙頭肌，剛好打在他的標記上。他眼前迸出紅光，不禁喊了一聲，好像抬起一件很重的東西。他支撐著，等待痛楚緩和。

「應該還有變通的方式。」黑斯道。

「他是我們的籌碼，黑斯，正如你說的，那是我們打破那孩子心防唯一的途徑。變通方式就是我們都死光，你聽起來覺得如何？」

黑斯瞥一眼門口，沈默不語。

「放輕鬆。」黑貂說。「我剛才打他用的力量比我原來想用的大。」他回頭看著阿游。「你知道我很有慈悲心，不是嗎？我本來可以去找那個他喜歡的女孩——叫什麼名字來著？」他問奇拉。

「柳兒。」

「我本來可以讓柳兒躺在這張桌上，你不想要那樣，是吧？」

阿游搖搖頭。他的喉嚨忽然變乾，他的手臂有自己的心跳。「有件事你該知道。」他說。

黑貂瞇起眼睛。「什麼事？」

「我不容易淤青。」

說這種話很蠢，卻帶給他少許操縱形勢的快感。而黑貂的表情既驚且怒，感覺很值得。

「我們可以弄清楚。」他苛刻地說。木槌再度打下。

這一下比前一擊容易承受。接下來的每一擊都變得愈來愈輕鬆，因為阿游已退縮到內心深處。他父親早已為他做好準備，他心懷一種奇異的感激。逝去的時光令他興起一種虛幻而美好的沈醉，它曾經非常恐怖，但那時維谷和麗薇也在其中。那段歲月使他善於在面臨痛苦時保持平靜，甚至安詳。

黑貂打到阿游的手時，熱淚刺痛他的眼睛。那兒痛得最厲害，或許是因為雙手都曾經被打傷過很多次。

黑斯臉色發青，最先離開。不久，奇拉也跟那名黑髮軍人一起走掉。

只有奉命守門的士兵留下，他們太害怕黑貂，所以不敢離開。

23 詠歎調

可怕的事發生在阿游身上。

詠歎調感覺到了。

「黑貂！黑斯！」她又一遍喊道。「你們在哪裡？」她搥打厚重的金屬門，不斷尖叫。「我要殺了你們！」

「詠歎調，住手。」羅吼來到她身後，抱住她，按住她手臂。

「別碰我！」她掙扎著推開他。「放手！都是你害的！」她不想指責他，卻控制不了自己。「都是你害的，羅吼！」

他不放手，而且他比較強壯，她推不開。她停止掙扎，站在那兒，困在他臂彎裡，她的肌肉在顫抖。

「我知道。」等她靜止下來，他道：「對不起，都是我害的。」

她沒料到他會這麼說，沒有預期聽見他聲音裡的罪惡感。「放開我就是了。」

羅吼放開她，她轉過身，從他的臉看到索倫的臉，看見他們的擔憂與恐懼，眼淚忽然流下來。

她掃視這個小房間。她必須離開他們。沒有更好的選擇之下，她只好爬到上鋪，盡可能縮起身體，貼著牆壁，壓抑著牽動全身的猛烈抽噎。

在下面的索倫說：「想想辦法，外界人。」

「你瞎了嗎？」羅吼答道：「我試過了。」

「好啊，再試呀！我受不了這樣。」

她覺得床墊塌陷。「詠歎調……」羅吼的手搭在她肩上，但她全身一僵，把他甩開。

她哭到沒有力氣說話，如果他碰她，一定會知道她現在很恨他。她恨每一個人，恨炭渣被俘虜，恨她母親死去，恨她父親除了她想像中的一個片段什麼也不是，恨麗薇因為想到她就讓詠歎調的心更痛。

為什麼跟她愛的人共處，保障他們的安全，會這麼困難？為什麼她不能一覺醒來，一整天——一天就好——都不用逃跑、戰鬥，或失去某人。

更重要的是，她恨自己的軟弱。

這麼想毫無好處，但她就是停不下來。她的眼淚還是流個不停，濕透了她的袖子，她的頭髮，這張薄床墊。她一直在等它們乾，但眼淚偏要不斷流下來。

不知過了多久，她聽見索倫的聲音。

「我快憋死了。」他道。

她沈默下來，他大概以為她睡著了。

羅吼沒答腔。

「你要吃東西嗎？」索倫問道。

食物大概送來了，她甚至沒察覺。

「不要，我不吃。」羅吼冷冰冰地回答，每個字都像一根刺。

「我也不想吃。」索倫道：「不過看起來還不壞。」

「這玩意兒是你父親在管理，不是該給你安排一個私人房間嗎？」

「隨你怎麼說，外界人。」

沈默持續了好久。詠歎調閉上紅腫的眼睛。所有的犧牲和掙扎有什麼用？如果定居者和外界人只想割斷對方的咽喉，又何必為永恆藍天作戰？

她想到岩洞裡的潮族和夢幻城那批人。柳兒在看迦勒畫圖嗎？李礁和六人組在向袞比得查詢他們出任務的細節嗎？或他們會像索倫和羅吼一樣，冷嘲熱諷，互不相讓？

她不想為更多的爭執而作戰。她只想相信——也必須相信——情況會變好。

「所以……那個女孩，小溪？」索倫的話打斷了她的思路。「她是怎樣的一個人？」

「你現在不要想她。」羅吼道。

索倫哼了一聲。「我們換制服的時候，我看到她在看我。」

「她看你是因為你體格像頭公牛。」

索倫的笑聲有點緊張，短促。「那算好嗎？」

「如果她是一頭母牛就很棒。」

「你到底有什麼毛病啊，野蠻人？」

詠歎調憋住呼吸，覺得所有的未來都繫於羅吼的回答。**來吧，她無聲地祈求。說些什麼，羅**

吼，對他說句話。

羅吼無奈地長嘆一聲。「小溪是靈視者，她的箭法高強，可以殺人。她的射程不及阿游，但她射得很準。可能勝過阿游——但別讓他知道我這麼說。跟她混熟前，她對人都很粗魯，然後她會……少粗魯一點。她好勝心有點強，但也很忠貞。你已經知道她的長相，所以……小溪就這樣。」

「多謝了。」索倫道。

聽見他聲音裡的笑意，她也笑了。

「對了，還有一件事你該知道。」羅吼道：「她跟阿游好過一陣子。」

「喔不，」索倫呻吟道：「你剛毀了我的夢想。」

同意，詠歎調想道，也毀了我的夢想。

「所以，他搭上小溪和她。」索倫不滿地繼續道。「怎麼可能？他幾乎不說話！」

羅吼回答得很流暢，好像他曾經思考過這件事似的。「他不把女孩子當一回事，所以她們都為他瘋狂。」

「我還真無法判斷你是說真的說假的。」索倫道。

「哦，當然是真的。我很會表演，可以逗得每個人哈哈笑，但第二天總有人來問我：『阿游怎麼那麼安靜？他在生氣嗎？他難過嗎？羅吼，你認為他在想什麼？』」

詠歎調咬緊下唇，無法決定要笑要哭。她被栽培成一個表演者，但羅吼卻是天生的演員，聽他扮女人的腔調真是太有趣了。

他繼續道：「女孩子都不知道他是只在那個時候不說話，還是本來就不愛說話。這一點讓她們瘋狂。她們就是忍不住要逗他說話，要糾正他的沈默寡言。」

「所以你是說，我應該不理小溪。」索倫問。

「聽著，我認為你不論怎麼做都沒機會，尤其現在我對你深入了解以後。不過，沒錯啦，不理她是你最好的策略。」

「謝了，老兄。」索倫道，聲音很熱切。「如果再見到她，我會那麼做。」

如果。

好像「如果」會永遠存在。每一秒之後都還會有一聲滴答。

如果他們離開巨蜥號——

如果他們抵達永恆藍天——

如果她再見到阿游——

她但願對話能恢復輕鬆的一面，聽羅吼講故事，聽索倫冷嘲熱諷，但那樣的時光已結束了。

詠歎調抹一把臉，好像這樣就能擦掉哭了一小時的痕跡。她坐起身，挪動到床沿。

索倫坐在對面那張床的下鋪，魁梧的身軀俯在腿上。他正在搓手。羅吼靠在床上，交叉的腿焦慮地扭來扭去。看見她，兩人都愣住了。

她知道自己看起來很糟，覺得好像有一層帶鹹味的黏膜貼在皮膚上，眼睛腫得幾乎睜不開，哭得太久頭也開始痛，還有那隻受傷的手臂，活像一件退化的附屬品，收縮起來，緊貼在身側。

落到這種地步，還計較外表，實在有點蠢，但她真覺得現在是她這輩子最慘不忍睹的時刻。

羅吼爬上來，坐在她身旁，替她把額頭上潮濕的頭髮撥到一旁，低頭看著她，那雙充滿關切的褐眼睛，逼得她又要克服新一波湧上來的眼淚。

「希望妳還在生我氣。」他道：「我活該。」

她微笑道：「抱歉讓你失望了。」

「媽的。」他道。

詠歎調望向索倫，希望再次把注意力集中在逃出這兒。「剛才他們把你帶走，你有跟你父親交談嗎？」

他點頭。「談了。他說他施展不開，手被綁住了。他沒有真的這麼說，不過他一直說『黑貂跟我打了合約』，還有『黑貂不會低估別人』之類的話。」

她跟羅吼互看一眼，知道他們想的是同樣的事：黑斯害怕黑貂。她並不詫異，誰不害怕黑貂呢？

「我父親說，他可以收留妳和我。」索倫對她說：「他可以帶我們去永恆藍天，但其他人都不行。他們只有外面停的那幾艘浮力船，他們預期穿越的過程會是一場流火地獄。他說他們不能帶任何會使情況更複雜的人。」

他目光轉向羅吼，但眼中沒有敵意。要說有什麼用意，就只是歉意而已。

「你該跟他走，索倫。」詠歎調說：「你已經盡了力，你該救你自己。」

他搖頭。「我做事有始有終。」他抓抓頭髮，挺起肩膀。「不管怎麼說，我不會丟下你們兩個。」

你們兩個。

這是非常含蓄的示好，仍坐在她身旁的羅吼聽到了。他對索倫輕輕偏一下頭，好像他們之間建立了一種默契。

有進步。她想道，心裡湧起一點樂觀。

至少在這裡，這兩個人中間，牆已經推倒了。

過了不久，門向一側滑開。

洛倫站在門口，目光專注地看著她。「跟我來，快點。」

詠歎調毫不遲疑，從床上溜下來，尾隨他進入走廊。

她注意到他只有一個人。稍早他帶了兩個人來押解她去會場，不過當時還有羅吼。

接著她又注意到，走廊裡空曠而安靜。她提心吊膽地豎起耳朵。走廊裡飄過奇怪的聲音：有金屬的低沈呻吟，還隱約傳來悽厲的尖嘯，使她脖子上的寒毛豎立。她認得那聲音。

「外面有暴風雨。」洛倫低聲道。他走在她後面，可以對她採取的任何行動預作防範。她不用看也知道，他的手一定靠著掛在腰帶上的手槍。「流火也逼近了，大約在一哩外。飛船艦隊必須疏散到安全的地方，所以我們的人手只剩一半。」

她想到了他是個靈聽者。他注意到她在專心聆聽，他能辨識這種行為。

「巨蜥號怎麼辦？」她問道：「我們也要離開嗎？」

「巨蜥號不夠快，跑不贏風暴。黑斯說我們最好不要動。」

她放慢腳步，幾乎與他並肩而行，她很訝異他竟告訴她這麼多。洛倫皺起眉頭，但她記得他跟麗薇比武時露出的那種好脾氣的笑容。

「我在邊緣城見過你。」她道：「麗薇很喜歡你。」

他目光變得柔和。「認識她是我的榮幸。」

這句話很真摯，也很溫柔。她仔細打量他，心中的好奇又增加幾分。他的頭髮很黑，留得很長，觸及制服的領子。他的尖鼻子長得長，眉毛也高，外表有種與生俱來的卓越氣質。他大約比黑貂年長了十歲。

他發現她盯著他看，嘴唇不悅地抿成一線。「妳這樣走路會撞牆，看著正前方。」

「你要帶我去哪裡？」

「某處。希望這輩子走得到，但是以妳這種速度，希望不大。」

他們來到一扇兩旁都有角族士兵站崗的門前。

「十分鐘。」洛倫吩咐他們。「不准任何人進入這個房間。」

一個守門人點頭道：「遵命，長官。」

洛倫的目光回到詠歎調身上，他的眉毛揪成一團。她在他的表情中看到恐懼與希望，腦海裡轟然湧現許多可怕的念頭。

直到這一刻為止，她都不曾怕過他。這時她才發覺自己想得多天真。洛倫從第一次見到她，就表現出不尋常的興趣。她一直注意他，是因為她意識到他在注意她。她看看門，又看看他，恐懼害她變成了石頭，使她啞口無語。

洛倫見她這種反應，咒罵一聲。「老天在上！不是的。」他抓住她手臂，壓低聲音。「閉緊嘴巴，這件事不得對任何人透露。一個字都不行，詠歎調。懂嗎？」

然後他把她推進房裡。

她看到了阿游。

他側身躺在一張小床上，不知是睡著或昏迷，全身赤裸，只有一張床單拉到腰上。床畔地板上堆著白毛巾，即使在黯淡的光線下，她也看得出毛巾上都沾著血。

她走上前，兩腿搖搖欲墜，看清楚他的狀況後，她只覺得麻痺。

他兩條手臂原本完全用肌肉塑造，現在卻腫脹不堪。整條手臂都是紅得發紫的淤傷，傷痕蔓延到胸前與腹部，幾乎布滿全身每一吋肌膚。

她這輩子，從來沒有這麼心痛過。

從來沒有。

洛倫在她身旁低聲道。「我考慮過先警告妳，但我不確定那麼做會有幫助，或使情況更糟。他可以完全康復，醫生已經說了。」

她轉身面對他，憤怒點燃她全身每一個細胞。「這是你做的？」

「不。」他道，往後退縮。「不是我。」他走到門口。「妳有十分鐘，一秒鐘也不多。」

他離開後，詠歎調在床畔跪下。她將目光轉到阿游手上，硬吞下湧到喉頭的膽汁。

她一直喜歡他的手。每個指節的形狀是那麼堅實而強壯，好像他是鐵打的，而不是骨骼構成的。現在她只看見一片紅腫。他的皮膚光滑得不合常理，完全看不見關節，無法分辨他的輪廓。

奇怪的是，他的臉沒有受到任何傷害。他的嘴唇乾裂，下巴上的鬍碴襯著蒼白的皮膚顯得更黑，從金色變為褐色。

他的鼻子彎曲得那麼完美、正常、好看。

她挨上前去，生怕碰到他，卻又非靠近他不可。「阿游……」她悄聲道。

他張開眼睛，慢慢對她眨眨眼。「是妳嗎？」

她吞一口口水。「是……是我。」

他看一眼門口，收回目光，然後試著起身。「妳怎麼——」他僵住不動，從喉嚨深處發出一個好像要壓住一聲咳嗽的聲音。

「別動。」她小心翼翼在他身旁躺下。小床上的空間剛夠他們兩人平躺。擁抱他的渴望強烈得令她心痛，但她只能讓自己接近到這種程度。

她注視他的眼睛，看到不曾在那兒出現過的深沈陰影。他把眼睛挪開，半閉，為了要把陰影藏起來，幾乎閉上了。他的睫毛根部很黑，但尖端幾乎是白色。

只看他的臉，她幾乎可以幻想他沒有受傷，他們不是被囚禁在這裡。她幾乎可以回溯到他們前往極樂城去找她母親的時候。

他們整晚都這麼度過，很親密，寧願不睡覺也要聊天、親吻。犧牲他們需要的休息，換取多一分鐘共處。

她眼睛開始模糊，她不知道如何處理這情況。

阿游先開口。「我不要妳看到我這樣……把床單拉上來好嗎？」

她伸手去拉床單，手卻停留在他肋骨上。他在她手指下變得緊張，但那不是因為疼痛；她只是碰到他而已。

「我不能。」她道。

「妳能，我知道妳那隻手沒受傷。」

「我不想。」

「這樣妳會難受，我知道。」

他說得對。她很痛苦，但她不會讓他獨自承受。

「我不能是因為我不要你在我面前隱藏任何事。」

他抿緊嘴唇，下巴上的肌肉收縮。

羞恥，那就是她在他眼中的陰影裡看到的東西，藏在堆積在那兒的眼淚裡。

他閉上眼睛。「妳好頑固。」

「我知道。」

他沈默下來。隨著時間過去，她逐漸意識到太沈默了。他憋住呼吸。

「那不是一場公平的決鬥，」他道。「否則我會贏。」

「我知道。」她道。

「妳知道很多事情。」

他極力表現得輕鬆。但怎麼可能？她伸手撫過他肋骨隆起的部位，美麗的皮膚上有斑斑淤青。

「我知道得不夠多，我不會讓這個變好一點。」憤怒在她體內膨脹，不斷增加的重量壓著她的胸口，她的心。手指每掠過一道淤青，它就變大一點兒。「惡魔才做得出這種事。」

阿游的眼睛眨了幾下，睜開。「不要去想他。」

「我怎麼能不想？你又怎麼能不想？」

「妳在這兒，現在我只要想妳。」

詠歎調把想說的話吞回去。**告訴我你很生氣**。她要聽見他發怒，她要看到那股好像永遠都在他體內燃燒的火焰的痕跡。經歷過這件事——他到底受了多少折磨——他還會是原來那個人嗎？

「我一直想著我們。」他道：「我們在馬龍那兒的情形，還有後來，只有我們兩個的時候。跟妳在一起真好。」他舔舔嘴唇。「等到我們脫離這一切，一定要再到什麼地方去走走，只有我和妳。」

壓在她胸口的枷鎖解除了，她覺得如釋重負。他說了「等到」。即使受到毆打凌虐，他還是深信有脫困的一天，不僅是如果而已。她不該懷疑他的力量。

「你想去哪兒？」她問。

他的笑容微弱而乜斜。「無所謂……我只想跟妳獨處一段時間。」

詠歎調要的也是一模一樣的東西。她好想看他笑——真正的笑容——所以她說：「像現在這樣，你覺得不夠好？」

24 游隼

「這種時候逗我笑，妳也未免太殘忍了。」阿游道，他盡可能保持靜止，所有劇烈動作都會讓他的肋骨感覺像裂開了一樣。

「對不起。」詠歎調說。她也在笑，用牙齒咬住下唇。

「是哦……妳看起來很對不起的樣子。」

他無法相信她在這兒。她都不知道，光是她的氣味就能發揮多大力量，讓他精神大振。自從黑貂離開，他就退縮到心靈的深處。阿游不確定那是出於自己的抉擇，或就是自然而然失去知覺，不過這不是重點。保持清醒只會帶來疼痛——直到她出現。

「你知道我會跟你去任何地方，阿游。」詠歎調道。她的注意力落到他唇上，她的氣味變得更溫暖、更甜美。

他知道她要什麼，但他有點遲疑。像根棍子般躺在那兒不動，已經令他快要無法承受，而且他知道自己看起來很慘，全身青紫浮腫。

「我要親妳。」他道，忘了自尊。他實在太想要她。「可以嗎？」

她點頭。「再也不要問我這個問題，我永遠都會說好。」

他們彼此靠近時，她的重量輕輕壓在他肋骨上。他以為她的嘴會像她的手一般輕柔，但她的舌頭清涼而甜蜜地探入他雙唇之間，蠻橫地向他的舌頭需索。

他的心在胸腔裡猛然一跳，他的脈搏忽然加快。他不假思索開始動作，用雙手捧起她的臉。痛苦在他四肢燃燒，想必他發出了某種聲音，因為詠歎調緊張起來，霍然後退。

「對不起。」她悄聲道：「要停止嗎？」

「不要。」他的聲音沙啞。「不可以。」

他們又找到對方的嘴唇，所有理性思考從他心頭消失。除了她，其他的一切他看不見、也感覺不到。他全心全意，從裡到外，只想要更多的她。

更多她的身體，她的嘴唇，她的味道。

詠歎調小心翼翼，盡量不靠在他身上，但他只想要與她親密依偎。他撫摸她的大腿，把她的腿拉過他的臀部，把她拉近。火辣辣的痛楚刺穿他的臂和腿，但他的慾望卻更強大。她全身摸起來都是精瘦的肌肉和柔軟的曲線，跟她頭髮一樣柔滑的皮膚。合身的警衛飛行裝將她從手腕到脖子都包得十分嚴密——不近情理且不公平的障礙。他把手伸到她上衣裡面，她迎合的姿勢讓他幾乎失去理智。

「阿游。」詠歎調道，她呼出的熱氣吹在他脖子上。

他發出一個他希望能算是回答的聲音。

「黑斯和黑貂之間有些矛盾。」

他靜止不動。

「你還好嗎？」她退後一點，眼裡有擔憂。

他吐一口氣，努力恢復思考的能力。「還好……我沒，呃……沒想到妳會說這個。」

「我也不想說，但洛倫就要回來了。他隨時會出現，我們應該趁可以說話的時候談談這件事。」

「對……應該談談。」他把她上衣拉好，專心思考黑斯。黑貂與黑斯。「稍早我也注意到同樣的情形。黑斯怕得要命，我聞得出來。黑貂吃定他了。」

詠歎調咬緊下唇，眼光沒有焦點。「我本來以為黑斯會佔上風，因為所有的資源都在他手上，所有的船隻與武器，還有食物與醫藥，都來自夢幻城，都是他的。」

「現在都無關緊要了，」詠歎調。他在我們的地盤上。到了外界，他就要遵守我們的規則，他知道這一點。或許來到這裡之前，他是個不一樣的——」

「不。」她道：「沒什麼不一樣，他一直都是個懦夫。把我丟出夢幻城時，他叫警衛下手。他要我替他打聽情報，他跟黑貂的聯繫是我替他建立的。他拋棄夢幻城時，就這麼丟下所有的人。哪兒出現危險或衝突，他一定往反方向跑，愈遠愈好。」她看一眼阿游的手臂。「他絕不會下這種毒手。」

阿游的思路回到那個房間，看到黑貂打他時的專注——一絲不苟。黑貂顯然不介意使用暴力，或取得事物的控制權。

他沈默了幾秒鐘回想。終於他回到當下，發現詠歎調正怒火沖天地凝視著他。

「我會為這件事殺死他。」她道。

「不，不要靠近他。先設法讓我們離開這裡。利用黑斯。如果他喜歡逃避難題，我們就提供一個地方讓他跑。另一種選擇。不過妳先向我保證，妳會遠遠的躲開黑貂。」

「阿游，不要。」

「詠歎調，答應我。」她難道不懂嗎？他什麼都可以忍受——唯獨不能失去她。

「如果羅吼說得對呢？」她道，眉毛揪在一起。「如果黑貂是一個我們非解決不可的問題呢？除非我們阻止他？」

他想告訴她，**我會處理**。他會對付黑貂。但他沒說。不能在半裸身體、被打得全身淤青的時候。他要站著發誓，取黑貂的首級。

她飛快離開他身畔，兩腳輕輕落在地上。半秒鐘後，門開了。

洛倫站在門口。「時間到。」他對詠歎調說。

她立刻走出去。在門口停下腳步，回頭看一眼阿游，一手按在心臟的位置上。然後她走到外面，而他再次把自己麻痺起來，把肌肉的痛楚關在外面。對他因她不在身邊而產生的強烈痛苦不聞不問。

洛倫多停留了片刻，嚴厲地瞪了阿游一眼，才跟上去。

他們離開後，阿游瞪著門看了很久，呼吸小房間裡殘留的氣息。他注意到那名軍人的情緒很奇怪，強烈而濃郁，像一堵保護的磚牆。更奇怪的是，那後面隱約散發著溫暖的光。

阿游的肌肉打著哆嗦，小心翼翼翻身仰躺，他有十足的把握。

洛倫不僅是個單純的軍人而已，他好奇詠歎調是否也知道。

25 詠歎調

「我還以為妳會跟他談話。」洛倫帶她穿過巨蜥號的走廊回去時，壓低嗓門道。

「我們交談過。」她說。

費盡她全部的意志力，才能把阿游留在那個房間裡。即使是現在，她也很想回去，但某種東西攔住了她。那是一種跟這個走在她背後三步遠的男人有關、揮之不去的感覺。

「看起來不只是交談而已。」

詠歎調猛然轉身，面對他。「關你什麼事？」

洛倫停步。他皺起眉頭，張口想說話，卻又改變主意。

「你為什麼帶我去見他？」她逼問道。「你為什麼要幫我？」

他的目光沿著修長的鼻子看下來，抿緊嘴唇，好像要阻止自己說話似的。她迫切想知道他為何要為她冒險，為什麼他看她的神情總好像那麼專注，為什麼他深灰色的眼睛看起來那麼熟悉。

他有個富於音樂感的男中音──非常悅耳。

他年紀也夠大──

年紀夠大──

她不能讓自己再聯想下去。

他的頭猛然轉向一旁。詠歎調聽見奇拉的聲音，她故作性感的沙啞聲音，不會被誤認。她經常在走廊裡逛嗎？

洛倫抓起她手臂，沿著走廊往前跑。他停在一扇門前，敲打鍵盤，門一開便把她拖進去。

小房間對面有另一扇門，門上有小圓窗，鑲了兩片厚玻璃。藍光透進來，電光閃閃，像一隻飢餓的動物四處流竄。

流火。

「來這邊。」他從她身後繞過來，打開門，忽然她就來到外面，站在一個有金屬欄杆的平台上，頭髮被風吹起。

現在是晚上，她竟然不知道，這代表她在巨蜥號裡面已待了將近兩天。她周遭像海洋般圍繞著無盡的金屬——巨蜥號各個單元的屋頂——流火漏斗在頭頂上扭動。她看到紅光。她被囚禁的這段時間裡，它們蔓延得好快。向四面八方看去——東、南、西、北——漏斗撲向地面，有些遭受襲擊的區域離這兒不到一哩。她覺得空中傳來熟悉的刺痛感，也聽見漏斗發出的尖嘯——流火進逼的聲音。

他們快沒時間了。

「我們得談談。」洛倫在她身後說。

詠歎調轉身面對他。在天空變幻的光線下，仔細觀察他的臉。他的神態太溫柔，不像一個軍人，又有太多懇求，不像一個陌生人。

他嘆口氣，用一隻手搓搓臉。「我不知道從何說起。」

洶湧的感情刺痛她的眼睛，她的心狂跳，幾乎是從胸腔裡衝出來的那種狂跳。

他不知道從何說起，但她知道。

「你是個靈聽者。」她說。

「是。」

「你認識我母親。」

「是。」

她深深吸一口氣，縱身一躍。「你是我父親。」

「是。」他看著她，毫不逃避，這一刻在他們之間擴張。「我是。」

一個冰冷的巨浪迎頭澆在她身上。

她猜對了。

她的背往後靠，撞上金屬欄杆，腦子裡只有一個念頭：她猜對了。終於找到了父親，不用再猜測。她背負了一輩子的疑問，好不容易有了答案，可以就此放下。

她目中含淚，世界變得模糊，不是因為這個男人——她對他一無所知——而是為曾經認識他的母親。魯明娜愛過他嗎？恨過他嗎？詠歎調心中忽然又充滿疑問，唯一能為她解答的人就在這裡，站在她面前。

她搖搖頭，覺得困惑。不應該是這樣。他是她的父親。除了好奇之外，她應該要有其他感覺，不是嗎？不僅是思念母親而已。

「你知道有我這個人多久了？」她聽見自己問。

「十九年。」

「她懷著我的時候你就知道？」

「是。」他調整一下重心。「詠歎調，我不知道怎麼做，我不確定我能不能以父親自居。我甚至不喜歡小孩子。」

「我有要你做我的父親嗎？我看起來像一個小孩子嗎？」

「妳長得跟她很像。」

這讓她張口結舌。

暴風雨的聲音更響，填滿了他們之間的沈默。她想著自己曾經花多少時間揣摩這人的身分，渴望找到他。他從一開始就知道她是誰，卻沒有採取任何行動。

詠歎調抓住背後的欄杆，手指緊緊握住冰冷的金屬。她覺得天旋地轉，心情就像頭上的天空轉個不停。

「你到過夢幻城，我知道你在那裡遇見我母親。」魯明娜就說了這麼多。「你為什麼離開她？」

他的注意力轉移到遠處漏斗的閃光上，瞇起眼睛，黑髮在空中飛揚。

跟她一樣的黑髮。

「這是個錯誤。」他道。

「我是個錯誤？」

「不。」他連忙道。「但坦白以告則是。」他看一眼那扇門。「我得送妳回去。」

「好啊，我也想回去。」

洛倫臉色一黯，這沒道理。他怎麼會失望？他剛剛才承認，後悔告訴她這件事。

「你讓我困惑。」她道。

「這不是我的本意。我是想解釋發生了什麼事。」

「你怎麼可能解釋？」她立刻後悔自己的衝動。這是個機會，她應該設法說服他幫助他們逃走，為她提供情報。

她什麼也沒做，只站在那兒，吸氣吐氣，覺得噁心、麻木、顫抖。

洛倫轉身面對門，手懸在開關面板上空。「我要問妳一個問題。」他背對著她說。「她還好嗎？」

「死了。我母親死了。」

很長一段時間，洛倫沒有移動。詠歎調隔著他的肩膀看著他的側面。她看到他站立的方式，肩膀隨著急促的呼吸起伏，這消息對他造成的影響如此之大，令她害怕。

「很遺憾。」最後他道。

「你一去就是十九年，光說聲遺憾是不夠的。」

他開了門，帶領她回到巨蜥號內部，這兒沒有風，沒有聲音，也沒有流火閃爍。

她向前走，沒有感覺，沒有思想，直到前方有人提高音量說話，才讓她脫離迷霧。

兩名警衛站在她房門口，跟裡面的不知哪個人爭論。

「拘留者的管轄權屬於黑斯，不屬於黑貂。」一名警衛說。「只有黑斯下令，才能將他們轉移或安置到其他地點。她應該在這裡才對。」

詠歎調的視線被警衛的背影擋住，但索倫答話時，她認出他的聲音。

「聽著，再跟我講什麼法規條款都沒用，我只是告訴你實際發生的事。半小時前，她被一個角族帶走了。」

她望一眼洛倫，她的父親，忽然為他感到害怕。黑貂業已證明，無論什麼人觸犯了他，都會受到無情的懲罰。但洛倫表情淡定，她不久前才在他臉上看到的激動情緒都不見了。

「你們要帶她去哪裡？」他們走上前去，他問道。

警衛猛然轉身，詠歎調瞥見羅吼和索倫滿面擔憂，從房間裡注視他們。

洛倫的問題出其不意，警衛沒有防範，他們立刻異口同聲道：「去醫療室。」

「我帶她去。」洛倫順理成章道。

「不行。」較矮的警衛道：「我們奉命行事。」

「不麻煩，我本來就要去那個方向。」

「我們司令給的命令很清楚，必須由我們把她移轉過去。」

洛倫向身後的走廊歪一下頭。「那你們最好自己去執行。」

她被轉手，從洛倫交到警衛手中。一個小動作就讓他迴避了質詢，也擺脫了對他的懷疑。她必須承認他手法高明。同一個晚上，她第二度被帶走，她忍不住回頭看一眼。

洛倫仍在那兒，盯著她看。

黑斯獨自在醫療室等她。

「進來，詠歎調。請坐。」他對一張病床比個手勢。

房間裡有消毒水的氣味，感覺很熟悉，成排的病床和金屬櫃台牽動了她的記憶。她腦海裡浮現穿著醫師白袍的魯明娜，頭髮往後綰成一個利落的髻，神態既鎮定又警覺。魯明娜穿什麼衣服都顯得典雅，所有動作——坐、立、打噴嚏——也都優美得體。

詠歎調覺得自己這些方面都不像母親。少了那份泰然自若，她比較邋遢，沒有耐心，飛揚浮躁。她還有魯明娜所缺乏的藝術家氣質。

這都來自洛倫嗎？這些特質是他的遺傳？一個軍人？

詠歎調用力眨眼，勒令自己不准在這種時刻思考這件事。

「我們的咖啡呢，黑斯？」她在小床上落座，手臂搭在腿上，說道。「運河邊的小桌子呢？」

黑斯雙臂抱胸，不理她的諷刺。「索倫說妳要見我，他還提到妳受了傷。我找人來幫妳做個檢查，外面有個醫生待命。」

見到阿游和洛倫，她差點忘了自己的臂傷。現在疼痛又回來了，從雙頭肌開始，沿著手臂向上竄。「我不想受你的恩惠。」

詠歎調默默詛咒自己。這不是講原則的時候，雖然他既奸詐又沒良心，但她的手臂確實需要治療。不過她注意到，至少疼痛已緩和了一點。

黑斯驚訝地挑起眉毛。「隨妳便。」他把一張有滾輪的椅子推到詠歎調坐的小床前面。他在那張椅子上坐下，手撐著大腿，從較低的角度向上打量她。他跟索倫一樣是個大塊頭，小椅子好像被他吞沒了。

詠歎調等他發話的當兒，強迫自己釐清思路。他把她弄到這兒來必然有個動機，但她也有自己的動機，他是他們脫逃的最佳機會。因為黑斯從不給別人好處，所以她必須說服他，幫助她對他自己有利。她把洛倫盡可能推出思緒，專心思考當前的目標。

「我畢生致力維護夢幻城和城中居民的安全。」黑斯道：「我從來沒預料到會發生今天這種情形。我沒打算留下那麼多人，甚至不得不留下我自己的兒子，但我看不出有別種選擇。索倫不肯讓步，我拿他沒轍。因為我被迫採取的行動，我們父子感情出現了裂痕。或許妳也因為我的決定而蒙受痛苦。」

他的道歉方式跟索倫如出一轍，絕不真正承認自己做錯了事——政客式的致歉——但他背部僵硬，脖子上的肌肉緊繃，好像隨時會折斷。他身體裡面的某處，有真正的懊悔，說不定還有一顆心。

詠歎調點頭，努力裝出被他這番話打動的模樣。他正朝她希望的方向發展，她沒有挑剔的餘地。

「我可以帶妳走，詠歎調，我相信索倫告訴過妳。等炭渣夠強壯，而且聽話，妳可以跟我們一起穿越障礙，前往永恆藍天。但我不能收留妳的朋友。」

「游隼？」

黑斯搖頭。「不，他已經確定了。他會來。因為他跟那個男孩的關係，所以不能沒他。」

「那你是說羅吼。」她道：「你不能帶羅吼。」

黑斯點頭。「他很危險，他跟黑貂有舊怨。」

她忍不住笑出來。「每個人都有舊怨，黑斯——你不認為嗎？而且不僅我和羅吼，外面還有幾百個無辜的人，其中一部分是你丟在夢幻城的人。這是你的機會，你還來得及幫助他們，你可以改正過去的錯誤。」

他的脖子和臉頰脹得通紅。「妳太天真了，我不可能收容他們任何人，所有人員都歸黑貂管。我們就是沒有足夠的空間。況且我也不能再向他要求什麼，我沒有能力再給他更多東西了。他不需要把他的族人遷入一個全新的環境，需要那麼做的是我，外界的一切都跟以前不一樣。妳知道第一次覺得飢餓的滋味嗎？失去畢生熟悉的一切事物呢？」

他亢奮地急急把話說完，好像打開了貯滿憂慮的水閘。但他忽然打住，似乎說出來的話遠超出他原先的規劃。

「是的。」她柔聲道：「我知道那是怎麼回事。」

接下來的停頓中，詠歎調的心在胸腔跳得很沈重。這是她把他拉到他們這一邊來的機會。阿游的話在她心裡回響，**我們提供他另一種選擇**。

「去永恆藍天還有別的方法。」她靠過去。「你有優勢，有船。你不需要黑貂提供座標——」

「我有座標，那不是問題，我們唯一做不到的是控制那個男孩。」

「炭渣是游隼的……不是黑貂的。」

黑斯緩緩吸一口氣。她幾乎聽得見，他已對別種可能性敞開了心門，就像一副紙牌攤開成扇形。

他願意相信她。她做得到，她會說服他。

「游隼的部落，人數跟黑貂的部落大致相當。四百人。想一想，凡是你需要知道的，與外界生活有關的任何知識，游隼都可以幫助你——你可以信任他。你跟黑貂沒有這種互信。想想以後的發展，抵達永恆藍天後，你認為會發生什麼事？你以為你們兩個會忽然變成朋友嗎？」

黑斯嗤之以鼻。「我不需要朋友。」

「但你也不需要敵人。不要自欺欺人，以為黑貂除了與你為敵還有別種可能。我雖然恨你，但我不會騙你，游隼也不會。黑貂卻會。」

黑斯考慮了很久，眼光一直固定在她身上。「告訴我。」他道：「妳怎麼開始信任外界人的，他們又怎麼會相信妳？」

詠歎調聳聳肩膀。「我從一開始就選對了人。」

黑斯看著自己的手。她知道他在設想如何把黑貂排除在外。她需要說服他，但她必須小心。對黑貂的恐懼深埋在她骨髓裡，但黑斯也是個不可小覷的對手。

黑斯抬起頭。「我要我兒子跟我一起走，我要妳幫忙說服他，讓他知道他該來。」

詠歎調搖搖頭。「這次必須你幫我，而不是我幫你。這是你做正確選擇的機會。」

「我選好了。」黑斯站起身，走到門口，停在那兒。「我不抱任何幻想，我知道黑貂是什麼樣的人，但我也知道他不會跟我作梗。他需要我，否則他哪兒也去不了。」

「他需要你就像他需要吃頓飯。」

這句話不該說的；她過頭了。

黑斯僵立，吸一口氣，隨即轉身離去。

稍晚，索倫在對面床上打鼾時，詠歎調把整個經過情形都告訴羅吼。她從阿游遭受的虐待說起。

羅吼坐起身，用手指關節壓著眼睛，很長一段時間，一言不發。

看著他，詠歎調想起麗薇剛去世的那段日子。

她曾考慮過不要跟羅吼說。他真的有必要聽那個殺死麗薇的男人怎麼折磨他最要好的朋友嗎？但她需要跟他談談。她必須釋出一部分內心的憤怒，否則她會爆炸。他們很擅長這種事，她和羅吼。他們一直在練習把彼此的煩惱傳過來遞過去。

她先打破沈默，告訴羅吼有關洛倫的事，總算召回他的魂魄。他挪到她身旁，握住她的手。他很小心，溫柔地屈起手指，跟她的手指扣在一起。

「妳覺得怎麼樣？」他問。

她知道他不是在問候她受傷的手。「就像我終於找到了一直想要的東西，但那不是我真正想要的。」

羅吼點點頭，好像她的話有意義，同時把腿向前伸直。「阿游和我，」過了一會兒，他道：「我們在父母方面的運氣都不好。」

詠歎調偷看他一眼，發現他也正用眼角瞄著她。

以他們親密的程度，她對羅吼的過去卻幾乎一無所知。他八歲時，跟外婆一起來投靠潮族，飢餓又無家可歸，鞋底都磨穿了。按照羅吼一貫的說法，他的人生從那一刻才開始。他絕口不提那天之前的事——直到現在。

「我母親不是個奉行一夫一妻制的女人。除此之外，我對她沒什麼印象。這使得我們相處很困難，因為麗薇是我唯一交往過的女孩，而且她會成為……我要她成為……」他咬緊下唇，在思緒中沈浸了一會兒。「我從來沒要過別人。」

「我知道。」

他微笑。「我知道妳知道……我本來想跟妳說的是我父親，不是麗薇。我對他只知道幾件事。」羅吼鬆開她的手，點著他修長的手指計算。「他長得很帥。」

「猜得出來。」

「謝謝——他愛喝酒。」

「那我也猜得到。」

「對。既然如此，接下來我要說什麼？」

詠歎調也咬緊下唇。「我有機會了解我父親，不僅兩件事而已？」

他點頭道。「似乎有可能。他主動來找妳，詠歎調。他本來沒必要幫助妳，也不必告訴妳他是誰。」

都是事實。「萬一我知道關於他的事，卻都不喜歡怎麼辦？他是黑貂的左右手。我怎麼可能尊敬他？」

「我遵守效忠維谷的誓言十年，可是我恨他。誓言就等於承諾——不論心情如何，該做的承諾還是要做。」羅吼朝門口看一眼，壓低聲音道。「詠歎調，妳父親……他可以幫我們逃離這兒。」

「也許。」她道。但她不知該怎麼辦到，他們分別處於敵對陣營。

她慢慢吁口氣，把頭靠在他肩上。她一直以為找到父親會是世界上最快樂的事。她不知道怎麼描述現在的心情，但它比較接近恐慌。

隨著時間過去，索倫在另一張床上打呼，她的心思回到阿游身上。她想像他漫步穿過樹林，肩上背著弓。她想像他身穿警衛制服，投給她一個略帶彆扭的微笑。她看到他躺在小床上，被打得幾乎動彈不得。

「我無法不想他。」她終於受不了時，說道。

「我也一樣。」羅吼道，憑直覺知道她口中的他就是阿游。「或許一首歌會有幫助。」

「我累得唱不出來。」

太悲傷，太擔心，太焦慮。

「那我來唱。」羅吼沈默了一下，想到一首歌，便唱起〈獵人之歌〉。

阿游最喜歡的歌。

26 游隼

針扎進手臂的刺痛，喚醒了阿游。

一個穿白袍的定居者，在他發問前回答了他的問題。

「止痛藥。」她道：「他們要你能活動，而且能說話。」

不用再擔心每次呼吸都肋骨刺痛，他覺得大為輕鬆。醫生走出房間之前，他又陷入深沈無夢的睡眠，直到聽見門被拉開。

直覺告訴他，這次來的不是醫生。他從床上滑下來，在黑斯與黑貂一起進來時猛然起身。

他們看見他，停止交談，對於他能站立十分驚訝。

「早安。」黑貂的目光掃過阿游的身體，逐步加以評估。他情緒處於亢奮狀態，展現鮮豔的橘色，有股辛辣的味道。那是偏執的氣味。

黑斯只看阿游一眼，就抱起手臂，盯著自己的腳。

阿游身軀搖晃，有點不穩。他從眼角瞥見手臂和胸口的淤傷顏色已經加深，變成深紫色。

門口的警衛拿著槍、電擊棒、手銬，一副只要他稍有動靜就會撲上來的架式。

他覺得很有趣，不由得提高嘴角。他們以為他會做什麼？鷹爪都可以打得比他精彩，但顯然他盛名在外。警衛們看起來很害怕——聞起來也是如此。

「你能站了。」黑貂道：「我很驚訝。」

阿游也一樣。雖然他能站立，但他對注射的藥劑有反應。熱呼呼的口水湧進他嘴裡，再過五秒鐘他可能就會吐得滿地。

「你的手臂還痠嗎？」他問，替自己爭取點時間。他希望胃能安定下來。

黑貂笑道：「很痠。」

黑斯清一下喉嚨。他的姿勢和表情，他的一切都引不起注意，無足輕重。「等一下我們就帶你去見炭渣。」他道：「他從醒來就很難過。他很擔心你，你其他幾位朋友也一樣。」

阿游想到詠歎調。要不是他前一天晚上見過她，這番話鐵定會讓他很沮喪。

「你可以讓他們——以及你自己——少吃點苦，只要你合作。」黑斯繼續道。「炭渣必須認命。他需要痊癒，培養體力。他必須同意幫我們穿越那堵牆。說服他，游隼，要不然我們大家都沒有機會。」

黑斯說話時，黑貂保持沈默，他輕鬆地站著，眼睛半開。他只是湊黑斯的興，讓他控制這部分的程序。

黑貂翹起嘴角，露出微笑。「帶他來。」他吩咐門口的手下。

阿游被送到走廊對面的房間，炭渣已經在房間裡，瑟縮在角落。他看起來像隻剛孵出來的雛鳥，縮成一團，光著腦袋，瞪著恐懼的眼睛。

阿游一走進房間，炭渣連忙起身，從房間另一頭衝過來，撲進阿游懷裡。

「對不起，對不起，對不起。」他抽噎著說。「我不知道該怎麼辦，不管我怎麼做，你都會恨我。」

「給我們一分鐘。」阿游不看黑斯與黑貂，用背部掩護炭渣。他不確定自己是想保護炭渣，還是企圖掩飾身體的顫抖，或許兩者他都不想讓他們看見。「我們哪兒也不去，給我們一點空間就好。」

他們站定不動。

「沒事的，炭渣。」阿游道：「我沒事。」他壓低聲音，但他知道黑斯和黑貂什麼都聽得見。「記得你燒我那次嗎？」他用被打得不成樣子、又有疤痕的那隻手握成拳頭。「那是我經歷過最厲害的痛。這個根本不能比。」

「這麼說是要讓我好過一點嗎？」

阿游微笑道：「我想不是。」

炭渣擦一把眼睛，瞪著阿游的淤傷看。「反正我也不相信。」

「真感人。不是嗎，黑斯？」黑貂道：「我但願能繼續享受這一幕，但百廢待興，需要我們推動。」

阿游面對他們，炭渣緊靠在他身邊。奇拉溜進房間，跟門口的警衛站在一起。她露出一種阿游不曾在她臉上看過的表情——同情。

「希望你明白我不會做無謂的威脅，炭渣。」黑貂道：「不遵守我的規矩，就要受處罰。你現在明白了，是嗎？」

炭渣貼著阿游發抖，點點頭。

「很好。你知道游隼希望你怎麼做嗎？你知道他要你幫助我們嗎？」

「我從來沒說過這種話。」阿游道。

時間靜止了。黑斯和黑貂臉上的表情——甚至他們身後那群警衛的表情——要阿游付出任何代價，他都心甘情願。

「我喜歡你，游隼，」黑貂道。「你知道這一點。但你的處境可能會更惡劣。」

「我不會要求他為你送命。」

「我很有說服力的。待我想想，離這兒不遠有個房間，裡面關了你最要好的朋友，還有一個女孩，是你的——」

「我做！」炭渣喊道：「你說什麼我都做！」他抬頭望著阿游，眼淚又流了下來。「我不知道該怎麼辦，對不起。」

阿游抱緊他。炭渣一直在道歉，其實應該所有的人向他道歉才對。阿游該向他道歉，黑貂和黑斯該向他道歉。每個人都對不起他。阿游想告訴他，但他的聲帶卻卡住了，說不出話來。

黑貂走到門口，停下腳步，露出滿意的笑容。他得到了想要的東西。「把這孩子養壯點，黑斯。用我們討論過的療法——每一種都用。我們立刻向海邊出發。」

「還不行。」黑斯反對道。「我們要等這孩子準備好，才能著手穿越。即使採用加速療程，他也需要時間恢復力量。而這場暴風雨，也讓巨蜥號無法移動，必須留在這兒，等風暴結束和男孩痊癒。」

「這場風暴永遠不會結束。」黑貂道：「我們在海邊的處境會比較有利。炭渣一準備好，就可以展開穿越。」

黑斯脹紅了臉。「移動這單元需要前置作業，有很多準備工作、安全檢查，需要考慮的危險遠超過你的理解。你這麼沒耐性，有損我們的生存機會。」

阿游發覺房間裡的能量起了變化，焦點轉移到他們的爭執上。奇拉與他四目相對，她也看得出來：黑斯與黑貂早晚會發生衝突。炭渣仍在他身旁發抖。

「我們馬上行動，否則就是死。」黑貂道。

「這是我的船，黑貂。由我指揮。」

黑貂沈默了一拍的時間，淡色的眼睛射出光芒。「你犯了錯誤。」他道，隨即出門而去。

奉黑斯的命令，警衛把炭渣從阿游臂彎裡拖走。他微弱地掙扎，不斷質疑。「你們要帶我去哪裡？為什麼我不能跟阿游在一起？」

另一名警衛抓住阿游的手臂。他立刻反擊，把那人推去撞牆。他用手勒住那名警衛的脖子，把他壓制著不能動彈。另外兩個人拔出槍來，但阿游毫不讓步，怒目瞪著定居者嚇壞了的眼睛。

「你鬧夠了沒有？」黑斯問道。

「沒有。」他覺得還不夠，但他強迫自己放開那人，退後一步。「沒事的。」他對炭渣說。

「我保證。」然後他讓警衛帶他回走廊對面原來那個房間。

「在外面等著。」黑斯吩咐部下，然後也尾隨阿游進入房間。

門關上，好讓他們獨處。

黑斯站穩腳步，挺起肩膀，冰冷地凝視阿游。「我的部下一聽見打鬥聲，就會衝進來，射殺你。」

阿游砰一聲坐在床上。「我要的話，可以無聲無息地殺掉你。」他的身體不喜歡他不久前使用的那種爆發式力量。他的肌肉在顫抖，背後泛起一陣陣寒意，噁心與憤怒在他體內交戰。

「你真暴戾。」黑斯搖頭道。「別以為我會忘記，你曾經闖進我的密閉城市，打碎我兒子的下巴。」

「他攻擊詠歎調。我只做到那地步，是你運氣好。」

黑斯挑起下巴，做出像索倫一樣不服氣的表情，但他的情緒在阿游的視野邊緣發出藍色閃光。黑斯怕他。阿游受毒打酷刑，沒有武裝，光著腳，但黑斯還是害怕。

「我不會讓黑貂傷害詠歎調。」黑斯道。

「那你就該說出來。」

「你不該把情況搞得這麼複雜。身為部落領袖，你該知道，個體要為團體服務。為了許多人的安全而犧牲一個人，你這種地位的人不該大驚小怪。」

「是的。」

「那你為什麼反對？」

阿游一開始不想回答，他不願意跟一個自己不尊敬的人談這種事，但他必須大聲說出內心的感受——為了他自己。他要趁這個時機，承認他已經知道好幾個星期的事。

「我知道，沒有他的能力，大家都沒有生存機會。但我必須讓他決定自己的命運。」阿游可以命令炭渣，那孩子會做他要求的任何事。但阿游希望，透過這種方式，炭渣會覺得他對自己的人生仍保有少許控制。炭渣受到來自各方的壓力，但到頭來，決定權仍在他手中。

黑斯發出不屑的哼聲。「你是他的領袖，你應該命令他。」

阿游聳聳肩膀。「我們對事情的看法不同。」

「你怎麼能假裝清高？看看你，看看黑貂對你做了什麼。」

「我不假裝，這些淤青跟黑貂將要得到的報復相比，根本不算什麼。」

說完這些話，復仇的飢渴在他體內展開，強大無比，令人害怕。他跟羅吼沒什麼不同。在此之前，他只是對衝動置之不理，但現在他再也做不到了。

黑斯伸手抹把臉，搖頭道：「你的問題在於你要強行向黑貂挑戰。這不是蠻力的考驗！我們不是活在中世紀！現在靠的是手段與策略。」他揮揮手，顯得更焦慮。「看看四周，一切都在我控制之下。巨蜥號，外面的飛船艦隊，所有的醫藥、食物、武器。我給黑貂一些手槍和電擊棒，但那些跟我鎖起來的東西相較，不過是玩具而已。醫藥，食物，通訊，都由我管制。沒有我的命令，我們哪兒都不能去，什麼也不能做。」

「你的清單遺漏了人。」阿游道。

「胡扯，他們也是我的。」黑斯啐了一口。

「你確定？」

「我當指揮官的時間比你活著的時間還長，外界人。我的飛行員和警衛都受過嚴格的訓練。如果你以為黑貂能——」

嘹亮的警報聲在房間裡爆發開來，黑斯的眼睛立刻轉向揚聲器。

地板忽然抬起，阿游失去平衡，感覺像要撞上天花板。他跳下床，房間仍不斷搖晃著上升。他總算站穩，在黑斯逃出房間的前一瞬，迎上他驚駭的目光。

巨蜥號開始移動了。

27 詠歎調

「我們來這兒多久了？」詠歎調問：「在巨蜥號裡面？」

「四十八小時，多多少少吧。」索倫道：「幹嘛問？」

「我都忘記它會動了。」她道。

他們在這個房間裡已分配好地盤。索倫佔據離門較近的那張床下鋪，她佔用另一張床。羅吼要麼坐她身旁，要麼就利用兩床之間的空隙來回踱步。

巨蜥號已經行動了一小時；不斷傳來的震動讓她聯想到在虛擬世界裡坐火車，但顛簸得多。整個房間不時會向一側猛烈傾斜。開頭十分鐘，每當這種情況發生，她都會抓緊床框，努力保持穩定。但在一次特別劇烈的震動後，她決定乾脆不放手了。

「這玩意兒的輪子難道是方的？」羅吼在她身旁抱怨道。

「根據定義，輪子應該是圓的。」索倫道：「不過你猜得有理，它的輪子雖不是方的，卻是靠不斷運轉的履帶移動，再搭配先進的避震器。設計的概念著重移動方便和戰略布局，不強調衝刺的速度。」

羅吼看她一眼，眉間出現一道皺紋。「妳聽得懂嗎？」

她搖頭道：「不太懂。索倫，你剛說什麼？」

索倫嘆口氣，惱火地說：「這東西的總重量……我也不知道有多少噸，反正非常重，移動它就像移動一座小型城市。為了使它在任何地形上都能有效率地前進，每個單元下面都裝了履帶系統——許多沿著軌道轉動的輪子，類似老式的坦克。履帶把重量分配到較大區域，所以能保持穩定，你不用擔心我們會翻覆。保證不會，巨蜥號能攀登任何地形。你們該擔心的是，他們硬要把一匹載貨的馬變成賽馬。」

「我寧願聽不懂他的話比較愉快。」羅吼道。

「他們想跑贏流火風暴。」詠歎調說，但這麼做沒意義。洛倫不是告訴過她，跑也沒有用嗎？他不是還說，黑斯建議留在原地度過風暴嗎？

索倫嗤之以鼻。「那是不可能的。巨蜥號不會跑，只會爬。我父親可能是白癡，但他並不笨，不會下令在暴風雨中移動。巨蜥號行動時會變成一個較大的目標，較容易被漏斗擊中而受損。」

答案在詠歎調心中閃現。「黑貂控制了這艘船，要不然就是他強迫黑斯移動。」

「任何一種可能性都對我們不利。」索倫道。

詠歎調警覺地張望著。室內燈光開始不規則地忽明忽暗。

索倫揮揮手，做了個來了的手勢。他們沈默下來，聆聽引擎發出低沈的嗡嗡聲。

「我好像還沒向妳道謝，」過了一會兒，羅吼說：「救我們離開邊緣城。」

她在黑暗的間歇之間，斷斷續續看到他俊美的臉，她知道他想起了那個可怕的夜晚。麗薇砰然倒在陽台的石板上，他們墜入蛇河。「不客氣。」

「那次掉下去很危險。」

「確實。」詠歎調說，「但我們著地時完整無缺。」

羅吼專注地看著她。他目中淚光瑩瑩，似乎在專心思考，以便研判自己是否真的完整無缺。

她把一隻手放在他手臂上。「我們辦到了……是嗎？」

羅吼眨眨眼，輕點一下頭。「有時候我想是。」

詠歎調緊握他的手臂，微笑。她全心全意希望他完整無缺。

或許他的悲傷就像她手臂上的傷，慢慢會痊癒，逐漸不再那麼耗心費力，因為人生還會出現別種煩惱、別種歡樂、別種痛苦和幸福的來源。她要他擁有這些，更多生命力，更多幸福。

羅吼牽動嘴角，露出微笑——她已好幾個星期沒看到的絕美笑容。

「美呆了，是嗎？」

她縮回手，輕推一把他的肩膀。「不要假裝意外。」

「不意外。只不過有人提醒，就覺得很爽。」

「我放棄。」索倫搖頭道：「恭喜了，你們兩位是我第一個無法破解的密碼。」

「只是苦中作樂罷了。」羅吼道。

「想聽好消息？」索倫道：「我倒有一個。如果巨蜥號在這場流火風暴中拋錨，而且倒塌或裂開的話，只要我們沒送命，就很有機會逃脫。」

羅吼眯起眼睛考慮。「我願意冒險。」

詠歎調把頭髮拉到胸前，繞在手指上。「我也願意。」她希望燈光保持穩定。她想要淋浴，喝杯咖啡，蓋上柔軟的厚毛毯。還要阿游，他是最重要的。「如果巨蜥號拋錨，說不定我也會。且慢……我已經拋錨過。」她對羅吼微笑。「不會再拋錨了。」

他挑起眉毛，回敬她一個微笑。「妳說得對，那確實是好消息。」

一陣突如其來搖得人筋鬆骨散的震動，讓她憑空飛起，背部撞上牆。她驚呼一聲。黑暗把房間吞沒時，羅吼的手像鉗子般緊緊扣住她手腕。

28 游隼

巨蜥號震動著停下，阿游從床上坐起，在一片黑暗中計算時間。

五秒。

十秒。

十五秒。

靜坐不動這麼久，對他而言已經夠了。

他站起身，光著腳悄無聲息地落在冰冷的地板上。他的眼睛只需少許亮光就能看見，但這兒沒有光——一個發光點都沒有，只有一片無可救藥的黑，鐵一般稠密沈重。

他摸到牆壁，沿著它走，摸索著來到門口。他停下腳步，聆聽。外面傳來隱約的說話聲——兩個男人在爭論。

警衛或角族，他分辨不出，但也無所謂。

他一時想要找一件武器，但隨即放棄。這個房間裡只有幾條毛巾，和一張用螺絲固定在地板上的床。他們連鞋子和上衣都不給他，唯恐被他利用來做武器。如果有的話，他或許真的會那麼做，但既然沒有，只好就地取材了。

阿游的手摸到門旁牆上的控制板，黑斯和其他人進出都用到它。但現在沒有電，面板也失去作用——換言之，鎖門的功能可能也會失效。

他花了幾秒鐘摸清楚開門的機制，然後轉開門扣，輕輕一拉。門開了。

走廊裡有兩名警衛正在驚慌地交談。阿游輕易就看到他們，兩人都用手槍上瞄準目標用的紅色雷射權充照明。其中一個離他只有幾步遠，背對阿游。另一個人站得較遠，也在走廊裡。他們聽見開門的聲音，都立刻停止說話。

「那是什麼？」近處的警衛說，急忙轉身在黑暗中搜索。

另一個人武器上發出的一線紅光，向阿游掃來。

「停止！不許動！」他喊。

來不及了。阿游快步跑向近處的警衛，接近時，他考慮到不要用紅腫的關節與手指出擊，改用手肘打擊那名警衛的臉，一陣撕裂的疼痛穿過他的肌肉。然後他奪過武器，用槍托重擊那人的小腹。

那名警衛砰一聲倒地。

走廊另一頭的那個人已開火。

響亮的金屬撞擊，叮一聲在阿游背後爆開。他雙膝跪下，把槍扛在肩上，瞄準那名警衛的腿，按下扳機。

什麼也沒有。保險掣——使用弓箭時從來不需考慮的一道手續。他撥開保險，再按一次扳機，命中無誤。

他站起身，沿著走廊飛奔，滿懷行動的渴求。找到炭渣、詠歎調、羅吼。黑斯和黑貂面臨重大危機，這是他們逃跑的良機。

才跑到半途，就有一支強力手電筒照花他眼睛。他舉手遮住痠痛的眼睛，眨了好幾下，才看見黑斯出現在對面。

他帶了六名警衛，全都舉起槍，要求阿游繳械。

人數懸殊，武器也寡不敵眾，阿游咒罵一聲，把槍扔在地上。

黑斯走上前來，看一眼被阿游打倒的兩名警衛。「你讓自己很不討人喜歡，外界人。」刺眼的強光照向走廊盡頭。「送他們去醫療室。」黑斯對身後的人下令，然後又對阿游說：「我們只有幾分鐘時間，跟我來，快。」

阿游跟著他。警衛列隊跟在他後面，黑斯一馬當先，急急穿過巨蜥號的甬道。阿游好想用手把牆壁撕開，他這輩子從沒有在室內連續待過這麼長的時間。

比他預期的快很多，黑斯帶他進入一個房間。詠歎調、羅吼和索倫都在他面前，黑斯的手電筒照出他們一張張驚訝的臉。

羅吼和索倫看到阿游手臂與胸前的淤腫，都沒有隱藏他們的震驚。羞恥使他臉紅，但阿游還是像往常一樣挺立，做好準備。詠歎調來到他身旁，溫柔地把手指纏進他的指縫裡，與她接觸使他士氣大振。

黑斯派他的部下在門外把風，等到門關上才發話。「我必須簡短說明，所以只要我沒讓你們說話，就好好聽著。」他頓了一下，他們圍成一個緊密的圈子，等他繼續。索倫滿臉笑容，掩飾不住自豪。黑斯對兒子點一下頭，表示認可，然後壓低手電筒的光，只照他們的腳，在地板上形成一泓光的池塘。

「如果我們結盟，」黑斯道：「如果我運送你的部落去永恆藍天，游隼，就必須排除黑貂，必須把他的手下從這艘指揮船和我的浮力船艦隊趕出去。這需要規劃與協調，才能成功執行。」

阿游覺得詠歎調在身旁動了一下。這是他們意料中的事，黑貂要接管一切，黑斯無法再置之不理。他要換邊合作。「你需要多少時間，黑斯？」

「八小時。我們會在早晨行動。」

「不行，太久了。」

「你已經在挑三揀四了，游隼？」

「你已經受到打擊，黑貂在指揮你的部下。如果給他足夠的時間，他會把他們通通收編過去。」

「你以為我不知道？正因為如此，我們展開行動前，必須先知道他侵入的程度。如果不能信任執行的人，出擊不會成功。八小時後，等一切部署停當，我們就離開巨蜥號，轉到浮力船上。」

「給我一把刀。」羅吼道：「我在十分鐘內結束這件事。」

「你以為我沒考慮這麼做？」黑斯道：「你想如果黑貂被殺，角族會採取什麼行動？放下武器投降嗎？」

阿游知道他們不會。生死攸關的時刻，不論有沒有黑貂，他們都會站起來戰鬥。要讓潮族加入，角族就必須全體退出。「兩小時，黑斯。」

「不可能，我需要時間協調，否則他會發現。他監視所有的一切。他精明、愛操縱、組織能力強。他是一場噩夢，一個掛著微笑用毒牙咬死你的魔鬼。」

「他也是人。」阿游道：「我會挖出他的心臟，證明給你看。」

這句話似乎說服了黑斯。他皺起眉頭，專心思索，小眼睛盯著阿游不放。「四小時，一分鐘都不能少。」

阿游點頭，接受妥協。他看一眼羅吼和詠歎調，很想立刻把他們放出去，但不能讓黑貂起疑心。所以，他們必須留在原地。

「這次見面怎麼辦？」詠歎調問：「如果被他發現我們見面怎麼辦？」

「目前，」黑斯道：「我們正面臨流火風暴引起的機械故障。很巧合，事故發生時，黑貂和他大部分手下都在巨蜥號其他單元裡。少數留守這個單元的角族，都在電源完全斷絕的區域。他們還在黑暗中摸索，並且受到我佩戴夜視鏡的部下監視。」

「這整件事是你安排的？」詠歎調問。

「黑貂蠶食我的內部，這是唯一的對策。」黑斯用手電筒照著阿游。「我唯一沒考慮到的，就是我的俘虜當中，有人與生俱來有夜視能力。要不是我把你攔截下來，你可能會破壞我的大計。」

阿游不說話。設計讓巨蜥號拋錨，以便他們祕密會商是個高招。他只希望黑斯能繼續智勝黑貂。「你得避開他。黑貂會知道你打算出賣他，就像我一樣。」

黑斯不當一回事地揮揮手。「我會處理。」

「你不明白，他聞得出來你對他不信任，你有出賣他的企圖。」

「我說了我會處理。」黑斯重申一遍。「四小時。在那之前，連離開的念頭都不准有。我要你向我保證，游隼。如果我這麼做，你要答應我，你會讓炭渣破壞那堵牆。你一定要讓他做到，否則我們就取消交易。」

阿游覺得不舒服，但他仍迎向黑斯的目光。「一言為定。」

黑斯緊張的表情鬆弛下來。「很好。」

詠歎調慢慢靠過來。阿游覺得她的手臂貼在他身旁，但他不能看她。他不想看到她的失望——或認可。事過還不到一秒鐘，他已經想收回方才的承諾。

「還有什麼？」黑斯問道。

「當然。」阿游道：「我需要一些衣服。」他想要自己的衣服，粗糙笨重的皮革與羊毛使他安心。但只要遮得住黑貂在他身上留下的淤青，隨便穿什麼都可以。

黑斯點頭道：「沒問題。」

緊急照明燈閃爍著亮起，小小的房間裡照得一片通紅。

「快點！」黑斯道：「快沒時間了，先回你房間去！」

阿游把詠歎調拉到胸前，用疼痛的手臂抱住她。他看著羅吼的眼睛，「保護她。」

羅吼點頭。「當然，用我的生命。」

阿游在詠歎調額頭印下一吻，隨即衝回走道，穿過走廊，再回去做囚犯。

29

詠歎調

「還剩多少時間，索倫？」羅吼問道。

「你五分鐘前問我這問題時，我猜三小時。」

「你現在猜多少，索倫？」

「兩小時五十五分，羅吼。」

羅吼低下頭，透過垂在額前的褐髮窺看詠歎調：「就知道他會那麼說。」

她勉強一笑，也覺得坐立不安。還要等三小時才能離開這房間，回到阿游身旁。

巨蜥號又開始行動，但速度放慢許多。她想像從外面觀察這支車隊，在滿天降落的流火漏斗下，是否像一條伸展開來的大蜈蚣。每隔幾分鐘，房間就會無預警地上下搖晃，她抓緊周圍的東西，希望它停止，但巨蜥號繼續扭動著前進。

「你們可知道我好奇什麼？」索倫在另一張床上發話：「你們為什麼都不聊阿游。難道酷刑在外界很常見？就像是：『對啊，我今天被打了一頓，真沒創意，你呢——你怎麼被修理？』」

「我先前告訴過羅吼了。」詠歎調招認。

「是因為我父親的關係，所以不跟我說嗎？他也有動手嗎？」

「沒有，是黑貂下的毒手。沒告訴你是因為我以為你沒興趣知道，你一直表現得很討厭阿游的樣子。」

索倫點頭。「沒錯，我的確討厭他。」他趴在腿上，手指插進頭髮裡。「我在想什麼？我們都在想什麼？」

「我想要離開這房間。」詠歎調說。

羅吼比畫道：「我們的想法一致。」

「我是這麼想的。」索倫不理他們，自顧說下去。「黑貂殺了阿游的姊姊。阿游殺了他自己的哥哥。我父親和黑貂都拋棄了幾千名族人，讓他們去等死。我靠藥物維持清醒。結果卻是我們這批人從頭開始？新世界最好的希望怎麼可以寄託在我們身上呢？」

「因為只剩下我們了。」詠歎調道，但她想到更好的說法。「我們都有做壞事的潛力，索倫，但我們也有克服錯誤的潛力。我不知道……我必須相信這一點，否則一切還有什麼意義？」

她必須相信黑斯還有能力為自己贖罪。他們都靠他了。

索倫往床上一倒，交叉手臂，擱在頭頂，誇張地嘆口氣：「到底有什麼意義。」

羅吼也躺下來，把頭擱在詠歎調腿上。他閉上眼睛，兩道濃眉中間擠出一條緊張的短紋。這條皺紋是新的，麗薇死後才出現。

詠歎調很想用手把它撫平，但她沒那麼做。這動作不會讓他好過點，她能給羅吼的也有一定的限度。不論她多麼愛他，那條皺紋裡的張力都輪不到她來消除。

她的思路轉向洛倫。再過幾個小時，她就可以把他拋在腦後。這好像不太對，但他既然做了黑貂的貼身顧問，就絕不能讓他知道他們的計畫。她對自己搖頭。她何必在乎？她什麼也不欠他。

「我們到了永恆藍天以後，」索倫道：「應該設法製造更多像妳一樣的人，詠歎調。」

她笑了起來。「製造更多像我一樣的人？你是指混血兒？」

「不。我是說，寬宏大量又樂觀，以及其他類似的特質。」

這番話與現實的反諷讓詠歎調苦笑，她方才對父親的想法一點也不寬大。「謝謝你，索倫，這是我聽過最好的間接讚美。」

羅吼閉著眼睛微笑。「我會懷念這兒的談話。」他眉間的皺紋幾幾乎看不見了。

走廊裡傳來聲音，他立刻坐起身。

門開了，出現兩名角族士兵。「來，」個子矮的那個說：「我們奉命帶妳去見洛倫。」

詠歎調不記得自己如何做出跟他們前去的決定。前一秒鐘她還跟羅吼並肩坐在床上；下一秒鐘她人就在走廊裡了。

許多人奔走的聲音飄到她耳裡，是來自很遠的地方。黑斯和他的部下正在策劃推翻黑貂嗎？感覺有點不對勁。

「洛倫找我做什麼？」她問。

「他下命令，我們就做。」矮個子角族士兵說。敷衍的答案，但他的聲音很緊張。

正前方有兩個警衛，他們看到她，愣了一下，再看她一眼。

詠歎調認得他們，先前押她去見黑斯的就是他們——洛倫曾經用巧妙的手法規避他們的猜疑。

「你們做什麼？為什麼帶走她？」他們問道，提高音量，充滿戒備。

詠歎調還不知道發生了什麼事，角族士兵就拔出槍來。他們對警衛開槍，槍聲震得她耳朵疼痛。警衛反應很快，立刻閃到轉角，就地掩護。

矮個子角族士兵喊道：「追！追！追！」兩人都衝向前去追趕警衛。

詠歎調往反方向跑。

「別動！」

她停下腳步，往背後看。

矮個子站在走廊另一端，拿槍瞄準她。「站在那兒，不許動！」

他一走開，她就拔足狂奔。

把他們拋在後面一段距離後，她強迫自己放慢腳步，鎮定地往前走。忽然腳步聲接近，她看到兩名警衛握著手槍跑來，心頭一緊。她正驚惶得不知如何是好，他們卻直接從她面前跑過，慌亂的交談聲傳到她耳裡。

「怎麼回事？黑斯下令提前發動嗎？」

「不知道，我沒接到命令。」

「我們該聽誰的命令？」

「我說了我不知道！」

她退回囚房，脈搏跳得飛快。直覺告訴她，黑貂搶先行動了——正如阿游的預測，否則剛才那兩個角族怎麼會對定居者開槍？一定是黑貂得知黑斯的計畫，先發制人。

離她的囚房愈近，走廊裡的活動愈頻繁。角族士兵齊步跑過，使巨蜥號搖晃不已，他們的目標專注，只瞥她一眼。相形之下，走廊裡的夢幻城警衛都顯得驚訝而手足無措。

她恢復鎮定，把目標分為幾項。去接羅吼與索倫，找到阿游與炭渣，離開巨蜥號愈遠愈好。

她幾乎已走到囚室，不料洛倫卻出現在走廊另一端，匆匆向她走來。他緊盯著她的眼睛，好像她剛叫了他的名字似的。他放慢腳步，吩咐同行的部下：「我在外面跟你們會合。」

見他走過來，詠歎調緊張得喘不過氣來。她很想逃跑，要不然就把盤旋在心頭的幾百萬個問題，一口氣向他提出。但她兩者都沒有做，她的腿動不了，嘴唇也吐不出一個字。

他倆中間的沈默不斷延長之際，她發覺巨蜥號也停了下來。黑貂確實發動了政變，再也不用懷疑。

「我派部下來接妳。」洛倫道。

「我不喜歡他們，他們射擊警衛。」

「我想幫助妳。」他道，沮喪使他的語氣變得粗魯。「浮力船都離開了，阿游和炭渣已經在外面。妳必須馬上跟我離開。」

「羅吼怎麼辦？索倫怎麼辦？」

「我效忠黑貂，詠歎調。」

「是的，我知道，父親。我跟你不一樣。」

洛倫調整身體的重心，灰眼睛籠上一層陰影。詠歎調真希望能讀出那雙眼睛裡的情緒。她但願自己方才不曾把父親二字說得像罵人的字眼。「你要強迫我跟你去嗎？」她問。

「不——我不會。」他瞥一眼走廊，靠近一點。「我想要一個認識妳的機會！」他壓低聲音，急切地說。「我想要證明我值得。」

「我也想要相信你！」她提高音量，在她耳中，自己的聲音變得尖銳而陌生。她在走廊裡倒退著走，忽然非常想離開。

洛倫沒有攔她。

他看著她轉身，快步跑開。

30 游隼

「走，潮族，快點！」

阿游夾緊肩膀，跌跌撞撞往前走，偏又撞上一個從反方向跑來的人。他全身痛得像要裂開，肋骨部位尤其痛得厲害。他好容易站穩了，回頭望去。

押送他離開巨蜥號的是個巨人，身高與阿游相當，卻魁梧得像座山，他眉毛穿了孔，戴上金屬飾釘。「何不解開我的手？手能動的話，我會走得快一點。」

巨人嗤之以鼻。「當我是白癡啊？閉嘴，快走。」

阿游盡可能放慢腳步，眼睛掃過每一個走廊與房間，找尋詠歎調和羅吼，找尋炭渣。狹窄的走廊裡滿是黑貂的部下，黑斯的人馬相對而言少很多。

阿游經過的一個房間，有一群警衛在裡面。他們都顯得張皇失措，好像全世界共同擁有一個祕密，只瞞著他們似的。他憑直覺就能確定，黑貂在黑斯的遊戲中擊敗了他。幾分鐘前那巨人走進他房間時，阿游就知道結果了。

「起來，活蛆。」那名角族士兵嘲弄道，並扔了一堆破破爛爛的衣服給他。「穿上，該走了。」

真的太快了，才過了一小時，而不是黑斯聲稱他需要的四小時。

巨人士兵的聲音又在阿游背後響起。「快點！腳要動，要不然我把你敲昏了拖出去！」

阿游不認為這麼做有好處，拖著他不是更費手腳嗎？

忽然那巨人把他推出一扇門。阿游沿著舷梯蹣跚走了幾步，忽然意識到：在巨蜥號裡關了幾天，終於出來了。

他把清涼的空氣吸進肺裡，在鬆軟的泥土上走了幾步。夜晚瀰漫一股煙味，遠處山上的火還在悶燒。他皮膚上有流火熟悉的刺痛感。天空裡紅光與藍光洶湧起伏，顯得很恐怖——這景象令人望而生畏，但比起困在小房間裡好太多了。

浮力船排列在他面前的曠野中，就跟他們剛到達時一樣，但巨蜥號已不是他先前看到的盤成一團的蛇形。它現在向前後伸展，整個拉開，所有環節呈一直線。

「游隼！」

黑貂跟一群人站在不遠處。阿游不需要推，就自動走到他面前。

「準備去看永恆藍天了嗎？」黑貂微笑著舉起一隻手，指向天空。「等不及把這一切拋在後面嗎？」

「他們呢？」阿游問，憤怒在他的血液中沸騰。

「炭渣已經載上船，正在等你，你很快就會見到他。至於其他人……羅吼充其量就是讓我看了生氣，但只有傻瓜才會把詠歎調這麼漂亮的女孩留下。她馬上就到。擺脫這一切後，我希望多了解她一點。」

「你若敢碰她，我就親手把你撕成碎片。」

黑貂哈哈大笑。「如果你的手不是綁在背後，這種話可能會讓我擔心。把他帶走。」他對巨人道，阿游就被拖走了。

曠野對面，好幾百人忙著把木箱裝上浮力船。其中混雜著看起來對如何裝備浮力船一無所知的角族、試圖幫忙的警衛，以及完全不知道發生了什麼事的警衛。到處都是憤怒的吆喝聲，亂成一片。

巨人推著他向一架龍翼機走去時，他注意到巨蜥號艙頂上散布著武裝人員。放眼望去，到處都是槍。定居者和外界人都佔據狙擊的位置，他看不出他們是合作或對立。他們自己似乎也搞不清狀況。

他爬上飛船，向擠在跑道上的人群看了最後一眼，希望能看到詠歎調或羅吼。

「繼續走，潮族。」巨人道。他往阿游肩胛骨之間用力一推，他腳步踉蹌地上了龍翼機。

阿游走進駕駛艙，見炭渣倒在四張椅子中的一張，好像在睡覺。他穿了保暖衣物，一頂灰色帽子緊扣在頭上。不再服用定居者的藥物後，他看起來比一小時前健康了一點。

看到阿游，他眼睛閃過寬心的神氣。「他們告訴我你會來，你怎麼那麼慢？」

「他媽的好問題。」巨人咆哮道。他把阿游推進炭渣身旁的椅子裡。

一個定居者從駕駛座回過頭來，他滿頭大汗，害怕得拉長了臉——無疑是因為鄰座有個人用槍指著他腦袋。

「這不是潮族的游隼嗎？」拿槍的人睨著他道，微笑時露出一口黃牙。「看起來不怎麼樣嘛。」

「確實不怎麼樣。」巨人道。

「聽說你翅膀折斷了。」黃牙道，手中的槍始終不離駕駛員的頭。

他們笑得開心，阿游趁機觀察情勢，他看到駕駛員的手是自由的。必須如此，因為要他開飛機。阿游吸一口氣，希望從他的情緒中找到一些恐懼之外的東西。

「我要綁上你的腳。」巨人道：「如果你企圖踢我，我會用一顆子彈打穿你的腳，而且我會開始折磨你。懂嗎？」

「懂。」阿游道，雖然他並非真的懂。

巨人跪下，他一腳飛出。

巨人的頭猛然往後一摔，牙齒斷裂。他頹然跌倒，巨大的身軀卡在座位之間的走道上。

駕駛員的反應很快，立刻打掉那名角族的槍。那名士兵撲上前去，兩人扭打成一團，灰色與黑色在控制台前面的狹小空間裡角力。

阿游站起身，在低矮的機艙裡必須低頭。

「你打算怎麼辦？」炭渣問道。

「還不知道。」阿游找不到可以用來解開雙手的刀或工具。他的選擇很有限，只好轉身觀察戰鬥，等待。一有機會，他就用膝蓋對準角族士兵的頭撞去。

那人身體一軟，搖搖欲墜了漫長的一秒鐘。這段時間足夠駕駛員衝去拾起掉在地板上的槍。

他拿武器比一比阿游，又比一比那名角族士兵。他嘴唇鮮血直流，滴在灰色的制服上，恐懼使他的情緒冰冷而敏銳，在阿游視野的邊緣呈現白色。

「輕鬆點，輕鬆點，定居者。」阿游幾乎聽得見駕駛員內心的掙扎。是友是敵？敵人或盟友？

「你是他們的領袖。」他道，呼吸很沈重。

一時之間，阿游還以為他被誤認成黑貂，但他隨即便發現並非這樣，駕駛員認得他。

「對了，我是來幫忙的。」他努力保持聲音平穩。「但我需要我的手，我要你把我放開……你可以嗎？」

31 詠歎調

詠歎調在狹窄的走廊飛奔，眼看著巨蜥號一節一節拆解開來，定居者和角族在她身旁推來擠去。驚慌的話語傳到她耳裡，沒有人知道出了什麼事，只有一件事是清楚的：浮力船要離開了，每個人都唯恐上不了船。

除了她。

她跑過人群，終於回到囚室。門開著，她衝進去，只見兩張空床。

索倫或羅吼都不在。

詠歎調咒罵一聲。他們在哪裡？她立刻回到走廊，繞過轉角，差點迎面撞上羅吼。

他把她拉過去，聲音柔和，語帶責備。「妳哪裡去了？我到處找妳。」

「你們怎麼出來的？」她問。

「真是的！」索倫只稍微放慢奔跑的腳步。「你們不能晚點再談這件事嗎？」

羅吼伸手到背後，交給她一把槍。「黑斯來放我們。」他回答她的問題。「他有個計畫。他正在設法阻止黑貂。」

索倫帶他們來到一扇沈重的門前，將它推開。她衝出去時，一陣涼風吹在身上，終於脫離巨蜥號了。

浮力船艦隊周圍萬頭攢動。警衛和角族擺出對立的架式；雖在同一個場地裡，卻各擁陣營，灰色與黑色界線分明。他們壓低聲音，充滿警戒，發動攻擊前要先咆哮。流火的漏斗在四周躍動，夜空中劃出一根根明亮的線條，但巨蜥號停在一團暫時看來較不具威脅性的氣流下。

「阿游在哪？」他們向人群走去時，她問。她的視線無法超越人群。

羅吼眺望四野，搖頭道：「沒看見他。他可能已經跟炭渣上了某艘浮力船，但我知道誰能告訴我們。」

黑貂。

人群中突然發出一聲喊，大地開始搖晃，在她腳下震動。她仰頭望去，不知是否自己對流火的判斷錯誤。頭上仍有藍色與火紅的風暴漩渦，但她還是沒看見漏斗形成。

「巨蜥號！」索倫喊道。

詠歎調聽不懂。人群卻散開了，吶喊著找掩護。周圍的人變少了以後，她終於看見巨蜥號——它的許多部分。指揮中心已拆開成為各自獨立的單元，每個巨大的單元都像蹲在地上的黑色甲蟲，在履帶上滾動，引擎咆哮聲搖撼著空氣。

詠歎調猛然回頭，向另一端望去。巨蜥號的各個單元把跑道團團圍住。她看到每個單元都升起了砲塔，砲口瞄準各艘浮力船，還有狙擊手埋伏在屋頂邊緣。

黑斯。他不會毫不反抗就讓黑貂奪走飛行機。

詠歎調抓住索倫的手臂。「這是你父親的計畫？射殺我們？」

他搖頭。「不是我們。他必須讓黑貂知道。」

「我們都成了目標，索倫！看看你四周。」

「會成功的！但他要準備——」

「黑貂！」黑斯喊道。

索倫一聽見父親洪亮的聲音，拔腿就跑。詠歎調追在他後面，在人群中穿梭，她希望羅吼跟得上。

她鑽進人群，來到內圈人牆的邊緣，黑斯獨自一人站在正中央。

他穿了正式軍服，手中拿著一把槍，也戴上了智慧眼罩。

「黑貂！」他再次高喊，在周圍的人群中搜索。「我知道你在這裡！好好看著！看你強迫我亮底牌時會發生什麼事！」

一聲爆炸把詠歎調炸飛。她倒在地上，肺裡的空氣被壓縮出去，在幾乎是永恆的瞬間，完全動彈不得。她翻身縮成一顆球，邊喘氣，邊用手摀住耳朵，努力讓呼吸恢復正常。爆炸震傷了她的耳鼓，疼痛刺進頭顱。她連自己的咳嗽都聽不見，只能聽見自己血液的流動，自己的心跳。

有人抓住她手臂，她立刻閃開，這才看見那是羅吼。他在說她聽不見的字句，黑眼睛裡反映出火光。他背後有一大蓬化為烏雲的黑煙，遮住了流火。

他抓住她手臂，扶她站起。一陣熱風把刺鼻的化學怪味吹到她臉上，刺痛她的眼睛。艦隊的最末端，有架龍翼機困在烈焰中——機身的一部分已燒焦，露出鋼鐵骨架。

羅吼握緊她的手臂。「留在這兒，跟索倫一起。我要去找阿游。詠歎調，妳聽得見我嗎？」

她點頭。他的聲音很微弱，但她聽得見。不僅他說的話，還有他的用意。

羅吼要去看看，阿游是否在那架起火的龍翼機裡。

黑斯再次大喊，羅吼的眼神越過了她。

「站出來，黑貂！站出來，要不然我就摧毀每一架飛行機！它們屬於我！我不會讓你擁有它們的！」

「對啦。」索倫道：「對他施壓。」

「別慌，黑斯。我來了。」

黑貂的聲音使詠歎調——以及所有的人——愣在當場。

「你在哪裡？」黑斯在周圍的人群中搜尋。「站出來，懦夫！」

詠歎調看見黑貂從幾名他的部下中間走出來。「我就在這裡。」他走向黑斯，並指著燃燒的龍翼機說：「即使不那麼做我也會出來的。」

他踏出的每一步都讓詠歎調心驚肉跳。他腰間佩一把刀，但黑斯有槍。

她意識到後面有動靜。角族士兵圍上來，在他們四周形成一堵牆。羅吼迎上她的目光，搖搖頭，太遲了。

不消幾秒鐘，詠歎調就覺得有一把槍抵在她脊椎上。

奇拉微笑道：「嗨。」

他們的武器被奪走——她、羅吼、索倫。他們三個再一次落入陷阱。

「我們講好一起離開，黑貂。」黑斯道：「那是我們的協議。」

黑貂用跟阿游一樣默不作聲的方式打量黑斯，那是靈嗅者典型的方式。從爆炸的龍翼機噴出來的烈焰在沈默中咆哮，火光是黑夜裡的一個亮點。

阿游不在那架飛行機上。不可能。

「一起嗎？」黑貂道：「那就是你計畫出賣我的動機嗎？」

「你根本沒給我選擇。我們達成了協議，而你破壞了它。叫你的部下下來。由我下令才能離開，就如同原先的計畫，要不然任何人都不准離開。我會把每一架浮力船都打平在地上。」

黑貂向黑斯走近一步。「是的，你說過這句話。」

黑斯舉起槍。「不要再靠近。」

「我一向遵守諾言。」黑貂道，仍然從容不迫地向前進逼。「我沒有破壞協議，只是你以為我會那麼做。」

詠歎調注意到人群變得鬆散。大家陸續後退，聽從某種來自直覺的信號。

「我要開槍了。」黑斯道。

「對，對，對，動手啊！」索倫在她身旁喃喃道。

時間變慢，每個聲音都延續到永恆。詠歎調動彈不得，發不出一點聲音。

「如果你開槍打我，」黑貂道：「我的部下會馬上砍倒你。聽起來不像是個解決方案，不是嗎？這跟你提出的建議很像……全拿或一無所有。把槍放下，黑斯。你已經得到你想要的。我們成了僵局，我們都知道，你不會扣下扳機的。」

「你那麼想就錯了。」黑斯道：「退後。」

「開槍打死他！」索倫大叫。

黑貂霍然用眼睛瞪著索倫。「帶他過來。」他對自己的護衛說。

黑斯這才發現索倫在人群裡，頓時滿臉恐懼。接下來所有的事都同時發生。

索倫高喊：「不！」

黑貂閃電似的撲上前，抽出刀劈向黑斯胸口。黑斯搖晃著後退，尖銳的慘叫聲劃破了空氣。傷口其實很淺，只是擦傷，沒有割破什麼地方，但對於一個從來不知痛苦是何物的人，已足夠使他喪失反擊的能力。

黑斯喘著氣，雙眼模糊，痛楚使他癱瘓。

黑貂再次行動。

他把刀插進黑斯的小腹，向下撕裂。

黑斯雙膝跪下，血肉從皮膚和制服裡湧出，灑在地上。

32 游隼

阿游看到了一切。

他比站在他前面的人都高，所以清楚地看到黑貂如何把黑斯開膛剖肚。黑斯倒下時，時間停止運轉，他的血染黑了鬆軟的泥土。那段絕對的沈寂感覺很熟悉，讓阿游想起他殺死維谷的那一刻。力量似乎觸摸得到，它的移轉不容懷疑。某種東西剛剛結束，而某種東西剛剛開始，在場的每個人都意識到這種改變：改變已開始而無法避免，就像最初落下的雨滴。

索倫的尖叫聲打破了魔咒，那是比他父親臨死前的慘叫更深切的聲音。低沈而痛苦，發自他的肺腑。槍戰爆發，忽然四面八方都是槍聲。

阿游衝上前去，飛奔向詠歎調和羅吼。角族和定居者一邊互相射擊，一邊往巨蜥號、浮力船或任何可資掩護的地方跑。失去生命的身體倒在地上。十具，很快變成二十具，幾秒鐘內就少了很多人。

「詠歎調！」他排開驚慌四竄的人群喊道。她站的位置很快就變成血洗現場的中心。

在人群的縫隙中，他瞥見黑貂被十多名部下圍繞，他們是保護他的人肉盾牌。

羅吼的話在阿游腦海中響起。斬斷毒蛇的頭。

阿游可以做到，只要一槍命中就夠了。

羅吼的口哨清晰地越過槍戰聲傳到他耳裡。

阿游循聲望過去，羅吼站在五十步外。一名角族士兵抓著他的手臂，把他往巨蜥號推。阿游看到索倫和詠歎調在羅吼前面，他們也在槍口下受到脅迫。

阿游放慢腳步，站穩。他舉起手槍瞄準，找到目標，扣下扳機。

他擊中挾持羅吼的角族士兵——正中胸口。那人向後倒下，羅吼重獲自由。

阿游又開始跑，子彈從他身旁飛過。他沒看見詠歎調和索倫，但羅吼跑在他前方，沿著同一路徑向前衝。

羅吼先跑到索倫身旁，撲到押解他的士兵身上。他倒地，連索倫一塊兒拖倒。

阿游從他們旁邊跑過，看到詠歎調，接著看見奇拉。

「別動，阿游！」奇拉叫道。她把詠歎調拖到身前。

阿游緊急煞住，見奇拉拿槍抵住詠歎調的下巴。他距她們只有二十步，但還是不夠近。

詠歎調仰起下巴，臉色因憤怒而緊繃。她呼吸急促，眼睛看著阿游，焦點卻凝聚在別處。

「放下槍，阿游。」奇拉道：「我不能放你走。黑貂需要——」

詠歎調用手肘撞上奇拉的喉嚨。

她一個轉身，抓住奇拉的手臂，將它扭到她背後，然後勒住奇拉的脖子，強迫她跪下，把她的臉壓到泥土裡。詠歎調從地上拾起手槍，用槍托重擊奇拉後腦，奇拉被打癱在地上。

詠歎調跳起身，跑過來：「我討厭那女人。」

阿游很驚訝，也很佩服，情不自禁咧開嘴巴傻笑。

「我們得離開這兒。」羅吼道。索倫在他身後，搖搖欲墜，臉色灰白，眼神渙散。

「這邊走。」阿游道，帶他們去他方才待過的龍翼機。

他們沿著跑道跑去，他看到雙方爭奪浮力船——角族很快就佔了上風。每個定居者似乎都要面對三名黑貂的部下，其中一部分竟然是警衛，他們已經開始效忠新領袖。空地上躺了很多具屍體，其中大部分都穿著灰制服。

他來到龍翼機，跳到機上。詠歎調、索倫和羅吼緊跟在後。炭渣在駕駛艙裡等候，待在阿游離開時的原位。

「走吧！」阿游喊道。

定居者駕駛員準備好了，正如原訂計畫。艙門還沒關緊，他已將飛行機駛離地面。

33 詠歎調

詠歎調陪著索倫，一起坐在駕駛艙後面黝暗貨艙裡的地板上。浮力船剛起飛，他就搖晃著身體、抽抽答答哭了起來。

她揉著他寬闊的背板，咬緊嘴唇，避免用一些陳腔濫調來安慰他。我很遺憾，我會陪伴你，這種事不該發生在你身上。

她知道，無論說什麼都幫不上忙。

她的耳朵經過剛才那場爆炸，還沒有完全恢復，但她聽到駕駛艙傳來的零星交談。巨蜥號和海岸中間有一場流火風暴，擋住他們回岩洞的路。駕駛員——跟炭渣一起留守在機上的那名定居者——聲稱這條路線不通，無法航行，等於自殺。

她聆聽羅吼和阿游討論變通途徑，希望找到一條值得嘗試的路線時，只覺腸胃繃得愈來愈緊。好容易才逃出巨蜥號，她一心一意只想回家——即使家是一個陰森的山洞。

她沒聽見炭渣說話，但他也在駕駛艙裡。大家把空間讓給索倫——雖說是在狹小的龍翼機裡，但只能盡力而為。

索倫往後一靠，拭淚道：「他是個大壞蛋，他做了很多壞事。妳知道他是個什麼樣的人，他生前一直是那樣。我為什麼會在乎？」

他哭得一張臉又紅又腫。他看起來傷心欲絕，真情流露，再也不像她以前認識的那個任性自負的男孩。「因為他是你父親呀，索倫。」

「我拒絕他。他要我一起離開，我卻堅持留在夢幻城。他始終沒有放棄我，我卻背棄了他。」

「你沒有背棄他。他知道的。」

「妳怎麼能確定?妳怎麼會知道？」沒等她回答，索倫握緊拳頭，摀著臉，又開始搖晃。

詠歎調仰頭看去。羅吼和阿游站在狹窄的艙門口，肩靠著肩，心也靠在一起。兩人好像都很了解索倫的感受。

透過擋風玻璃，她看到他們背後的天空——藍色流火已變成紅色——目睹方才的一切，索倫又在她面前落得如此心碎流離，她不知道怎麼還會自覺幸運。但她真的這麼覺得。

大家都活著脫身了。

阿游和羅吼。炭渣和索倫。

他們終於找到一條可以平安回到海邊的路線時，索倫已筋疲力盡睡著了。詠歎調靠在龍翼機冰冷的金屬艙壁上。她用來打奇拉的左臂還在作痛，但她發現右臂比較不痛了。她試做一些手部動作，手指已能合攏握拳。她伸直疲倦的雙腿，突然非常思念她的母親，她一定可以告訴她，傷口癒合的狀況好不好。

懷念魯明娜冷靜的建議與承諾是常事，但詠歎調隨即轉念想到洛倫，卻是破天荒頭一遭。

她這才想到：再也見不到他了。

她才跟他相處不到幾分鐘，對他幾乎一無所知。她會對他這麼依戀，可說毫無道理。雖然他一去這麼多年，也不論他跟魯明娜之間發生了什麼，她仍然對他有份感情。

我想要一個了解妳的機會，詠歎調。洛倫曾經這麼說過。

為什麼這句話聽起來那麼空洞，卻又蘊含那麼多希望？她還能指望他說什麼？

阿游從駕駛艙回頭望過來，打斷了她的思路。他見索倫安靜下來，便低頭鑽出艙門，走過來。

他跪在她身旁，眼睛在黑暗中發亮。「妳怎麼樣？」

「我嗎？我好極了。」

「真的？」他挑起嘴角。「到這兒來。」他牽起她的手，把她拉起來。轉瞬之間，她已置身一個被阿游堵得不透光的黝暗角落，他高高站在她面前，環繞著她，把原本微弱的光線都排擠出去。

他彎下腰，把額頭靠在她額頭上，微笑道：「我本來有件事要問妳，我覺得它很重要，但現在卻想不起來是什麼事了。」

「是因為我說我好極了嗎？」

他笑得更開心。「因為妳真的好極了。」他拿起她受傷的那隻手，用大拇指輕輕摩挲她的指節。「這樣好不好？」

她無法相信他要知道的竟然只是她會不會痛。「還不錯……我變成左撇子了。」疼痛如果不是一天天減輕，就是她已經習慣了。無論如何，她都決定把這當作好跡象。「你呢？」

「有點痠痛。」他說得漫不經心，好像已經忘記身上滿是淤青了。「妳對付奇拉那招真是棒透了。不過用在我身上，絕對不會成功。」

「我兩秒鐘就可以把你打趴。」

「這我可不知道。」他的目光落到她唇上。「我們得試試看。」他用滿是老繭的手捧起她的臉，消除了他們之間的距離。

他吻她，嘴唇又輕又軟，跟他手臂上緊繃的肌肉截然不同。他摸起來牢靠、真實又安全——正是她需要的一切。她抓住他上衣的下襬，把他拉得更近。

他的吻愈來愈深，他的身體也靠上來。他的手從她的腰肢下滑，放在她的臀部，發出一波波熱烈的慾望，淹沒她全身。她摟緊他的脖子，想要更多，但他中斷他們的吻，貼在她耳畔低語：「妳知道我處於嚴重的劣勢，是嗎？妳想要我的時候，我都感覺得到，想不碰妳也根本辦不到。」

「聽起來像是我們雙方的優勢啊。」

他退後一步，對她苦笑。「如果我們獨處，當然就是。」他的目光飄向駕駛艙，眼神恢復她所熟悉的那種穩定的專注。「我們快到了。」

透過擋風玻璃，她看到大海和流火——被流火扭曲的天空——但她卻情不自禁地微笑。她迫不及待再次見到迦勒，她也等不及要見到茉莉和柳兒，甚至小溪。

阿游挺身站直，牽起她的手。「駕駛員說他有永恆藍天的座標，資料早就發送給整個艦隊了。」

「所以這塊拼圖我們也到手了。」詠歎調說。

他點頭道：「是的。這對我們已經不成問題。」他輕輕握住她的手，兩人手指交纏在一起。「詠歎調，我們必須為一個目標團結起來。如果裘比得和小溪平安回來，我們就還有他們帶回來的天鵝機，再加上這架龍翼機。兩艘飛船加起來，我估計可以載一百人。」

「這還不夠，只能載我們不到四分之一的人。你不至於考慮只送一百個人去永恆藍天吧，會嗎？」

他搖頭。「不，我沒那麼想。我還沒認輸。」

詠歎調發現自己已經知道他的答案。他們對這件事所見略同。幾百年前，大融合剛開始的時候，對於有資格搬進密閉城市、享受庇護的人，做過一番揀選。那場揀選將他與她的祖先分隔在兩個世界，她不會容許這種事再度發生。她怎麼能把一個人的命看得比另一個人更貴重？她怎麼可能選中迦勒而放棄鷹爪？選中裘比得而放棄柳兒？

她不能，阿游也不能。他們讓定居者與外界人生活在一起，這情況要持續下去。

「我們要有準備，詠歎調，不是每個人的看法都跟我們一樣。」

「我們會讓他們了解。我們會找到別的解決方案。」

「我已經有些想法。」他再瞄一眼駕駛艙。羅吼站在飛行員身旁，指揮他飛往岩洞的最後一段路。「我們以後再談。」

她知道他們會的，但她有些話現在就要跟他說──趁羅吼還在忙別的事。「我要你幫我一個忙。」

「儘管說。」

「跟他談談。」

他立刻懂了。「我們沒事的。」他移動一下身體的重心，綠眼睛飛快瞟了一下羅吼。「他是我兄弟……我們不需要道歉。」

「我不是要你道歉，阿游。」羅吼的憤怒在巨蜥號裡已經消散，但他不可能接受麗薇慘死的事實，除非阿游也接受。除非他們一起面對這件事。

阿游注視她的眼睛，好像能看見她的思想，然後他提起她的手，把一個吻壓在她的指節上。

「我答應妳。」他道。

他們在正午抵達峭壁下。

詠歎調下了機艙，走到海灣去眺望地平線，一手壓住被海風吹起的頭髮。吹過她身旁的灰燼像一群飛蛾，消失在波浪裡。她眼睛灼痛，舌頭上湧起一股苦澀的煙味。

「是我們來此途中避過的那場流火。」阿游來到她身旁說道，他朝南方偏一下頭。「暴風雨不再移動，只是不斷擴大。」

從他們前往巨蜥號時開始肆虐的暴風圈，一直在擴張。漏斗佔據了一大截地平線，讓她憶起巨蜥號任務開始的那天，沖刷在飛船玻璃上的傾盆雨水。

「我覺得它好像要淹沒我們。好像總有一天，我們會沒法子呼吸。很奇怪，不是嗎？火不會淹死人的。」

阿游對她眨一下眼睛，掀起嘴角，露出一個疲倦的微笑。「不，一點也不奇怪。」

進入洞穴時，他牽著她的手。羅吼和炭渣先進去，駕駛員落在他們後面幾步遠。

她跟阿游一走到洞裡，潮族就把他們圍住，把阿游拉走。他們用問候與笑聲吞沒了他，不到一分鐘，他就抱起鷹爪，六人組拍他的背，跟他推來推去。不算是溫和的歡迎方式，但他們不知道阿游曾遭受毒打。根據他臉上的笑容判斷，他似乎也不介意。

詠歎調聽見跳蚤快樂的吠聲，在人群邊緣看見牠。她也看見柳兒飛撲到炭渣身上，把他撞倒在地。詠歎調微笑。這也不是什麼溫和的歡迎方式。

羅吼跟小溪站在附近，招手要詠歎調過去，但她還不能加入他們。她握住索倫的手，他顯得那麼茫然而心碎，目光空洞失焦。她必須幫他找到裘比得，或替他找一個可以安靜下來的地方。兩者只能選一；有裘比得的地方是不可能安靜的。

她把索倫帶離人群時，想起了那名飛行員。他累壞了，對這個新環境也很害怕。把索倫安頓好以後，也一定要去看看他的情況。

沒走多遠，茉莉就把她攔下。她用滿是皺紋的手捧起詠歎調的臉，開心地笑道：「看看妳！真是不成人形啊！」

詠歎調微笑道：「我可以想像，我好幾天沒梳頭了。」

茉莉放開她。目光轉往索倫，又回到詠歎調身上。「小溪告訴我任務開始的情形，妳真把我擔心壞了。」

「對不起。」詠歎調道，其實得知茉莉牽掛著她，讓她滿開心的。她讓自己享受片刻有人疼惜的感覺，然後回到正題。「茉莉，有個飛行員跟我們一起回來——」

「我知道，我們正在餵他，稍後會送他去定居者的洞穴。他情況還不錯。」這老婦人的效率讓詠歎調微笑。「迦勒在哪兒？」她問。找到迦勒，裘比得應該也不遠。

「某處吧。定居者洞穴吧。他們都在那兒。」茉莉收起笑容，她注意到索倫的沈默，意識到有些事不對勁。

「為什麼他們都在那兒？還不舒服嗎？」詠歎調問道。

「哦，不是。他們每一個都康復了，但他們不肯出來。真抱歉……我試過了。」

「他們不肯離開。」詠歎調道。她很震驚，別過茉莉，就拉著索倫，匆匆趕往定居者洞穴。走進洞裡，她和索倫受到的歡迎遠比阿游和炭渣受到的冷淡。定居者看到他們，猜忌遠多於寬心，但迦勒掛著親切的微笑走過來。裘比得也來了，走路一腳高一腳低，陪伴他的盧恩刻意放慢腳步，跟他保持同步。

「沒想到還會見到妳。」盧恩微笑道。

她現在是裘比得的女朋友，但打從一開始她就是詠歎調的朋友。看到她就有數不清的回憶湧上心頭，她們一起度過的那些有佩絲莉、迦勒和小仙在場的時光。想到那些再也見不到的朋友，詠歎調的心揪成一團。

她聳一下肩膀。「嗯，我在這兒。」

盧恩精明的眼睛打量著她。「妳看起來好像剛離開恐怖電影的虛擬世界。」

詠歎調笑起來，對她直率的措辭毫不意外。盧恩是他們這群朋友當中最誠實的人，跟佩絲莉永遠貼心的溫柔和迦勒滔滔不絕的創意，形成強烈對比。「不止妳一個人這麼說。」

她擁抱盧恩，盧恩也拍拍詠歎調的肩膀，容許自己被擁抱。這種表示友善的方式很笨拙，卻比詠歎調預期中好。這些枝微末節至少顯示盧恩已開始適應外界的生活。

詠歎調退後一步，他們站在一起，看著索倫。看著彼此，懷念失去的家、失去的朋友。

終於他們坐下來，圍成一圈。詠歎調放心不下，特地把索倫留在身旁。裘比得和盧恩手牽著手，詠歎調真希望佩絲莉能在場看到他們。她一定不會相信；沒有比他們更極端的一對了。

詠歎調回答他們關於到巨蜥號出任務的問題，基於尊重默默在旁聆聽的索倫，她盡可能避免提到黑斯。話題很快轉移到她的外界人朋友身上。可以想見，盧恩對游隼特別感興趣。

「迦勒說妳跟他在一起？」她問。

迦勒扮個鬼臉，對詠歎調聳一下肩膀，表示歉意。她微微一笑，讓他知道她不介意。她覺得公開她跟阿游的關係，是幫助他們接受潮族最好的方法——這跟她當初剛到潮族時使用的方式正好相反。

「是啊，我們在一起。」大聲說出這句話，令她心頭一震，有點自豪。

「妳愛他嗎？」盧恩問道。

「是的。」

「妳愛一個野蠻人？愛他？」

「是的，盧恩。我愛他。」

「妳跟他有沒有——」

「有的，我們做過了。可以換個話題嗎？」

「好啊。」迦勒和裘比得異口同聲道。

盧恩瞇起眼睛。「妳跟我稍後再談。」她道。

然後輪到詠歎調發問。「我不在這段時間，你們都還好嗎？縮在這裡，躲在後面？」

「我們才沒有縮在這裡。」盧恩道：「我們只是保持距離，這樣每個人都方便。」她瞥一眼正在用鞋子打拍子的裘比得。「他們不喜歡我們，是嗎，老裘？」

他聳肩道：「我不知道，有幾個還不錯。」

「妳說他們不喜歡你們，是什麼意思？」詠歎調問：「他們對你們做了什麼？」

「什麼也沒做。」迦勒道：「只是他們看我們的方式。」

「你是說，跟你們看他們的方式一樣？」

盧恩豎起眉毛。「呃，他們很噁心。」

「這麼說有點刻薄，盧恩。」裘比得道，他停下手中動作。

迦勒翻個白眼。「他們不噁心。他們只是……土氣。」

詠歎調不把這句話放在心上。她相當確定自己也已經變得很土氣。「你們打算把自己隔離多久？永遠嗎？」

「也許吧。」盧恩道：「反正永遠也很快就結束了。總之我們去不了永恆藍天，就靜候末日來臨吧。」

附近的交談都安靜了下來，詠歎調發覺所有人的注意力都集中在他們身上。每個人都在聆聽。「我們失敗了一次，不代表我們不會再試。」

「試什麼，詠歎調？跟野蠻人做朋友嗎？不了，謝謝，我不感興趣。如果只為了讓我們死在這裡，我不懂妳為什麼要帶我們離開夢幻城。」

索倫搖頭。「難以置信。」他低語道。

詠歎調聽夠了，她站起身，強迫自己聲音平靜。「你們以為索倫和我帶你們離開夢幻城，就算救了你們的命？並沒有。我們只是給你們一個機會。你們必須自己選擇要不要活下去，而不是由我決定。躲在這裡是沒有用的。」

34
游隼

「所以，發生了什麼事？」小枝問道。「定居者打不過角族？」

阿游坐在主洞中央那座木造平台的邊緣。他一回來就立刻換上自己的衣服，然後陪鷹爪聊了一會兒，了解過去兩天來發生的事。現在他被族人環繞，他們跟他一塊兒坐在平台上，或擠在附近的桌位。

他覺得有點擁擠，也有點心慌，每次待在山洞裡，他都會有這種感覺，但這是他該在的地方：在潮族之中。

馬龍在場。老威、茉莉與阿熊，還有六人組。他隨便朝哪個方向望去，都看到笑臉。他們的快樂使他鼻腔裡洋溢璀璨的氣息，他們的情緒為他帶回被流火奪走的春天。

直到這一刻，阿游才知道他們有多害怕。他聞到他們鬆了一口氣的味道是那麼濃烈；他不知道有多少族人以為他去了巨蜥號就再也不會回來了。

鷹爪、柳兒和小溪的妹妹克拉拉正在附近玩遊戲，比賽誰從平台上跳下來能跳得最遠。炭渣當裁判，跳蚤坐在他身旁。所有其他人——超過十三歲的人——都等著聽巨蜥號發生的事。

阿游望向羅吼，他們兩人當中他比較會講故事，但羅吼微笑著搖頭。

「這是你的故事，隼。」他道。他仰頭喝一口樂斯酒，喝法很健康，他的情緒是從麗薇死去以來，阿游聞到最平和的一次。

阿游從他們闖進巨蜥號開始說，然後描述他們的囚禁與脫逃，只保留黑貂對他下毒手那段。跳過那一段時，李礁用灼熱的眼光盯著他不放，阿游預期稍後得面對他的質疑。

他說話的時候，魚湯送上來，人手一碗，還有大條的麵包和切成厚片的乾酪。這麼吃很奢侈，阿游知道，他也說了出來。

「啊，享受吧！」馬龍難得這麼放縱。「你到家了，游隼。你平安回來，你們每一個，我們真是高興。」

他坐在羅吼身旁，羅吼堅持跟他分享樂斯酒。馬龍兩頰酡紅，藍眼睛無憂無慮。看到他這樣，阿游不禁微笑。

李礁抱起手臂。「黑斯和黑貂起了內訌。」

阿游點頭，啃了一大口麵包。他看到真正的食物——不是定居者那種有塑膠味的食物——就胃口大開。現在他唯一更想要的東西就是一張床。

一張有詠歎調的床，他更正。

「我們應該從中學到一個教訓。」李礁繼續道。「我們應該把這件事當作一個警訊。此地的形勢也面臨同樣的風險。」

阿游吞下食物。「你在說什麼？」

「定居者。」茉莉解釋道：「他們一直跟我們保持距離。他們怕我們，阿游。如此而已。」

李礁交叉手臂。「恐懼是種危險的東西，它點燃暴力的速度比憤怒還快。不是嗎，游隼？」

「有可能，是的。」

阿游從眼角瞥見羅吼輕輕搖一下頭。再正常沒有了。李礁訓話，羅吼不滿李礁的訓話。這種場合比滿肚子食物更讓他精神大振。

「定居者是無害的。」茉莉道：「現在詠歎調回來了，他們會跟我們打成一片的。我擔心的是其他事。阿游，你說我們需要浮力船才能抵達永恆藍天……但我們只有兩架。」

阿游承認這是個問題，並說明他的立場。兩架浮力船當然不夠，但潮族——以及後面洞穴裡的定居者——會同心協力。他和詠歎調都同意：他們不會只挑一部分人帶走。

「我支持這個立場。」馬龍道：「我支持你。」

「我支持你。」李礁道：「但我不支持這個立場。為什麼要大家死在一塊？」

「且慢。」小枝道：「除了死，還有別的選擇嗎？」

「我們可以設法找來更多浮力船。」馬龍道，喝得有點口齒不清。

「去別的密閉城市嗎？」李礁搖頭。「我們沒有時間做那種事，我們甚至不知道其他密閉城市是否還存在。」

他們想要行動，這一點阿游了解。他一直也有同樣的衝動。但這一次，他們最好的對策就是等待。

黑貂需要炭渣。他會來找他們——很快。阿游一點也不懷疑。但預告這件事，只會讓部落人心惶惶，所以他什麼也不說。反正潮族很快就會知道。

辯論繼續，阿游把目光轉向孩子。他們輪流跑過來打阿迷的頭，想誘他來追逐他們。炭渣沒加入這遊戲，他坐在阿熊身旁，跟那個被他救過一命的大塊頭農夫對照，顯得格外瘦小脆弱。

炭渣最喜歡的黑帽子，不知怎麼又回到他頭上。阿游確信，這是茉莉花費的巧思。她把帽子準備好，就等他回來。

炭渣看到阿游在看他，勉強露出笑容，雖然他眼睛都快閉上了。

「他累了。」茉莉道：「我去幫他找個安靜的地方睡覺，不過讓他再玩幾分鐘吧，這對他的心臟好。」她微笑，又補充道：「對我心臟也好。」她仔細打量阿游，褐色眼睛裡含有了解的表情。「因為他有異能，所以他們要抓他。」

阿游點頭。「永恆藍天周圍有流火屏障，只有他有辦法突破屏障。」

茉莉抿緊雙唇，沈默了一會兒。「上次他在村子裡導引流火，付出多大代價，你也看到了，阿游。那次以後，他還沒有完全康復。你知道以他目前的狀況，使用他的能力會有什麼後果嗎？」

「我知道。」針對這件事，目前他只想說這麼多。他把為炭渣擔憂的心，封鎖在厚厚的牆壁後面，跟他對麗薇的懷念鎖在一起。

麗薇。

他的心跳加速。他望向正舉起樂斯酒湊到唇邊的羅吼。羅吼停下動作，扮個鬼臉，疑惑地眯起眼睛。

「陪我散個步？」阿游道。

羅吼咧嘴一笑。「喝光它。」他把酒瓶塞給馬龍，然後跳起身。「你帶路，隼。」

阿游走到洞外的海灣，繼續向前走，爬上懸崖，沿著小徑，回到潮族的村子。剛出發時，他並沒打算要回家，是兩條腿出於習慣把他帶了回來。

在密集的流火照耀下，深夜也亮得像黃昏，現在幾乎每個夜晚都是如此。灰燼在空中翻飛，踩在腳下像羽毛般輕軟。跟他和羅吼悠閒的腳步相較，他的脈搏跳得未免太快了。

他們來到村裡，走到廣場中央。阿游很緊張，好像每一步都帶他接近深淵的邊緣。他目光掃過一棟棟住家，空蕩蕩，安靜得詭異。阿熊和茉莉的房子特別醒目，焦黑的牆壁呈傾斜成怪異的角度，看起來像顆爛牙。他記得那天晚上，阿熊就困在那堵牆下。

阿游的房子倒還在。它看起來不一樣了，但實際上也沒什麼差別。他盯著它看了很久，想知道究竟哪裡有改變，拿不定主意要不要進去。

「記得有一年的夏季慶典，我絆了你一跤。」羅吼道：「你摔倒時撞上維谷的杯子，牙齒撞出一個缺口嗎？」

阿游已習慣他的即興故事，順口答道：「我記得維谷追來打了我一頓，因為我害他把樂斯酒潑在腿上。」

「嗯，你不該摔在他身上的。」

「對啊，我真是太蠢了。」

「沒錯，你摔倒的技術真差勁。」

雖然你一言我一語在開玩笑，阿游很確定羅吼這時刻的回憶跟他一樣。他們孩提時代在村子裡跑來跑去，光著腳、喧鬧、安全，從沒想到這地方有朝一日會發生改變，他們深愛的人會消失。

或遭到殺害。

他清一下喉嚨。時候到了。「我應該要跟你談談，談談這陣子發生的事。」

「真的？為什麼選現在？」

「詠歎調。我答應她的。」

羅吼的笑容有氣無力。他抱起手臂，看著阿游的家。那棟房子也是麗薇的家。

阿游忍住喉嚨裡湧上來的一聲嗚咽，短促地吸口氣。失去麗薇的悲痛巨大得像隻惡魔，正用爪子撕裂他的胸膛。他得趁勇氣消失前開口。

「麗薇活在我視野的邊緣。我沒在想她的時候……她就在一個剛走出我視線的位置，感覺像是她還在，還在設想種種讓我尷尬的惡作劇，告訴我你說的每一句蠢話，好像我不是老早知道似的，好像我沒有在當場親耳聽見似的。但等我正眼看她，就會想起，她已經不在了，而我——」

他瞪著天空看了一會兒，強迫自己吸幾口氣，才又繼續：「我不能讓自己感受那樣的痛苦，那樣的失落。不能在潮族需要我做他們的血主的時候。」

「為什麼不對我說真話，阿游？為什麼你不能把真正的想法說出來？」

阿游驚訝地瞪著他。羅吼望著阿游的房子，牙關咬得死緊。「何不由你來告訴我，你認為我真正的想法是什麼？」

羅吼猛然轉身面對他。「你怪我！我在那兒，我保護不了她——」

「不對。」

「我告訴過你，我會帶她回家，我沒做到。我失去了她。我——」

「不對，羅吼。」他再說一遍：「全世界再沒有一個人為她奮鬥得比你更辛苦——包括我在內。你以為我沒有想過，我本來可以採取哪些行動，把她救回來？讓整件事都不要發生？」

羅吼的眼睛燃燒得非常熾烈，但他一言不發。

「我不怪你。」阿游道。「不要再表現得好像我怪你，因為我真的沒有。」

「我出現在岩洞時，你一副看到我就受不了的樣子。」

「那是你的幻想。」

「不是，你這個人什麼都藏不住。」羅吼揮揮手。「任何事都一樣。」

「你是個虛榮的混蛋。我沒有迴避你。你只要不能贏得全世界的注意，就會心情不好。」

羅吼聳一下肩。「那或許是事實，但你表現得好像麗薇根本不存在。我就只有一個人。」

「那是場災難。你折磨自己，而且愚蠢。在巨蜥號上回頭尋仇那次，是你這輩子做過最蠢的事，根本不用懷疑。」

羅吼微笑道：「你說得簡單，阿游。」他發出一聲笑，持續不斷地笑。剛開始只是輕笑一聲，然後愈笑愈激烈，笑聲也愈來愈響亮。

羅吼的笑聲高亢、狂放，類似野火雞的啼聲。這是阿游聽過最可笑的聲音，令他難以抗拒。

不久，他們兩個就站在這個既是家又不是家的地方，一起放聲大笑。

他們終於收起笑聲，沿著小徑走回岩洞，阿游的肋骨笑得作痛。

「我們剛才為什麼笑？」

羅吼指著南方，流火漏斗正在向地面撲噬。「因為那個，因為世界要完蛋了。」

「那應該不好笑。」

但顯然很好笑，因為他們又瘋狂地笑起來。

阿游不知道自己有沒有把原來想要表達的意思說出一半。他知道自己很自私，讓羅吼獨自面對麗薇的死。他一直不肯承認她已離開這世界，他不但辜負了朋友，也辜負了自己，但他曾打算要改變。他非常不善於跌倒——這一點羅吼說得很正確——但什麼都不能阻止他重新站起來。

他們走回洞穴途中，他體內一個破碎的部分好像又變得完整。所有的一切看起來、聞起來，都變得不一樣。世界也許即將完蛋，但他和羅吼會肩併著肩，一起走向那結局。

他們回到洞裡，主洞裡空無人跡，所有人都睡了。阿游撇下羅吼，直奔他的帳棚，他也已昏昏欲睡。

李礁和馬龍半路攔截他。

「借步說句話？」李礁道。

「當然。」阿游道。「只能幾句。」他好累；每眨一下眼睛，都恍然在做夢。

「你跟羅吼談了嗎？」馬龍問。

阿游點頭。「剛談完。」

馬龍微笑。「好極了。」

「他自私又傲慢。」李礁道。

「但他對阿游好，李礁。」馬龍道。

李礁哼一聲——這是他對羅吼一貫的觀感。

馬龍取出一個小皮袋。「先前忘了把這還給你。」他取出血主項鍊，遞過來。

「謝謝你。」阿游接過項鍊戴上。脖子上那條金屬鍊的重量雖不舒服，卻很熟悉。他不知道會不會有覺得舒服的一天。

馬龍和李礁交換一個眼色，然後李礁稀哩呼嚕吸了一口氣，把辮子往腦後一撥。「你帶我們兩個加入潮族，阿游。如果不是你收留我們，我們兩個都不會在這裡。」

「說得對。」馬龍道：「你在我們最需要的時候，提供我們庇護。你在自顧不暇的時候，仍出手幫助我們。」

阿游從不覺得自己幫了他們什麼，反而一直覺得應該倒過來說才對。

「我從台爾菲帶來的人，加上李礁的六人組，一共五十三個人。」馬龍道：「我們五十三人願意留下，不會跟你的族人爭奪上浮力船的機會。」

李礁點頭：「前進的路上必定充滿艱難與痛苦，游隼。你得了解這一點。身為血主，你的職責是為全體謀最大的福利——盡可能幫助最多的族人——而不是選擇最容易走的路。」

「希望你考慮我們的話。」馬龍道：「我們只要求這麼多。」

阿游假裝考慮了幾秒鐘。「這是很高貴的建議……你們兩個有誰以為我會接受呢？」

李礁和馬龍交換一個眼色，答案明明白白寫在他們臉上。

阿游咧嘴笑道：「很好，你們都猜對了。」他拍拍他們的肩膀，跟他們道晚安。

他在帳棚裡看到炭渣在鷹爪身旁熟睡。跳蚤蜷成一顆球，躺在炭渣腳下。

阿游跪下來，抓抓牠粗糙的毛皮。狗兒歪著腦袋抬起身，尾巴拍打著毛毯，牠最喜歡人家搔牠分得很開的雙眼中間那塊傾斜的柔軟地帶。

阿游的目光移到鷹爪和炭渣身上。這兩個孩子一見如故，好像打從出娘胎就認識似的。這一點該歸功於柳兒。

「還有你，跳蚤包。」他道。

炭渣眼皮眨了幾下，睜開眼睛。阿游微笑，因看到他而開心，沒想到要為吵醒他而感到抱歉。「你怎麼讓牠離開柳兒的？」他對跳蚤歪一下頭，問道。

炭渣因為側躺著，只聳起一邊肩膀。「我什麼也沒做，牠就跟我回來了。」

「柳兒不介意嗎？」

炭渣挑起嘴角。「有點吧。她告訴跳蚤，只有這次特准牠待在我這兒，因為我剛回來。」

「她真慷慨，真的。」

「是啊，」炭渣道。「我知道。」他笑容變大了。「她還在罵人。還以為我在她就會停止，可是她沒有。」

「我們早就知道柳兒是不可能停止的。」

「我知道，」炭渣又說了一遍。「她就是那樣。」

時間停止在他們之間，阿游從炭渣看到鷹爪，視野變得模糊。這兩個男孩——只有一個有血緣關係，但兩個都是他的親人——填滿他的心，他們帶給他信心與目標。看著他們，想到他們跟柳兒和克拉拉，怪聲呼嘯，從高台上跳進黑暗，使他覺得戴上血主項鍊是一件有意義的事。他們就是未來，他們都那麼好。

阿游信口閒聊，爭取一點時間，讓自己平靜下來。「所以，你覺得怎麼樣？」

「我好累。」

阿游等著，知道他還沒說完。

「而且我好害怕。」炭渣道：「我們要去永恆藍天嗎？」

「我不知道……可能會吧。」

「如果要去，我必須負責讓大家通過。」

李礁的話在阿游腦海裡響起，**前進的路上必定充滿艱難與痛苦**。他甩一下腦袋，把這句話推開。

「不論發生什麼事，炭渣，我向你發誓，我不會離開你。」

炭渣沒說話，但阿游聞到他情緒中的焦慮緩和下來。似乎只需要這麼多，他就能進入夢鄉。不消幾秒鐘，炭渣就呼呼入睡。

阿游又停留了一會兒，沈浸在寂靜中。跳蚤低鳴，四腳抽動，好像在夢裡追逐什麼東西。阿游很好奇牠是否置身永恆藍天。

他站起身，走到裝他家族物品的行李箱前。鷹爪的老鷹木雕，維谷的帳本，一個他和麗薇角力時弄破的、蜜拉手繪的碗，他們曾試著修補，卻沒有成功。他現在才想到，這些東西恐怕再也不會移到別的地方去了。

他脫下靴子，正在解腰帶時，詠歎調溜進帳棚來。「嗨。」他道，停下動作。

「嗨。」她看一眼炭渣和鷹爪，看到跳蚤時露出微笑，但她的情緒中滿是焦慮，而這份焦慮也進據他的胸腔，趕走了一秒鐘前還在那兒的祥和與疲倦。

他不知道接下來該怎麼辦，不知道該不該解下皮帶。這好像變成一個比實際上更嚴重的決定。一天過完，解下皮帶，對他而言很正常，但他不希望她以為他打算要在兩人之間發生某些事。

即使他很想要，且非常迫切。

他只能發傻。她信任他，這他也知道，倘若重新穿好衣服，只會讓情況更尷尬而已。

他扯下腰帶，放在箱子上。「我跟羅吼出去了一趟。」他用說話填補沈默。

「怎麼樣？」

「非常好，謝謝妳。」

「我很高興。」

她的笑容很真摯，但很軟弱。她有心事。她的目光掠過空著的床鋪，然後飄到帳棚頂。

他趕緊開口，唯恐她離開。「有點擠，但我很高興妳在這兒。妳可以留下，即使妳決定不留下，我也很高興妳在這兒。怎麼樣都好，隨妳怎麼做都十全十美。」

他抓抓下巴，閉上嘴。十全十美？她在他生命中出現之前，他從來沒用過這個字眼。「妳的朋友都好嗎？迦勒和裘比得？」

「我稍早見過他們，」詠歡調低聲道：「還罵了他們。」

「妳……罵他們？」

她點頭。「也許不是真的罵，但我嗓門很大。」

他終於理解她的情緒了。她的焦慮不是衝著他來的，而是擔心她的朋友。「他們該罵嗎？」

「某方面來說，是，也不是。他們一直劃清界線，不肯跟大家融合。你知道這件事嗎？」

「茉莉提過。」

「我受不了跟他們在一起，所以就離開了。我整個下午都待在作戰室，試著理解他們為什麼要待在後面。」她咬緊下唇，兩條黑眉毛中間原本光滑的皮膚，煩惱得打了結。「我本來以為他們會有進展，我不知道怎麼改變他們的觀念。我很想幫忙，但我看不出有什麼辦法。」

一百個念頭湧進他心裡，但最後都變成一個：當領袖不是易事，必須靠努力贏取，而且要花時間等待。他花了整個冬季和春季，在潮族學到這一點。詠歡調才剛開始學習。

「妳知道我在這兒。」他道：「我會盡力。」

「你明天可以跟我一起去見他們嗎？說不定如果我們一起跟他們談談會有用。」

「可以。」

詠歡調微笑，然後她的目光挪到他腰上。「阿游，你知道你的褲子快掉下來了嗎？」

「是啊。」他不用看就知道，褲子正沿著屁股往下滑。「我，呃……我把腰帶解下來，這樣妳會覺得自在一點。」

「你把腰帶解下來是為了讓我自在一點？」

他點頭，努力忍著笑意。「我想出來的，這樣比較自然。」

「你褲子掉下來叫作自然？」

他咧開嘴。「是啊。如果再往下掉，就非常自然了。」

她笑起來，搖頭時灰眼睛燦然發亮。「你真好，會想到我。」

「一直如此。」

他們四目相對，幾乎就在同時，一朵紅暈爬上她臉頰。她的情緒充滿這小小的空間，招呼他向她靠近。

「你在巨蜥號上說過，希望我們有時間獨處。」她道。

她還沒把話說完，他就抓起腰帶，牽著她的手，一起衝出帳棚。

35 詠歎調

「阿游，我看不見路。」

他拉著詠歎調穿過山洞，她必須小跑步才跟得上他。他光著腳，一手扣腰帶，一手拉著她，但她還是落在後面。她沒有他那種視力，況且夜這麼深，前方的岩洞裡上下左右，到處都一片黑暗。每踏出一步，她都擔心會踩不到地。

他握緊她的手。「地面很平坦，我不會讓妳摔倒的。」他說，但她注意到他放慢了速度。走出黑暗的洞窟，讓人鬆了口氣。聽到浪濤聲，又有流火照路，真是輕鬆多了。漏斗邊緣的紅光好像比幾小時前更加熠耀活潑了。

「我們要去游泳嗎？」他把她帶到水邊，她道：「我上次游泳的經驗不是很愉快。」

那是她跟羅吼一起在冰冷的蛇河裡，做孤注一擲的求生掙扎。

阿游報以一個苦笑。「我也一樣。」他道，她想起上次他為了救柳兒和她爺爺差點淹死。他伸臂攬住她的肩膀，帶她走到離水更近的地方。「但這是唯一的路，而且也不遠。」

「到哪裡唯一的路？離哪裡不遠？」

他停下腳步，指著沙灘另一頭。「那個岬角的另一邊，有個小海灣。」

她沒看見什麼海灣，只看見波浪拍打著海中突出的岩石。「我們現在站著的地方，不就是個海灣嗎？」

「沒錯。但繞過那個岬角，有一個魔法海灣。」

她笑了起來，他用的字眼讓她頗感意外。

他低頭看她，瞇起眼睛道：「妳要告訴我，妳不相信魔法嗎？」

「哦，我相信的。但這條通往魔法海灣的路看起來好冷。危險……而且好冷。」

阿游的手滑到她受傷的手臂上。「妳做得到的。」他道，很快找到她害怕的真正來源。

詠歎調望著那個岬角。它被黑暗籠罩，波浪看起來很洶湧，她不知道自己有沒有力氣游那麼遠。

「萬一妳需要我，我就在妳身邊，但妳可以的。到達那兒之前，我沒法子解決冷的問題，但這一趟是值得的。魔法海灣裡沒有任何問題。那兒的一切都……」他頓了一下，心裡差點笑出來。「都十全十美。」

詠歎調暗自搖頭。她怎麼能說不？

他們涉水跨過波浪。海水剛淹到她的小腿，她就開始發抖。海水碰到大腿時，她牙齒抖得咯咯響。海水及腰時，她確定這是他提出來最棒的點子。

拍上他們身體的每一個波浪都讓人欣喜若狂，牽引著腎上腺素遊走她全身。海水的鹹味使她頭腦清醒，打開全身的感官。她聽見阿游和自己的笑聲混合在一起，水把他們往後推時，她覺察到他抓握的力道變緊。甚至還沒看到海灣，她已體會到十全十美的魔法。

「下一個波浪打來時，我們要潛到水下。」阿游放開她的手說：「潛下去，一直游，盡可能游到最遠的距離，然後才浮出水面。預備好了嗎？」

她沒有機會回答。波浪來了，又高又黑，頂端有白沫。她潛下去，用力踢水，不斷向前游，直到肺部因缺氧而灼痛。

浮出水面時，阿游在微笑。「都好嗎？」他問。

她點頭，牙齒打顫。「跟你比畫一下吧。」她道。

他們從浪頭上游過，游往平靜的水面。穿越波浪時，她拋開所有思緒，只有純粹的動作。這麼做需要力量，但也需要順勢屈服，兩者合而為一。詠歎調雖然只在浮出水面吸氣時才瞥見阿游，但她知道他一直在那兒。

他們終於涉水走到沙灘上，她迫切需要溫暖，感覺卻比幾星期來都舒暢。寒氣麻痺了她的手臂，讓她可以自由移動而不用防範疼痛。

阿游把她拉到身旁。「覺得如何？」他微笑道。

「我覺得你看起來應該更疲倦才對。」他做每件事都力大無窮，輕而易舉，包括越過這片海域。

「只要期待跟妳在一起，我就不會累。我們來生個火吧。」

詠歎調打著寒噤，趕緊去收集漂流木。阿游從附近扛來一塊大木頭。他好像對手臂和腿上滿布的淤青毫無感覺似的。她把掛在一根樹枝上的海草抖掉時，想起了羅吼告訴她的故事。

「你真的曾經全身只披海草溜進村子？」她問。

「不得已啊。」他把那根木頭扔進火堆。「麗薇偷走了我的衣服，不穿海草就什麼都沒有了，我可不想全身光溜溜走進村裡。」他微笑道：「後來好幾天，我睡醒時都有海草掛在門口。」

詠歎調笑起來。「潮族要你再表演一次嗎？」

阿游跪下，把木柴砌起來。「始終不知道是誰……非常可能還是麗薇。她就是那樣，不輕易放過任何事。」

詠歎調看不見他的臉，但從他的聲音聽得出來，他已經沒在笑了。看到他受苦，讓人心痛，但總比看他退縮到牆後好得多。麗薇雖然走了，但他以一種新的方式讓她回到他的人生當中。

「我但願能多認識她一點，阿游。」她道，把她撿來的木頭加到柴堆上。

「跟麗薇相處過一小時，就算認識她了。我姊姊……她……」

他說不下去，所以她替他說完。「像你。」

「我本來想說的是任性和頑固。」他微笑道。「所以，沒錯……像我。」他從腰帶上的刀鞘裡取出一塊燧石和一把匕首。「妳的手臂還好嗎？」

「好得出乎意料。」她坐在沙上道。

「我知道妳辦得到。我要是能把這東西點著，才真正出乎意料呢。」他背對著風，捧著工具埋頭琢磨。不消幾秒鐘，就用引火的細枝生出了火苗。她看著他把火焰吹旺，深為著迷。他像火一樣野性難馴，像大海一樣活力旺盛，水和火都是他稟性的一部分。

火生著了，他抬頭望過來，微笑道：「佩服吧？」

她很想說句機智的俏皮話，卻只說了簡單的實話。「是啊。」

「我也一樣。」他收起匕首說。

他們坐下，讓火烤暖身體，沈默以待。從抵達魔法海灣開始，他們沒提到浮力船、也不談黑貂或永恆藍天。那幾乎是一種自由自在的感覺。她想起上回感覺這麼輕鬆的時候，也是跟他在一起。

阿游在她身旁挪動一下，身體向前靠，手臂搭在膝上。他上臂的淤青顏色已經淡了，快要烘乾的頭髮捲成一圈圈的螺紋。

她本來只想看他一眼，但他身體的線條——手臂與肩膀上的肌肉，下巴的線條和鼻子上的彎曲——每一道線條都讓她著迷。

他望過來，然後移到她身旁，伸手摟住她。「妳想用那種表情要我的命嗎？」他在她耳畔低聲道。

他用一個吻輕輕拂過她嘴唇，握住她的手。「妳知道羅吼叫妳混血兒和瓢蟲小妹。」

她點頭。羅吼經常編派一些綽號給她。

「我想要你過來——還真管用。」

「我也想用特別的名字稱呼妳，特別的暱稱。我已經想了一陣子。」

阿游說話的時候，不經意地用他的手包住她的手，像一個溫暖的繭裹住它們。他的手很熱，她手指上的寒意幾秒鐘就融化了。

這就是他們。發生在他們之間的每件事，總是那麼輕鬆而正確。

「是嗎？」她一直喜歡他稱呼她詠歎調。她的綽號夠多了。母親叫她歌鳥，其他名字幾乎都是羅吼取的。阿游——除了他們剛開始相處時用過的地鼠和定居者——就習慣簡簡單單，把她叫作詠歎調。

但實際上也不那麼簡單。用他從容不迫、黃金似的聲音說出來，她名字的發音變得極為美麗。就像它原本的意思，一首歌。但他要的是暱稱，所以她說：「你想到什麼？」

「一般的名字對妳而言都不夠好。所以我開始想，妳對我有什麼意義。即使最小的東西也會讓我想到妳。上星期，鷹爪給我看他收集的魚餌。他抓了一罐地龍。我就想，妳看到會有什麼想法，會覺得牠們很噁心，或覺得無所謂。」

她笑了，抓住這個她無法抗拒的機會。「地龍，是一種蚯蚓？你要叫我蚯蚓？」

他意外地放聲大笑。「不。」

「我可以適應的……蚯……蚓。」

他朝天空搔頭。「我在妳面前說話總說不好，是吧？」

「我不知道。我可能比較喜歡地龍吧，聽起來很危險——」

他忽然開始行動。頓時她仰躺在沙灘上，壓在他的身體下面。這讓她想起他的力量有多大——他平時對待她又多麼小心翼翼。

「妳這麼一來，我真不知如何是好了。」他道，眼光在她臉上慢慢打轉。

他表現得不慌不忙，卻非常專注，好像他清楚知道自己要什麼。她十指張開，抵在他胸前。是他在發抖，或是她？

「告訴我該說什麼，我要說什麼，妳才會像我想要妳一樣地要我？」

這句話引來一陣震顫，通過她的脊椎，她顫抖著微笑道：「已經起作用了。」她把他拉低，吻他，需要他的溫暖。需要他的唇、他的皮膚和他的味道。她的手指摸到他上衣的下襬。她把衣服拉到他頭上，見他在笑，頭髮亂成一團。

他俯在她身上，手臂放在她身體兩側，作為支撐，嘴唇溫柔地一步步沿著她的嘴吻到她的耳朵。「我想說的是，」他悄聲道：「我在所有的東西裡看見妳。任何字眼都不夠代表妳，因為妳是我的一切。」

「說得十全十美。」她道，強烈的情緒在笑容裡震動。「魔法。」

他注視她的眼睛，咧嘴閃出一個自豪的笑。「是嗎？」

她點頭：「是的。」

他的嘴又找到她的唇，他的吻充滿飢渴，他的重量壓在她身上。她把手指織進他潮濕的髮裡，覺得魂魄飛起，乘風而去，只剩下他倆的身體，在力量與屈服之間往復，合而為一，其他的一切都不存在。

他們回到阿游的帳棚時，炭渣與鷹爪仍在呼呼大睡，跳蚤卻不見了。

「柳兒。」她道。

阿游微笑。「牠待在這兒的時間比我預期的久。」

他們換上乾衣服，詠歎調靠在他懷裡，覺得舒適而溫暖。她聽著他的心跳變得穩定、緩慢，自己卻睡不著。他們離開了幾小時，逃避了問題，但現在現實再次抓著她不放，這個避難所的隱憂排山倒海壓上來，不斷減少的補給品，隨時可能爆發的利害關係。外面又是個烈火與風暴的世界。不論她怎麼嘗試把種種憂慮推開，它們就是不肯讓她清靜。

「我覺得妳好像比我還喜歡這塊鐵片。」阿游道。

「抱歉。」她驀然意識到自己正在撥弄他脖子上的血主項鍊。「我不是故意要吵醒你。」

「妳沒有，我也睡不著。我們該試著談一談……我們愈來愈擅長這件事。」

她頂一下他的肋骨，回敬他的諷刺，卻也同意他的建議。「我們得想想，下一步怎麼走，阿游。我們困在這兒。要改變現況，唯一的辦法就是，如果……」

「如果……？」

「我們回去找黑貂，他有我們需要的浮力船。」話才出口她就想收回。再回去找黑貂，是令她厭惡到無以復加的念頭。但除此之外，還有什麼選擇？如果什麼也不做，他們也不比迦勒和盧恩高明，只會放棄奮鬥，坐等末日來臨。

「妳對浮力船的看法很正確。」阿游道：「我也在考慮同樣的事，但我們不需要找黑貂，他會來找我們。我先前就想告訴妳這件事。」

她的背脊起了一陣涼意。「你為什麼會這麼想？」

「炭渣。」他頓了一下，又補充道：「如果是我，就會這麼做。」

「別那麼說，阿游。你跟他完全不一樣。」

「在巨蜥號的時候，他說我像他。」

「你不像。」

很長一段時間，他沒說話，然後才吻一下她的額頭。「試著睡一下。不論擔心與否，明天都會來。」

她夢見一支浮力船的艦隊，停在懸崖上，海灣裡的小沙灘也擠得水泄不通，霓虹光澤的外殼反射流火的光芒。黑貂被白色沙灘和浪花的白沫襯托成一個陰森的黑影，只見他脖子上的寶石閃光。

早晨，跟夢境一模一樣的景象出現在她眼前。

36 游隼

「他要跟你單獨談，游隼。」李礁道：「不准帶武器，不准別人在場。他要跟你在你挑選的停戰區見面，要不然他就要把山洞夷為平地。還有一件事，他要我告訴你，他已經命令他的部下，如果你殺死他，就對山洞發動猛烈攻擊。」

阿游揉揉脖子，手摸到濕答答的汗水。潮族都聚集在中央洞穴，圍繞在他四周，人群中傳出焦慮的低語。

阿游預期黑貂會來，但他不確定自己有沒有能耐跟角族的血主協商。他們上次見面時，他發誓要徒手把黑貂撕成碎片。現在他更想要那麼做，但他被逼到死角，別無選擇。

「我去。」他道。

所有的人都同時開口。

六人組大聲咒罵，表示反對。

炭渣高喊：「你不能去！」

羅吼走上前。「我跟你一起去。」

阿游望向詠歎調，她在混亂中默不作聲。馬龍站在她身旁，他們都用擔心的眼神看他。他們了解，跟黑貂談判是他唯一的出路。

過了不到十分鐘，他就走到洞外，依照對方的要求，沒帶武器。

黑貂站在海邊等候，神態很輕鬆。從前他的轄區在山地——崎嶇的山峰終年積雪——但他站在潮濕的沙灘上，仍顯得泰然自若。

阿游走近時，黑貂挑起眉毛，臉上閃過一抹笑意。「你知道，我說過要你單獨前來。」阿游隨著他的目光望去，跳蚤跟在他後面幾步遠，靜悄悄地走在沙上。阿游搖搖頭，但看到這隻狗兒卻令他心情大好。

黑貂微笑道：「你看起來氣色不錯，傷幾乎全好了。雖然處於逆境，倒也神氣活現戴著你的項鍊。」

他說的每句話都不懷好意，藏著芒刺。這讓阿游想起他的哥哥。維谷說話也是這種調調。

「你在想什麼，游隼？你要像我打你一樣，把我痛打一頓嗎？」

「那會是個開始吧。」

「你和我本來無需這樣的。如果你跟奧麗薇亞一起來邊緣城，就像維谷和我當初的安排，我們之間的一切都會跟現在不一樣。」

黑貂臉上帶著欣喜若狂的表情，他如此自得其樂，阿游看得胃開始不舒服。「談正題吧，黑貂。你專程來此，是要提供我們交通工具嗎？」

黑貂雙臂抱胸，面對大海。「我想到過。」閃爍著紅光與藍光的天空下，水面呈灰色，波浪像錘擊過的鐵皮。「談交易會比我用武力闖進你那座山洞，取得我要的東西，來得容易。我希望我們能找到折衷的辦法。我們唯一的求生途徑就是聯手，你一定也明白，否則你不會在這兒。」

「我有四百多人。」阿游道：「如果你不能全部收容，那我們就沒什麼好談的。」

「可以，我的艦隊有足夠空間容納他們。」

阿游知道黑貂的浮力船為什麼會有多餘的空間——但他就是忍不住要問。「巨蜥號上那些定居者怎麼了？」

「當時你也在場。」黑貂看著大海，頭也不回答道。

「我要聽你親口說。」

阿游的口吻加上跳蚤發出的低沈咆哮，黑貂的情緒開始發熱。

「叛亂中死了不少人。事實上，超過半數。黑斯的錯，怪不得我。我一直避免流血。倖存的人當中，我只留下那些有價值的。飛行員，醫生，幾個工程師。」

他留下他們，然後把其他人殺了。阿游雖不意外，憤怒仍流過他全身。

「多少人是沒價值的？」他問。他不知道為什麼要一個數字，或許那是唯一能理解損失的方法，藉此跟那些死得毫無意義的人，建立一點聯繫。或許他要量化黑貂的殘忍。沒有用的，阿游知道。如果把一顆石頭扔進黑貂心裡那口黑井，永遠都不會聽見它觸底的聲音。

「我看不出這有什麼不同，阿游。他們只不過是定居者。啊……且慢。我懂了。詠歎調。她讓你同情地鼠，是嗎？當然是她嘍。真不可思議。三百年的隔離政策，碰到一個女孩子就瓦解了。她的才智一定跟她的美貌一樣出眾。」

「我們把話說清楚。」阿游道：「即使全地球的人都因而喪失求生機會，我也不在乎。如果你再在我面前提起她的名字，我就擰掉你的腦袋，讓你的血流在我腳下。」

黑貂眯起眼睛，似笑非笑。「我這輩子製造過很多敵人，不過我覺得你是我最大的成就。」他回頭看著海面。南方的地平線上，流火漏斗撲向地面，有幾處距此不過一哩。「我在巨蜥號上的所作所為，都是不得已。你知道大融合時期發生了什麼事。我當然不願意被地鼠拋棄。像滿身疥癬、被遺棄在雨中的狗，被他們關在外面。我沒有冒犯你朋友的意思。目前我手下的定居者人數，在我可以控制的範圍內。我只想做到這一點。」

黑貂為大屠殺辯護，阿游對他的說詞毫無興趣。他必須把話題拉回既定目標，討論前往永恆藍天的方法。如果把焦點放在仇恨上，談判顯然只會導向暴力。

「你說你願意收容所有人。」

「是的。」黑貂道：「有空間容納每一個人，不論定居者或外界人，我來就是要提供這機會。但你必須把那個男孩帶來。」

阿游低頭看跳蚤，忽然覺得全身輕飄飄的。好像靈魂出竅，飛上空中。他心頭浮現潮族的海灣。他看見自己跟黑貂站在沙灘上討論炭渣的生命，好像那是一個討價還價的籌碼，但事實上卻是血淋淋的犧牲。

他強迫自己有始有終，把交易談完。「我們抵達永恆藍天就分手。旅行一結束，潮族和角族就各奔東西。」

「我們到了那兒可以做些安排，我確定。」

「不行。」阿游道：「現在就安排。你不要接近我的部落。」

「就這樣分開，恐怕不是最有利的決定。我們根本不知道——」

「你發誓，要不然就免談。」

黑貂瞪著他，冰冷的藍眼睛在算計。阿游專心保持呼吸平穩，努力控制心臟憤怒的跳動。他的意念已轉移到炭渣身上，以及接下來要跟他談的事。

最後，黑貂點一下頭。「穿越障礙，潮族還是歸你一個人管。」他沈默了一會兒，嘴上漾開一個笑容。「怎麼樣，游隼？」他道：「我可以履行我這部分的交易……你能嗎？」

37 詠歎調

阿游回到洞裡時，眼睛像匕首般放光。

他大步走到詠歎調面前，表情專注而兇惡，他靠過來對她說話時，腳步幾乎沒停頓。「我得跟炭渣談談。」他道，聲音因情緒激動而嘶啞。「我會盡快回來。」

他叫炭渣和馬龍跟他走，隨即直奔作戰室。

詠歎調看著他離開，心在胸腔裡跳得很沈重。方才發生了什麼事？黑貂說了什麼？她四下張望，周圍每個人的表情都很困惑。

「我錯過了什麼？」迷路問道。

「好像我們全都錯過了什麼。」小溪道。

他們原本期待有個決定，與黑貂達成某種協定的消息，顯然等待還未結束。人群慢慢地散了。

羅吼跟六人組站成一個小圈圈，就可能發生哪些狀況交換意見。詠歎調試著聽他們談話，卻無法專心。

「詠歎調，」小溪道：「妳有空嗎？」

詠歎調點頭。她離開羅吼那群人，一屁股坐在木造平台上。

「昨晚沒能見妳。」小溪在她身旁坐下道。「我是說，我有看見妳，卻沒有機會跟妳說話。」

她總算願意表示友善了，但詠歎調現在的思想很麻木。她整個心思都放在阿游身上，她想不出該怎麼回應。

小溪望向別處，目光掃過黑暗，然後又回到詠歎調身上。

「妳第一次來潮族的時候，我剛失去麗薇，還有……阿游——某方面而言。妳甚至搶走了羅吼，雖然以前我沒想到我會那麼在乎——」

「我沒有搶走任何人。」

「我知道。」小溪道。「這就是我要說的。我知道妳沒有，但感覺就是那樣。妳來的時候，原本屬於我的一切，忽然都變成妳的……克拉拉除外。妳救回我妹妹，妳把她從那個密閉城市帶回來，她對我比所有其他的一切都更重要。總而言之，我要向妳致謝。還有……很抱歉我等了這麼久才告訴妳。」說完，小溪便起身走開。

詠歎調看著她離開。她沒有忘記小溪的表現曾經多麼惡劣，但除了這些，也有一些較好的回憶。像是最近發生的，出任務時，小溪表現非常英勇，她對阿游和羅吼的忠貞，她應付索倫的急智。

這讓她有了個點子。詠歎調跳起身，追上去。「小溪！」

她停下腳步，忽然充滿戒備。「什麼事？」

「我想請妳幫個忙。」詠歎調說：「如果妳願意。」

小溪聳聳肩。「好啊。」

詠歎調帶她到定居者的洞穴，在途中解釋給她聽。她們在洞裡找到裘比得、盧恩、迦勒和索倫，他們圍成一圈，在玩一套破舊的紙牌。

她和小溪不等邀請就坐下來。小溪跟裘比得點頭打招呼，然後她舉起手，搖搖手指頭。

「嗨，索倫。」她道。

索倫露出他從父親去世以來的第一個微笑，笑得很疲倦，也有點悲傷，但畢竟是個微笑。他也舉起手，搖搖手指頭，說道：「嗨，蘿莉。」

他們互相嘲弄，但有一瞬間，詠歎調覺得一朵溫柔的火花在他們之間綻放。

然後小溪看著盧恩，問道：「你們這遊戲怎麼玩？」

「妳要玩？」盧恩挑釁道。她瞟了詠歎調一眼，顯然知道這是詠歎調的主意。

小溪搖頭。「我不想玩，我想贏。你們告訴我規則，然後看我的。」

她的自信讓盧恩吃了一驚，張大嘴巴。

索倫坐直上身，往圈子裡挪近一點。「這我要看。」

裘比得咧開嘴笑，他攬住盧恩的肩膀。「來，小盧。教她。」

迦勒看一眼詠歎調，微笑中帶有莫名的期待。她幾乎能讀出他的想法。這把牌玩完，盧恩和小溪要麼打一架，要麼就交上朋友了。

詠歎調已經知道答案。

她看著她們打牌，盡最大努力讓思緒停留在這裡，不去追逐阿游和炭渣。

過沒多久，鷹爪和柳兒跑進來。「詠歎調，他出來了！」

她立刻起身，趕往主洞穴。她的朋友跟在身後，其他定居者也跟過來。詠歎調每走一步，焦慮就更添一分。

圍繞在平台周圍的潮族都臉色陰沈，十分緊張。她搜索了兩遍，沒漏掉一張臉，卻沒看見阿游。

馬龍爬到台上，撫平襯衫前襟，等大家把注意力轉移到他身上。他的藍眼睛找到了詠歎調。他看她的眼神——歉意，擔憂——讓她膝蓋發軟。

「游隼跟炭渣在一起。」馬龍道：「他馬上就會來，但因為時間緊迫，他要我代為宣布一件事。」

他對潮族講話的神態很鎮定，聲調或音量都沒有改變。他吸口氣，繼續道：「我們跟角族達成了協議。我們就要離開了，我們會跟他們一起前往永恆藍天。」

人群嗡嗡低語，有意外，也有慶幸。但愉快的聲音之外，也有憤懣不平的呼聲。

「這是不對的。」羅吼道：「阿游永遠不可能跟黑貂站在同一陣線。」

「除非他心智失常。」索倫道。

李礁和小枝更激動，不絕口地咒罵。

馬龍等他們都安靜下來，才又發話。「他確實跟黑貂達成了協議。凡是願意去永恆藍天的人，都可以成行。不過，當然，不會強迫你們去。大家不要誤會：到那兒的旅程並不安全，我們對目的地也缺乏了解。我們只知道一件事：留在這裡，大家的生命一定很快就會結束。我們只剩幾天的存糧，一星期之內，就沒有木柴維持洞裡的溫暖了……我們的物資幾乎都用光了。不論你們要冒這個險，或採取別種更好或更壞的行動，都由你們自行決定。」

人群嗡嗡交談，開玩笑徵詢有誰瘋狂得願意留下。詠歎調在茫然中旁聽。

馬龍繼續往下說。他發號施令，做必要的準備。詠歎調看著阿熊、茉莉和六人組離開，分頭召集人手，安排全族遷徙的後勤事務。

全族遷徙。

這個字眼落在她心裡，聽起來好嚴肅。真難以置信，雖然她等待這一刻已經好幾個月了。

他們要離開了。

人群再次散開，大家趕緊去收拾行李。

詠歎調卻沒有動，羅吼和索倫跟她一起留下。他們都瞪著她，好像認為她會說些什麼，所以她開口了。

「他為什麼還在裡面，羅吼？」

「因為他知道這代表什麼，他不想做。」

「你說的是哪個他？」她問道：「炭渣還是阿游？」

「叫我猜？」羅吼道：「兩個都是。」

不消幾分鐘，洞裡就忙成一片，潮族開始打包收拾，分配旅途中的補給品。食物與毛毯，藥品與武器。所有物品都剔除到只剩最基本的必需品，一一裝進儲物箱。

黑貂派了他手下二十四名士兵來幫忙。不出所料，她的父親率領他們前來。

洛倫走進岩洞時，沒正眼看她，她卻忍不住盯著他一直看。

她看到他就心情一寬，既興奮又害怕。他們十九年來沒見面，但如今命運卻數度安排他們相遇。

他和角族立刻擺出支配的架式。他們的協助主要是簡短的命令和貶抑的評語。潮族很快就閉緊嘴巴，滿懷焦慮。只有少數幾人回嘴，拒絕聽令。李礁和六人組守住分際，阿熊和茉莉也是如此。小枝和一名角族士兵推打，差點釀成流血事件。詠歎調真覺得看夠了。

她把洛倫拉到一旁，心跳得飛快。「你的部下太苛刻了，你們不需要這樣對待他們。」

洛倫叉起手臂，遮住胸前的角族徽章。他不及阿游高，肩膀也比較窄。但以他這種年紀的人來說，看起來很稱頭。

詠歎調不悅道：「怎麼，你沒話說了嗎？」

他挑起濃眉。「事實上，我很想聽聽妳認為我該怎麼待人。」

她猛然轉身，覺得被刺傷，雖然他這麼說一點也不苛刻，充其量只是覺得好笑而已。

洛倫轉開目光，觀察洞裡的活動。

詠歎調等他走開。在他那麼回應後，應該走開的是她，但她做不到。某種東西把她雙腳釘在地上。

她的目光落到他制服上那對角。她但願他是個不一樣的人，但願他能用跟她相同的角度看待周圍的情景，但願永遠不會離開她或她母親。

洛倫的灰眼睛回到她身上，表情既沮喪又充滿希望。她忽然想到，自己看他的神情可能也是這樣。

「浮力船沒有取之不竭的燃料。角族在外面——沒有遮蔽——南方的暴風雨已經離開了南方，直撲我們而來。東邊和北邊也好不到哪裡去，現在只剩西方可以通行。我們唯一的出路是往海上走，但這個選擇剩下的時間也不長了。

「我的部下和我對苟延殘喘的生存方式不感興趣，詠歎調。或許那種意願在妳看來就是苛刻，但我寧可殘酷地活著，也不想仁慈地死去。」

「你說過，你想要一個認識我的機會，你是認真的嗎？」

這問題幾乎是不自覺地脫口而出。洛倫看著她眨眼，跟她一樣吃驚。

「是的。」他道。

「即使你可能發現，一部分的我恨你？」

他點頭，眼睛裡亮起一個微笑。「我想我已經看到了那部分。」

他在逗她，對她親善。如果她想認識他，就必須回應。但她做不到，卻不知道原因何在，因為她其實很願意。

時間一秒一秒過去，洛倫眼睛周圍的紋路因失望而加深。

他的一名手下喊他，引開他的注意。洛倫轉身要離開，頓了一下，又回頭看著她說：「妳被分配到跟黑貂同一艘浮力船——他的命令。我不能改變這件事，但我會盡可能安排妳的朋友都坐同一艘船。」

詠歎調目送他走開，一直等他走到聽不見的地方，才允許自己說：「謝謝你。」

兩小時後，她走出岩洞，一邊肩膀上掛著她的背包，另一邊肩膀是阿游的背包。

鷹爪幫她整理阿游帳棚裡那幾口行李箱，不過他一再提醒她，阿游叔叔真的不在乎這些老東西。她也知道這一點。阿游在乎他的弓與刀，他在乎他的土地與狩獵，而且最在乎他的族人。書？衣服和襪子？對他而言都不重要。

但她還是收拾了幾件她喜歡的東西，特別是他跟鷹爪一起雕的那組木頭老鷹。阿游的東西比她多得多——她可說一無所有。如果他不要，她就收歸己有。他的東西感覺都像是她的，他的上衣也不單純是上衣。或許她瘋了，但只要是他的東西，對她就意義重大。

她背著兩個背包，再加上他的弓和箭囊。他的東西的重量跟他本人比起來不算什麼，也無法取代她但願能攬住她肩膀的那條手臂。

快走到洞口時，詠歎調停下腳步。大多數人都已經在外面，只有少數幾個還在平台附近徘徊。但阿游不在其中。

她開始懷疑他在躲避她了。

她把背包調到較高的位置，回頭看最後一眼。「再見，山洞。我再也不會見到你了。」

她走出山洞，沿著沙灘，向那條之字形的登山小徑走去。羅吼和鷹爪，還有柳兒和跳蚤，都走在她前面。她背後跟著索倫和迦勒，她只聽見風聲和他們的腳步聲，海浪的聲音變得很微弱。

她覺得自己的腦袋好像沒有跟身體其餘部分連接在一起，好像她脫離了泥土，甚至周圍的空氣。

他們要離開了。這是她想要的，也是必要的，但感覺那麼突兀。跟黑貂同行是重大錯誤。沒有阿游在身旁更是太空虛。

上到崖頂，她看見浮力船在崎嶇的地形上排成好幾列，彷彿一群蹲在陸地邊緣的巨人。這支艦隊氣勢懾人，讓她吃了一驚。但她的眼睛立刻越過龐大的飛船，在匆忙走動的人群中找尋一個金髮的高大人影。

詠歎調在他看見她的同時找到了他。阿游跟炭渣和馬龍站在一起，三個人靠得很近。羅吼、索倫和其他人從她身旁走過，她卻動彈不得。

阿游向她走來。

他來了，眼睛又紅又腫，站在她面前。他哭過了。他承受那麼大的傷痛，她卻不在場，她不喜歡這樣。

「你都不在。」她在說蠢話。

「我不能離開炭渣。」他低下頭，目光落在她手中的木雕老鷹上。她沒意識到自己把它拿在手中，她甚至不知道自己把它從背包裡取出來。

阿游小心翼翼從她手中取去。「妳還留著它。」

「當然，」她道：「你給我的。」

她一路把它帶到邊緣城，又帶回來。

阿游用大拇指撫摸它，嘴角露出隱約的微笑。「我該送妳一支我的箭，我做的箭比老鷹好。」

詠歎調咬住嘴唇，恐懼拉扯她的胃。他在閒話家常。幾乎所有的人都已登機，只有少數幾個人落在後面，正快步走向浮力船。

他抬起頭，眼睛裡的神情讓她屏住呼吸。「我不知道該怎麼說，詠歎調。」

「直接告訴我就好。你嚇著我了。」

她看到他眼中有淚光，他一個字都還沒說，她就知道他要說什麼了。

「我必須跟炭渣同行，我不能讓他一個人去。」

38　游隼

阿游當下就知道，詠歎調懂了。她的眼睛猛然睜大，她的情緒湧到他身上，純粹的冰。他繼續說，試圖解釋。

「炭渣自己坐一架浮力船……他必須比艦隊先趕到流火牆，我要跟他一起去。」他的喉嚨好像快要塞住了，但他努力把話說完。「海上那個東西，聽起來比我們任何人看過的都大。妳也知道，他事後會變成什麼模樣。即使沒送命，也跟死了差不多。說不定……說不定他撐不過這一次。」

阿游盯著腳邊的海草，再也不能看她。他看著纖細的草葉在風中搖擺，吸了幾口顫抖的氣，才又繼續。

「我是他唯一信任的人，唯一的。如果我不願為他奮鬥——保護他的生命，怎能要求他為我們到那兒去？他很害怕，詠歎調。如果我不陪他，不知道他能不能完成這件事，如果他做不到，我們也都輸了。」

稍早在作戰室裡，阿游跟馬龍和炭渣談過這件事。他和馬龍甚至為所有可能的結局做了規劃，如果他回不來，潮族該由誰來領導。然後馬龍先離開，對潮族宣布，再跟黑貂安排所有細節。

阿游終於抬起頭。詠歎調目中淚光瑩瑩。討論他一旦死去的後果，遠比告訴她，他必須離開她，還來得簡單。

「我跟你一起去。」她道。

「不行，詠歎調，妳不能去。」

「為什麼不行？為什麼你就可以去？」

「因為我需要妳照顧鷹爪。」他吁一口氣，對自己很沮喪，這麼說不對。「我的意思是，如果我不回來，茉莉會照顧他，但我希望他長大的過程中，有妳和羅吼在他身旁。我們在世上沒有別的親人，只剩妳——」他的聲音斷裂。他吞了口口水，無法相信這種話會從自己的嘴裡說出來。「妳和羅吼都是我的親人，我要你們兩個也成為鷹爪的親人，照顧他以後的任何需求。」

「阿游，你都這麼說了，我怎麼能拒絕？」她絕望地說。

他知道她不能。

「所以我們就說再見嘍？」

「你要很快回來。」

懸崖邊的響動引起他注意。六人組走上前來，他們邁開大步，表情凝重。其他人也一樣。證明他剛才的話已傳到他們耳裡，雖然他很希望沒有。他不想跟四百個人說再見，他會受不了。光是跟詠歎調道別，已經夠令他心碎。

他飛快地把詠歎調拉進懷裡。「妳恨我嗎？」

「你知道我不會恨你。」

「妳該恨。」

「我不恨。」她重申一遍。「我怎麼可能恨你？」

他吻她額頭，用他的嘴唇對她的皮膚傾訴，好像這麼做，他的話會更永恆，更真實。「我向妳保證，」他悄聲道：「我們都會抵達那兒，我會來找妳。」

他一定做到——只要能活下來。

39 詠歎調

詠歎調看著阿游跟六人組的每個成員單獨交談。

先是葛倫和小枝，然後輪到海德、海登、迷路。最後是李礁。接著他又走到茉莉和阿熊面前。

她沒聽見他們說些什麼，她對他們的話置若罔聞。他們緊握的手猛烈的擁抱，都彷彿虛幻不真。小溪走過來牽她的手，詠歎調覺得既驚訝又感激，她眼睛一花，失去了知覺。

過了一會兒，她在一架龍翼機前面醒轉。好像有人撥了一個開關，她就被關掉，搬到那兒，再重新打開似的。

炭渣、柳兒、鷹爪坐在那艘飛船的邊緣，搖晃著腿，輪流把一顆球扔給跳蚤去撿。詠歎調眨眨眼，認知在遲鈍的思路中浮現。那是顆網球，鮮豔的萊姆綠在灰色的黎明中十分醒目。她看著它，對這件人工製品感到驚異，這東西早就從這個世界絕跡。保存了幾百年吧。現任物主覺得不值得帶它去永恆藍天了嗎？它被小心呵護了這麼多年，只落得進入跳蚤的嘴巴？

她聽見背後傳來羅吼的聲音，隨即轉身。

「我根本不該介紹你認識炭渣。」他對阿游道。

「你沒介紹。」阿游答道。

只有他們兩人站在二十步外。人群變得稀疏，大部分人都上了浮力船。流火的魔爪已伸進這片天空，漏斗的聲音在她耳中隆隆作響。他們剛來得及離開，漏斗已幾乎要砸在他們頭頂了。

「但你是因為我才遇見他。」羅吼道。

「是的。」阿游交叉手臂。「這麼說也沒錯啦。」

他們一起望過來，看到她。他們都沒有轉開目光，直盯著她看，臉色凝重而擔憂，好像以為她在懸崖邊緣會被吹走似的。不遠處，一架浮力船的引擎嗡嗡發動。接著另一架、再一架，直到她耳裡滿是那種聲音，再也聽不見流火的呼嘯。

她的注意力轉往向他們走來的那群人。

角族的護衛，她的父親，還有黑貂。

離開的時刻到了。

羅吼再跟阿游說話時，詠歎調發現自己可以把浮力船的引擎、風聲、下面的浪濤和暴風雨的聲音通通關掉，專心一意聽他們交談。

「我不喜歡這點子，阿游。」

「我知道你不喜歡。」

羅吼點頭。「好吧。」他揉揉後頸。「我們等你回來。」

阿游告訴過詠歎調，他會回來，但他現在不對羅吼做這種承諾。隨著他倆之間的沈默不斷延長，她開始懷疑阿游方才只是說她想聽的話。

「就這樣吧，兄弟。」最後羅吼道。

他們擁抱——迅速而堅定——這是詠歎調從未見過，也永遠不想再看見的一幕。這動作使他們顯得害怕而脆弱，但事實並非如此。他們都是雄壯威武的好男兒。

阿游走過來，招呼鷹爪，他跳下來，跑到叔叔面前。阿游跪下，雙手捧著鷹爪的臉，鷹爪哭了起來，她不得不轉開頭。

她的父親和黑貂快走到了。風把洛倫的黑髮吹進他眼睛裡，而黑貂的頭髮只是頭皮上的一層陰影。

看著他們接近，她跟阿游的對話又在心頭響起。他告訴她他會回來，不是嗎？她怎麼回答他的？她是否表現得粗魯而不知感激，就像最後一次見到她母親那樣？

最後一次。

這不會是最後一次。

是嗎？

她本來可以把跟他共度的每一分鐘過得更好。她對他說的每句話都應該是最好的話。

黑貂到了，臉色紅潤，眼睛裡充滿活力。他站著跟洛倫交談，但詠歎調知道，他在監視所有的一切。

阿游抱了一下鷹爪，吩咐他跟羅吼上浮力船，然後來到她身旁。她握住他的手，那隻無力的手攀附著他滿是傷痕的手。她想握得更緊一點，製造一個打不破的鎖扣，把他永遠留在身旁，但他已選擇了一條路。雖然她巴不得能阻止他，卻不會那麼做。

他們看著羅吼抱起鷹爪，好像他只有四歲，而非八歲。鷹爪張臂抱住羅吼的脖子，眼淚不斷流下來。他在喊叫，但詠歎調一個字也聽不見。柳兒跑在跳蚤前面，詠歎調不用看她的臉，就知道她也在哭。

「準備好了嗎，炭渣？」黑貂的聲音像個鉤子，把她拉回現實。

炭渣拉低他的黑帽，把腿縮到浮力船裡面。他看一眼黑貂，然後轉開眼光，望著已走到懸崖另一頭，登上另一艘浮力船的羅吼、柳兒和鷹爪。

直到這一刻，詠歎調才發現炭渣已經長得像個男人，不再是個男孩。他被綁架和囚禁的這段期間，不知什麼時候開始，下巴和臉頰的骨架變寬了，顯得更有分量。他有張很英俊的臉，整個輪廓揉和了深思熟慮與自信，兩者的比例恰到好處，使他很有魅力。

她第一次遇見炭渣時，他大肆嘲諷她和阿游及羅吼，同時又像個迷路的孩子，尾隨他們身後。樹林裡那段時光，好像是很久以前的事。他現在適應了。她對自己的期許，被他達成了。炭渣找到了阿游，也找到了柳兒、跳蚤和茉莉。他在這世間有個位置，有個家。

詠歎調明白阿游為什麼要陪他一起去。她恨自己能明白。

「謝謝你做這件事。」黑貂道。

詠歎調看一眼洛倫，他聽得出黑貂的虛偽嗎？他是個靈聽者，當然聽得出。

「我做任何事都與你無關。」炭渣打斷他，隨即站起身，消失在飛行器裡。

「只要他願意做就好。」黑貂微微聳肩。他轉向阿游：「我們經歷不少麻煩，才走到這一步，不是嗎？中間還造成一些淤青，但重點是我們辦到了。一切都準備停當。龍翼機由我機上的一個駕駛員遙控駕駛，我們負責把你們送到附近，游隼，剩下的就交給你和炭渣了。」

他好大狗膽，說得好像最困難的部分是他完成的。她聽見阿游在她身旁喘氣，呼吸快速而不規則。她都覺得難以忍受了，他一定更憤怒。

黑貂歪一下頭。「祝各位好運。」

阿游抱住她之前，詠歎調連他的臉都沒看見。「我會想著妳。」他把她抱離地面：「我愛妳。」

她也這麼告訴他，就這樣。

唯一重要的事。所有該說的話。

40 游隼

阿游一上浮力船，艙門就關了，由某個看不見的、服從黑貂命令的定居者操控。

他坐在駕駛座上，專心調節呼吸。只管吸氣、吐氣，不去想剛才發生的事。炭渣在他旁邊的椅子上，緊握扶手，瞪著擋風玻璃看外面。

「看到你了，游隼。」黑貂的聲音響徹小駕駛艙。「我看得見你們兩個，但據說你們只能聽見我的聲音。」

阿游搓一把臉，坐直上身，強迫自己保持警覺。「我聽見了。」他不知道羅吼與詠歎調是否也在場旁觀與聆聽。他想應該不會。

他們的浮力船停在懸崖邊緣。機外除了五十碼的泥土和海草，就只有天空、流火。阿游必須阻止自己想像從懸崖飛出去，墜落在下面的海岸上。

透過揚聲器，阿游隱約聽見駕駛員複誦飛行指令。然後一架接一架，艦隊中其他飛行機離開地面。他們的飛行機震動一下升起時，炭渣驚呼一聲，瞪大眼睛。

阿游嘴巴乾澀，他吞嚥一口口水，說道：「繫好安全帶。」

這不是他說過最讓人安心的話，但這種時刻，他也只能這麼說。

炭渣回頭，不悅地說。「你自己呢？」

阿游低頭看一眼，忍住一聲咒罵，把安全帶繫上。

所有的浮力船都沒有如他預期的從懸崖上墜落，它們轉向南方，貼著海岸線，沿著他昨天才跟羅吼走過的那條通往村子的小徑飛。

艦隊排成隊形，他的龍翼機殿後。阿游望向帶隊的天鵝機。

鷹爪，詠歎調，羅吼，李礁率領的六人組。

他忍不住一一列出他們的名字。他們都在那兒。黑貂親自挑選跟阿游親近的人，讓他們上他的浮力船。想到他們現在都受制於黑貂，阿游的胃便一陣翻騰。

不消幾分鐘，潮族村已在望，它坐落在一個小山坡上。這仍是他的土地，雖然流火閃爍，山上出現好幾道火跡。他仍聽見它向他召喚——雖然他已不認得它的聲音。

「我有沒有告訴過你，我在邊緣城的住所比你整個村子還大？」黑貂問。

他話中有刺，但阿游根本不在乎。他房子的空間一直都夠用，即使六人組睡滿一地，也有足夠空間容納每個人。

「你要比尺寸嗎，黑貂？我打賭我會贏。」

阿游不知道自己為什麼說這話。他向來不喜歡自吹自擂——那是羅吼的作風——但這句話讓炭渣回頭微笑，所以值得了。

「再看你的領地最後一眼吧。」黑貂換了話題。

阿游看了。飛船從廢棄的村子上空飛過時，他盡可能把一切看進眼裡，既心痛又懷念。能夠用這種奇妙的新角度觀察他自幼生長的地方，真是出乎他的意料。

艦隊過了村莊，轉往西行，加快速度，轉眼之間就飛越了在沙丘上步行要花半小時的距離。他學步、學釣魚、學接吻的沙灘，化為一片棕色與白色交織的光影，瞬間流逝，然後就只看見水，極目望去都是無邊無際的波浪。

這趟旅程跟他想像中完全不一樣。多少年來，他想像自己跟潮族一起翻過高山或沙漠，尋找永恆藍天。他預期的是陸上旅行，而不是夾在鋼藍色的海洋與赤焰熊熊的流火之間。

「我不懂你幹嘛跟我來。」炭渣把他從胡思亂想中拉回。

阿游看著他。「不，你懂的。」

他在作戰室裡對炭渣說明他跟黑貂的對話，雖然炭渣早已知道是怎麼回事。炭渣告訴阿游，他早已決心幫助潮族。他說，從他在巨蜥號上向黑貂屈服那一刻開始，他就準備好了。

但現在他眼中滿是淚水。「記得我燒傷你的手那次嗎？你說那是你這輩子最痛的傷勢？」

阿游低頭看手上的疤，手掌開合幾次。「我記得。」

炭渣不再說話。他轉向正前方，但阿游知道他在想什麼。他的異能是一種野性難馴的東西，他努力控制它，但不是每次都能成功。

阿游不知道他們是否能活過接下來的幾小時。炭渣召喚流火時，他好幾次都身歷其境。但這次很不一樣——這是他唯一確定的事。

「我要在場，炭渣。我們要平安度過，好嗎？」

炭渣點頭，他的下唇顫抖不已。

他們又沈默下來，聆聽龍翼機震動，引擎嗡嗡作響。大海好像永無止境，有催眠效果。他們飛過一哩又一哩，阿游幻想著獨自狩獵。哈鷹爪癢癢，直到他發出打嗝似的狂放大笑。跟羅吼共飲一瓶樂斯酒，親吻詠歎調直到她在他手掌中喘息、嘆氣、顫抖。

他沈浸在思緒裡，忽然看見地平線上閃出一線纖細的亮光。

他坐直身。屏障就在那兒，他毫不懷疑。

「你看見了嗎？」炭渣看著他道。

「看見了。」

隨著時間過去，那條線不斷變大、變寬，直到阿游想不通剛才怎麼會把它看成一條線。強光照耀得他瞇起眼睛。屏障看不到邊際。巨大而扭曲的流火柱密集如雨，從天而降，觸及海面後，又向上反彈回去，循環不息。往復流動形成一面他前所未見的龐大屏風，無止境地向上延伸——彷彿把大海拉上了天空。

浮力船放慢速度，炭渣發出一聲呻吟。

下方六十呎處，洋流洶湧，被流火攪出一個大漩渦，坐船進入這區域無異自殺。若沒有浮力船，他們就死定了。

阿游幾乎看不見流火屏障另一頭的景象——就像被火焰或水波阻隔——但根據他瞥見的幾個畫面，他發現另一頭的海洋顏色不一樣。

波浪閃耀著未經過濾的陽光。

永恆藍天是金色的。

41 詠歎調

詠歎調的心思在不同事物之間跳來跳去。橫跨雙肩的獵鷹標記，書的封面做的拖鞋，歌劇插曲與蚯蚓，還有溫暖似午後陽光的聲音。它們有一個共通點。

阿游。每個意念都銜接到他。

她在天鵝機的貨艙裡，一邊坐著鷹爪，另一邊坐著羅吼。她眼睛盯著貨艙對面的窗戶。從懸崖上起飛以來，她就一直盯著那兒不放，看著外面的流火，猶豫著該不該挪近一點。如果向外望去，哪個方向可以看到阿游的浮力船。

她已經這麼熬過了幾個小時，她確定，但時機總是不妥。

沒一件事順心的。

浮力船放慢速度時，她的胃跳到心口。她跳起身，羅吼也一樣。

「怎麼回事？」鷹爪問道。

忽然每個人都在問同樣的問題。

「我們到了。」黑貂透過揚聲器發話，讓他們安靜下來。「或者該說，快到了。穿越之前，何不聽聽你們的血主有什麼話要說？說吧，游隼。」

詠歎調聽見阿游清一下喉嚨。雖然他一個字都還沒說，她已滿眶淚水。

「我，呃……我一直不會講話。」他開始道：「現在很希望不是這樣。」他聲音平穩，不慌不忙，好像全世界的時間都在他掌握之中似的。這是他一貫說話的方式。「我要大家知道，我盡最大努力照顧你們。雖然不是每次都很成功，但你們這群人也不好管理。我想這麼說很公平。你們經常跟我唱反調，你們跟我爭執，你們希望我不僅是一個單純的獵人。也因為你們，我不再只是一個單純的獵人。所以我要謝謝大家讓我領導，也謝謝你們給我為你們服務的光榮。」

就這樣。

黑貂再度發話。「我覺得他說得很好，真的。很有能力，你們的年輕血主。你們很快就會再見到他，只等我們抵達永恆藍天。」

他說個不停，但詠歎調沒在聽。

她的目光又轉向窗外，她走到窗前。大家紛紛讓開，為她騰出一條通路，甚至黑貂的兵士也退到一旁，讓羅吼、鷹爪、小溪在她身旁一字排開，圍在厚玻璃前面。

「那兒。」小溪指道。「看見他們了嗎？」

42 游隼

龍翼機再次加速向前，阿游猛然撞上椅背，炭渣也輕呼一聲。

他們超越艦隊中其他浮力船，一艘接一艘，最後前方再沒有其他船隻，只見鋪天蓋地的流火。

「你必須告訴我們，你希望接近到什麼程度。」黑貂道。

阿游看著炭渣，他瞪大眼睛，聳一下肩。

這種反應非常誠實，阿游情不自禁地微笑。他們都不曾經歷這種狀況；該接近到什麼程度，全憑猜測。

奇怪的是，阿游覺得好多了。他的注意力不斷改善。他對潮族說了該說的話，現在輪到採取行動了——他一向最有把握的部分。

浮力船忽然頓了一下，他感受到安全帶拉扯的力道，然後整個飛行機開始搖晃。儀表板亮起，紅色警告訊號閃爍，警報器長鳴，使駕駛艙充滿緊急的脈動。

炭渣不假思索道：「好了！夠近了！」

飛行機放慢速度，然後搖搖擺擺停在原位。這裡的海面波濤更洶湧，浪掀得很高。阿游估計他們跟屏障的距離約莫是一百五十碼。他真想對它射一支箭，十幾支箭。他很想做那個撕裂它、穿透它的人。

「你履行對我們的承諾的時刻到了，炭渣。」黑貂道。「趕快動手，否則我們就送你們兩個回家，柳兒正等著你呢。」

炭渣的眼神一暗，淚水悄悄湧出，滾下他的臉頰。

阿游解開安全帶，站起身，他知道這是他畢生最困難的事。他力聚雙腿，在顛簸的飛行機中保持平衡，然後解開炭渣的安全帶。

「我在這裡。」他放下手，說道。「沒事的，我會幫你。」他扶炭渣站起來，炭渣的手抖得很厲害。

他們一起走進駕駛艙後面的小貨艙，幾乎是阿游在拖著他前進。

艙門打開了，風和浪兇猛地撲進來。冷冽中帶著鹹味的空氣，是阿游最熟悉的東西，只不過這兒的空氣裡還有種針扎的痛感，不斷咬他的皮膚，刺他的眼睛。

流火牆在他正前方翻騰洶湧；黑貂的駕駛員已經把龍翼機的方向調整到與它平行。很長一段時間，他充滿敬畏地瞪著它，挪不開眼光，直到他從眼角瞥見異常的動作。

炭渣彎腰趴在機艙角落裡嘔吐，背部猛烈抽搐。

「怎麼回事？」黑貂的聲音從揚聲器傳來。「我看不見你們在做什麼。」

「我們需要再一分鐘。」阿游立刻答道。

「沒有再一分鐘了！馬上找詠歎調過來。」黑貂下令。

「不要！等一下就好！」

炭渣恢復了，站起身。「抱歉……旅程太顛簸了。」

阿游鬆了一口氣，原來炭渣只是暈機，不是因害怕而嘔吐。「沒關係，我沒暈自己都很意外。」

炭渣有氣無力地一笑。他道：「謝謝你來這兒陪我。」

阿游點頭接受他致謝。「要我站在你旁邊嗎？」

炭渣搖頭。「我做得了。」

他走到艙門口，手扶著艙壁，然後閉上眼睛，臉上的恐懼緩和了許多。他皮膚下面出現流火的網絡，從脖子向他的下巴蔓延，一路向上，布滿他的頭皮。

他顯得很輕鬆，整個世界在他四周怒吼，但從阿游的角度看來又不一樣。他站在炭渣身後看著他，只覺得全世界都為了炭渣而怒吼。

幾秒鐘過去了，阿游開始懷疑炭渣是否改變了主意。

「游隼，」黑貂的聲音。「你叫他——」

一陣勁風把阿游往後推，他砰一聲撞上浮力船的後艙壁，搖搖欲墜。

炭渣沒移動，他穩穩站在門口。

前方的遠處，流火屏障出現一個洞——一個空心的區域，流火在它邊緣繞道而行，就像河水從大石塊旁邊流過。

這個洞的尺寸小到幾乎沒什麼作用，直徑大約二、三十呎，連較小的龍翼機也無法通過，大型浮力船就更別提了。

但阿游透過它看到流火牆另一邊的面貌：大海沐浴在陽光下，他先前透過流火屏幕看到的金黃色澤顯得更溫暖。他也看到天空，無盡透明的藍天。

「他在等什麼？這樣不夠的！」黑貂大吼。

幾秒鐘過去了，阿游心頭一寬。或許他們無法穿越，但炭渣可以活下來。現在跟炭渣說什麼都沒用。阿游看過他這副模樣，他已脫離周遭的世界，到了另一個地方。

「游隼！」黑貂吼道。

但恐懼接踵而來。現在他們該怎麼辦？向前硬闖，衝過屏障，希望能成功嗎？另一個選項，回岩洞去，似乎更糟。他們不能回頭。

炭渣轉過身，發光的眼睛瞪著他不放，阿游懂了。

炭渣剛才的作為只是個開始，一個測試，看看這行動要他付出什麼代價。阿游望進他的眼睛，已知道答案。

炭渣再度轉身面對流火。

阿游眼前一片白光，然後就什麼都看不見了。

43 詠歎調

「妳看見他們了嗎？」小溪道：「他們就在那兒。」

詠歎調點頭。阿游和炭渣搭乘的龍翼機，只是流火屏障前的一個小黑點，但她看得見。

一片強光迸發，令人目為之盲。

浮力船猛然下墜，引來一陣驚呼。詠歎調撞上站在她後面的人。她眨著眼，努力想恢復視力，她站起身，又立刻撲到窗口。

屏障裂開了，很大一條縫隙，就像拉開的窗簾，屏障後面，閃閃發光的海洋向後延伸，帶給她此生最大的希望。她願意永遠看著它，但她強迫自己移開眼光，搜尋龍翼機的下落。

「他們哪裡去了，小溪？」她問。阿游的浮力船消失了。

「我正在找。」小溪道。

羅吼也在找。他抓住她手臂，在他們搭乘的浮力船向前衝刺時，扶她站穩。當黑貂的聲音又從揚聲器傳出，宣布他們要完成穿越時，他輕聲咒罵。

「他們在哪裡？」詠歎調問，恐慌不斷滋生。

小溪臉色蒼白，她由沈默的專注忽然睜大眼睛，震驚道：「水裡。」

詠歎調的目光落到下方的海面上——阿游的浮力船被捲進了滔天白浪。

44 游隼

阿游張開眼睛，他仰躺在地上，頭上是駕駛艙的弧形天花板。他無法動彈，過了一會兒才意識到自己並沒有癱瘓，只是被夾在牆壁和駕駛座椅背的縫隙裡。

他右肩抽痛，痛得很厲害，跟幾星期前同一個部位脫臼時一樣痛——他的左肩則是尖銳的刺痛。其他地方也痛，只是輕微一點。好徵兆，會痛代表他還活著。

他撐起身，抓住椅背保持平衡。浮力船整個傾斜。波浪拍打著擋風玻璃，將它完全掩蓋，每一股沈重的水流打上來，都會使駕駛艙陷入完全的黑暗。

阿游蹣跚回到貨艙，腳步不穩，噁心想吐。他擦一把刺痛的眼睛，赫然見到滿手是血。透過敞開的艙門，他看到海，高達三十呎的銀白色浪花和流火的藍光。浮力船歪了一下，水湧上他的腳踝。

浮力船也是船，只缺了一邊艙門。它還浮在水面已是個奇蹟，但情況會隨著打進來的每一個波浪改變。

「炭渣！」他喊道：「炭渣！」

驚濤駭浪中，他連自己的聲音都幾乎聽不見，再叫也是白費力氣。他掃視窄小的貨艙，沒有炭渣可藏身或迷失的地方。阿游搖搖擺擺走到艙門口，一個波浪打得浮力船猛然下沈，他向前傾跌，差點掉進海裡。

「炭渣！」

浮力船又一陣搖晃，把他摔在艙壁上，緊貼著牆壁動不了，肺裡的空氣全被擠了出去。出氣出氣出氣，好像永遠不會停止，體內的空隙不斷擴大。

「你活下來了，游隼。」揚聲器劈啪作響。「但炭渣完了，聽來是如此。我很抱歉。」

阿游衝回駕駛艙。浮力船前端突然下降，他撲到前窗玻璃上。船艙裡的水也全部湧到前端，他整個人泡在水裡。

「把我弄出去！」阿游喊道。

他才說完，艙門開始閤攏，儀表板上的控制燈也逐一亮起。

黑貂說：「你在幹什麼？」

一個嚇壞了的聲音答道：「讓船升起來。」

「我沒下這樣的命令。」黑貂道。

「長官，如果現在不採取行動——」

「關掉。」

一陣沈默。

「我叫你關掉。」

阿游咒罵一聲，轉身剛好看見貨艙的門頓了一下，再次對憤怒的大海敞開，駕駛艙裡的儀表板也暗了下來。

「這讓我很痛苦，游隼。我非常喜歡你，我也不想要這種結局，但我不能冒險。」

然後阿游就再也聽不見黑貂了，只有海浪拍打浮力船的聲音。

45 詠歎調

「做點什麼吧！」詠歎調喊道：「他們還在那兒！」

洛倫擋在駕駛艙門口，不讓她進去。這是她上了浮力船以來，第一次看見他。「我不能讓妳進去。」他道。

「你一定要！你一定要救他們！幫助我！」

洛倫注視她的眼睛。他沒說話，但她看得出他心裡在天人交戰。

黑貂的聲音再度從揚聲器傳來。「我們聯絡不上炭渣或游隼，看不到他們的蹤跡，我們已失去對他們那艘船的控制，恐怕安排救援會太危險。」

羅吼衝上前，跟洛倫面面相對。「不能放棄他們，我們必須下去！」

李礁也撲過來。「黑貂有可能撒謊！我們怎麼知道他說的是事實？」

隆隆巨響充斥詠歎調的耳朵，許多推推搡搡、不斷吆喝的巨大身體把她東拉西扯。但在噪音與混亂中，她仍聽得見黑貂。

「沒有人知道屏障會開啟多久，我們的首要目標就是把握時機，趕快穿越過去。」

他繼續往下說，他的聲音婉轉而理性，他解釋了為什麼要棄阿游於不顧，他對潮族多麼抱歉。詠歎調沒聽見其餘的部分，悽厲的耳鳴聲中，她什麼也聽不見。

但她設法回到窗口。

他們已幾乎飛到流火屏障上方。外面的風強大無情，掀起大量浪花泡沫。水花使所有東西都模糊不清，但她看到阿游的浮力船圍繞在一圈浪花中間。

它歪向一側，已被大海吞噬了一半。

他們飛過它上空，進入永恆藍天時，她就只能眼睜睜看著它。

「詠歎調，看啊。」小溪推她一下，說道。

詠歎調仍站在窗口。自從飛越屏障，把流火拋在後面以來，她一直站在那兒。耳鳴已消失，但現在她眼睛又出了問題，她喪失了聚焦的能力。她一直看著窗外，卻什麼也看不見。

羅吼站在她身旁，手臂摟著她。小枝抱著沈睡的鷹爪，站在羅吼另一邊。鷹爪靠在詠歎調身上哭了一場，那部位還是濕的。

「陸地。」小溪指點著說。「就在那兒。」

詠歎調看見完美的地平線上出現一個缺口。從遠方看去，它像一塊黑色隆起，但隨著他們接近，它變得更寬，有了色彩和深度。那是一個青翠的山坡，覆蓋著茂密的綠樹。

這裡有綿延起伏的青山翠谷，跟他們留在後面的那片巉岩峭壁大相逕庭。她看到的色彩都很鮮明，全然不像長年煙霧繚繞、陰鬱單調的潮族領地。這兒的土地綠意盎然，水色碧藍，美得像炫耀。

浮力船裡一片興奮的低語聲，消息傳了出去。看到陸地了。

詠歎調痛恨他們的快樂，她也恨自己竟然恨他們。他們憑什麼不能享受這一刻，但她卻沒有這樣的感覺。

她只想回去——她怎麼可能想回去？但她真的想。阿游就是崎嶇的懸崖和拍岸的浪花，他就是潮族的村落和狩獵的小徑，他是她留下的每一件東西。

鷹爪在小枝懷裡動了一下。他睡眼矇矓地抬起頭，從小枝的懷抱轉到羅吼的懷抱。詠歎調在他們兩人之間，看過來又望過去。

有他們也夠了。說不定有一天，她會這麼覺得。

駕駛艙裡傳出交談聲，飛行員與工程師評估地形。整整一小時——又演變為兩小時——都聽見他們在謹慎地核對座標。做各種測試、評估飲水來源、高度、土壤品質。像蜘蛛在網上爬行般，從高空鄭重記錄所有特徵，如此精密而先進的科技，感覺像魔法。曾經有一度，這種魔法為她建立了無數個虛擬世界。現在它找到一個簇新的世界，正測量它的溫度，尋覓建造居留區的最佳地點。

但他們真正要找的東西，她知道——每個人都知道——是人。如果找到人，就會引起一大堆需要考慮的問題。他們受歡迎嗎？他們會淪為奴隸？遭到排擠？沒有人知道。

直到黑貂從駕駛艙裡走出來。「這裡是我們的，無人居住。」他道，聲音有點緊張。

「終於交上好運了。」海德低聲道。他站在她背後，身高足以從她湊在窗前的頭頂望出去。

六人組聚在一起，圍在她身旁，從越過屏障以來，就一直如此。

她不知道該如何解讀這件事，也不知道這代表什麼意義，他們全體像圍牆般站在她四周。

「是時候了。」海德道：「不用再作戰了。」

小枝吐出一口長氣。李礁迎上詠歎調的眼神，她不禁懷疑他是否跟她一樣，抱著不合常理的希望，希望這套儀器也能找到一個人。一個即將屆滿二十歲、金髮綠眼的年輕男人，他有個效果特別強大的祕密絕招，就是歪著嘴角微笑。這個男人有一顆想像所及最純潔的心。他相信榮譽，永遠不把自己看得比別人重要。但這樣的人當然是找不到的。魔法從來不是真實。

馬龍走到海德與小枝中間，加入他們。「我不會稱之為好運。曾經有幾百萬人住在這兒，現在一個也不剩，這似乎跟好運有很大的差距。一些慈悲與協助，對我們或許有好處。我們人數太少了。」

詠歎調咬住嘴唇，不讓自己出口駁斥他。她不知道自己為何忽然變得那麼憤怒，就那麼幾個字：**我們人數太少了**。他幹嘛一定要那麼說？他們人數並不少，他們是沒到齊。他們少了阿游。

浮力船重新整隊，她覺得速度變慢，然後忽然下降，她沒什麼感覺，但很多人驚呼，伸手相握。接著飛船一艘接一艘降落在一片沙灘上，一群發出虹光的鳥兒著陸了。

他們搭乘的飛行機降落時，小枝道：「我們到了，真不敢相信我們到了這兒。」

詠歎調沒有同感，她對這個地方毫無感覺。

李礁招呼羅吼過去，鷹爪仍在羅吼懷裡熟睡。

「我要你們三個守在一塊。」李礁看看她，又看看羅吼，說道。「海德和海登會照顧你們，從現在開始。」

照顧他們？她不懂。羅吼抿緊嘴巴，點點頭，聽任擺布，她忽然想通了。從麗薇死後，他就把黑貂視為大敵，這是人盡皆知的事，黑貂尤其清楚。鷹爪是阿游的姪子，雖然才八歲，繼承人的身分卻確切無疑。詠歎調不確定李礁為什麼認為她也需要保護，但她的心思還不能正常運作。

李礁消失後，詠歎調忽然仰頭看一眼那對兄弟，海德與海登，然後又掉開目光，因為他們肩上背著弓。因為他們身高相同，又都是金髮，雖然色澤不一樣。難道她下半輩子都要挑剔別人的欠缺與差異？拿每個人跟阿游比較？希望每個人都是他？

黑貂一馬當先，走下浮力船，身後跟著一群士兵。她只聽見他離開。大貨艙裡每個人都站了起來，有海德與海登在前面開路，她只看見他們的背影和箭囊裡探出的箭枝。她聽著放下舷梯的嗡嗡聲，這聲音已變得很熟悉。陽光湧進浮力船，然後吹來一陣溫暖的微風，送來鳥兒的歌聲和樹葉拂動的沙沙聲。

大家絡繹下機，她周圍的人愈來愈少。

新的土地。

新的開始。

她摟住羅吼，告訴自己她做得到，她可以走幾步。

人群分散後，她可以看得更遠。馬龍走下舷梯，身邊有幾名黑貂的手下陪同。她正想找洛倫，卻見李礁的辮子一閃而過。他也正要下機，葛倫和小枝在他兩旁。

突如其來而無法解釋的恐懼，沿著她的脊椎竄下，使她脫離了恍惚狀態。

黑貂總是第一個行動，他從不等候。總在威脅成形之前，先下手消滅它，從不遲疑。

「李礁！」她尖叫。

轉眼之間，槍聲四起。

一聲，兩聲，三聲，四聲。

精確的聲音，經過深思熟慮。槍聲引起一片驚呼。

人群湧上來，退回浮力船。海德的背撞上詠歎調的臉，弄痛了她的鼻子。她急忙轉身，眼前一片黑，什麼也看不見。

「發生了什麼事？」鷹爪被驚醒，喊道。

「羅吼，快回來！」詠歎調喊道，把他拉到浮力船深處。她從眼角看見海德與海登放箭，她也瞥見小枝側躺在舷梯上，他在流血。然後沈寂降臨，就像方才的槍聲一樣突兀而響亮。

「所有人放下武器。」黑貂冷酷地說。

她聽見一陣木頭和金屬嘩啦啦落地，那是大家丟下的槍、弓、刀。

黑貂從他們中間走過，經過抱著腿哭泣的小枝。詠歎調看見李礁和葛倫倒在舷梯盡頭，如屍體般靜止不動，兩人都一樣。

慢慢地，黑貂的眼光掃過浮力船，找到了詠歎調。他盯著她看了很久，兩眼發光，精力十足，然後改向羅吼望去。

「不！」詠歎調喊道：「不可以！」

黑貂舉起雙手。「結束了。」他道：「我不想再流血。」他刻意看著離他只有幾步遠，兩旁都站著角族士兵的馬龍。「但如果你們誰有興趣取代游隼，成為潮族的領袖，最好知道這位置已經不存在了。任何爭取的企圖都要面臨致命的考量，正如你們剛才看到的。

「如果你們仍然以為可以向我挑戰，我要你們記住一件事：我無所不知。我在你們自己還不清楚的時候，就知道你們有什麼樣的慾望與恐懼。歸順於我，這是你們唯一的選擇。」他冰藍色的眼光掃過人群，造成一波緊張的沈默，所有人都屏住呼吸。「我說得夠清楚嗎？」

沒有人敢吭聲。

「很好。」黑貂道。「這對我們大家都是新的開始，但我們還不能拋開過去。我們的傳統已經適用了幾百年，只要我們遵守它——我們的方式，古老的方式——我們就能在這兒興旺。」

沈默。只聽見小枝痛苦的呻吟。

「好了，那麼，」黑貂道。「開始吧。把你們的東西留在浮力船上，走出來，排隊。」

46 詠歎調

詠歎調看著黑貂和他的手下把她的朋友分門別類，在沙灘上排成一列列。

羅吼先走，距離她很遠。接著是迦勒、索倫和盧恩。小溪、茉莉和柳兒。她試著理解黑貂分類的策略，但實在看不出什麼秩序。他把老人和年輕人、定居者和外界人、男人和女人混在一起。然後她明白了，這就是他的動機，他把最不可能聯合起來造反的人編在同一組。

分類進行當中，太陽逐漸沈沒到蒼翠的群山後面，她不覺得憤怒，也不恐懼。她什麼感覺都沒有，直到他看見鷹爪被安排跟茉莉同一組。茉莉會照顧他。她就像阿游，會照顧每一個人。心有旁騖的詠歎調這時才發覺，只剩自己一個人。浮力船空了，沙灘上每個人都分好組——她是唯一的例外。

黑貂站在附近；她覺得他在看她，但她不願意回望。

「把她帶回浮力船。」他道。

角族士兵把她送回貨艙裡的窗口，從這兒可以眺望平靜的海面，海水綠勝於藍，清澈得可以看見下面的沙。她待在那兒，由警衛看守，凝視窗外的日光漸漸消失。雖然通往沙灘的舷梯敞開著，她卻無法向陸地看。她的眼睛不肯離開水面。

必須改變。她必須接受現狀，設法反抗。她試著構思接近鷹爪和羅吼的計畫，但注意力充其量只能集中幾秒鐘。而且，只救鷹爪和羅吼嗎？那有什麼用？黑貂已控制了他們每一個人。

就這麼回事，他奪得了所有一切的控制權。

「欸，不要那麼不快樂。」

她轉過身，見他大步走上舷梯，進入浮力船。

他打發走看守她的兩名士兵，然後靠在浮力船的艙壁上，對她微笑。

外面，黑暗已降臨——溫柔的黑暗，跟潮族洞穴裡那種黑不一樣。這裡的黑暗中，有溫暖的陰影，也有樹木的沙沙聲。她看到舷梯上李礁和葛倫的血已經沖洗掉了。

「妳的朋友都很好。」黑貂叉起手臂，這動作讓他項鍊上的寶石在黯淡的貨艙裡閃閃發光。

「長了幾個新水泡，但沒什麼好害怕的。我讓他們工作，這妳應該不意外。有很多工作要做，我們要建一個營地。」

詠歎調看著那條項鍊，想像用它勒死他。

「妳不是第一個。」過了一會兒，他說：「第一個是在很多年前，邊緣城的一個地主——向我效忠的一個有錢人。我才戴上這條項鍊幾個月，他就控訴我超額課他的稅——其實我沒有。我很公正的，詠歎調。我一向很公正。我因他提出這種指控而懲罰他，很大一筆罰金，我覺得這麼做不僅寬大，也很恰當。但他的回報竟然是，某個晚上在宴會中，當著幾百個人的面，試圖勒死我。如果他活到今天，我相信他會後悔當時做出那樣的決定。

「我雖然不像游隼或羅吼那樣，帶著武器走來走去，但我也有能力自衛。事實上，我做得還不錯。妳最好放聰明點，別再動那種念頭。」

「我會想出辦法的。」她道。

他眼中閃過怒意，卻沒有答話。

「你會因為我這麼說而殺死我嗎？你應該。因為除非你死，否則我不會停止。」

「妳憤怒是因為我在這裡建立了我的統治。我的決斷力很強——說不定太強反而是缺點。我知道。但讓我告訴妳一件事，人民需要服從命令，他們不能懷疑誰是領導者。妳要再來一場巨蜥號的叛變嗎？妳希望那種混亂再次發生嗎？發生在這兒，當我們有機會重新開始的時候？」

「巨蜥號叛變是你發動的，你背叛了黑斯。」

黑貂失望地嘟起嘴巴。「詠歎調，妳沒那麼笨。妳真的以為定居者和外界人能攜手合作，忘記三百年的隔離與仇視嗎？歷史上哪個文明是由兩個人領導的？這是不可能的事。妳知道製造敵人最快的途徑是什麼？就是合作。我比李礁更適合做潮族的血主，或者馬龍，雖然他似乎很能幹。我最適合負這個責任。」

她沒法子再看他。她不能跟他辯論。她沒那種精力。

煙味從外面飄進來，聞起來跟她已逐漸習慣的味道不一樣。這不是焚燒森林，也沒有在洞穴裡的火堆那股霉味，而是營火的氣味，清潔而充滿活力，就像她和阿游昨天晚上才合力生的那堆火。她滿心都是他用雙手挑起火焰的回憶──她眼前只看見那一幕，直到她發現黑貂正瞪著她。

一分一秒過去，他的不耐煩愈來愈明顯。他要她了解他，他要她的認可。她懶得去想原因何在。

「你真的讓我很懷念黑斯。」她道。

黑貂笑起來──與她的預期不符。她想起曾經在邊緣城聽過類似的笑聲，當時她認為這笑聲很有魅力，現在只會讓她心寒。

「我統治幾千人。」他道。「我在妳這年紀就開始統治。妳該覺得安心，因為我知道我在做什麼。」

「那幾千人現在在哪裡？」

「我需要的人都在我要他們去的地方。外面所有的人──角族與潮族──都屬於我。我不批准，他們連呼吸都不敢。這代表我們的重建過程不會受到干擾。因為我，我們才能在這裡活下去。因為我，我們才會繁盛。我只是為我們爭取可能的最佳機會，我看不出這有什麼錯。」

「殺死李礁和葛倫沒錯嗎？」

「李礁會向我挑戰，他會構成威脅，現在不是了。葛倫是剛好擋路。」

「李礁不過是想保護潮族。」

「我也要保護潮族，現在他們屬於我。」

「你來做什麼，黑貂？為什麼要說服我相信你做的事都是對的？我永遠不會相信你。」

「妳尊敬游隼，這代表妳有能力做正確的判斷。」

「你說什麼？你要我尊敬你？」

他靜止不動，站了一會兒。她在他鑽透人心的目光中看到答案。「給你足夠的時間，妳會的。」

再一次，她無言以對。如果他真的這麼想，那他一定瘋了，而且瘋得很厲害。

一小時後，黑貂展開爭取她支持的活動，邀請她共進晚餐。他在沙灘上劃出一塊露天區域，他和他最親信的手下在此享有專用的火堆。他邀她加入。

「魚湯。」他道：「聽說是潮族的特產。說老實話，味道不怎麼樣，但它很新鮮，不像定居者的包裝食物那麼恐怖。還有星星，詠歎調……我忍不住要講給妳聽。好像天空——宇宙的屋頂——撒滿了餘燼，不可思議的景觀。我要展示給妳看，但如果妳不來，我也能諒解。」

他真是個操縱人的高手，竟然想給她天空。還有星星！她能拒絕嗎？

她想起他如何操縱麗薇。黑貂曾經告訴他買來的新娘麗薇說，她想要自由，他就給她自由。

如果仁慈能引誘一個人把毒藥喝下肚，他也可以仁慈。他可以表現得迷人而體貼，也可以愚弄一個人相信他有良心。

難道靈嗅者只有兩種？一種像麗薇和阿游那樣直來直往，另一種就像黑貂一樣詭譎多變？她搖搖頭。她不想吃東西，也不想看星星。她要見羅吼和鷹爪。但黑貂不給她這個。

「我不想看宇宙。」她道：「除非強迫我，否則我不想多看到你一秒鐘。」

黑貂歪一下腦袋。「那就，改天。」

詠歎調在他眼中看不到失望，只有決心。

他離開後，夜已深，她試著讓自己舒服一點。如果風向對，波浪也夠輕柔，她會聽見黑貂的聲音，混著營火的煙，飄進浮力船。

他跟他的士兵談論接下來幾星期的計畫，優先處理事項。

住屋，食物與水，控制潮族。

她試著集中注意力，或許她能收集到一些有用的情報。但那些話如風吹過無痕，她什麼也記不住。

不久她就覺得冷，開始發抖。她察覺，她之所以這麼無法控制地顫抖，可能是過度震驚所致。日落後的氣溫幾乎沒降，微風吹進來，她也只覺得涼快。她轉到一側，把身體縮成一團，卻沒什麼用。終於看守她的人注意到了。

「我幫她拿條毯子。」其中一個人說道，她看見他伸手到儲物櫃裡，看著他走回來。

「黑貂會不會因為你給我這個而割開你的喉嚨？」他站在她前面時，她問道。

那人吃了一驚，是因為聽見她說話而吃驚。他把毯子扔在她身上。「不用客氣。」他粗魯地說，但她看見他眼裡閃過一抹懼色。黑貂的親信也怕他。

他離開，回到舷梯上的崗位後，她心頭湧上一種奇怪的情緒，好像她不僅想念阿游、為他心痛、痛得心在滴血，她也為失去了自己而感到悲傷。這事件改變了她，她再也不是原來的她了。

不知什麼時候，她父親來了。

洛倫端了一碗湯來。他行走時有種不需做作的優雅，流暢而迅速，沒有濺出一滴。這種與生俱來的絕佳平衡，是所有靈聽者的特質，就像她。不論她承不承認，他們之間確實有種聯繫。

詠歎調迎向他的目光，從他眼睛裡看到那種聯繫。他眼中的坦誠與了解，深深打動了她。她得眨眨眼，免得淚水流下來。

她不可以哭。如果哭了，這一切就會變成真的，而這一切都不可能是真的：阿游的死，黑貂控制一切，她孤單單的被囚禁在這艘浮力船上。

洛倫放下碗，打發看守她的人離開。他聆聽了一會兒，盯著外面，無疑是要確定不會被人聽去，才開口說話。但也可能是給她時間恢復鎮定。她必須很努力才做得到，忍住胸口的痛，吸幾口氣，把注意力集中在夜晚的聲音上，直到喉嚨裡乾澀的感覺消失。

周遭變得寧靜而靜止，再也聽不見黑貂和他那群顧問的聲息，連風也停了，感覺就像時間停止運轉。於是洛倫轉向她，開始說話。

「他把那些人分組，為的是打散士氣，妳大概也猜到了，效果很好。潮族覺得既困惑又憤怒，但他們不會受傷害——除了妳的朋友。」

「羅吼？」

洛倫點頭。「稍早他攻擊我一名手下，黑斯的兒子也牽涉在內。他們想來找妳。我嘗試告訴他們，妳沒有受傷害，但他們不信。

「他們目前都還活著，但只要黑貂一聽到這件事——很快就會——他們就沒命了。他會把所有的火星都捏熄——稍早妳已經見識到了。這對他而言是最關鍵的時刻。他要在潮族組織起來，有所行動之前，鞏固他的統治。」

詠歎調緩緩吁一口氣。形勢變化太快，她來不及反應。阿游和李礁死了，忽然間，羅吼和索倫也有危險？

「我們怎麼辦？」她問道。

「不是我們。」洛倫嚴厲地說。「我只是送湯給妳，這麼做的時候，我提供妳有關妳朋友的情報，但我沒有幫助妳。如果我這麼做，他會知道。事實上，要不了多久，他就會開始懷疑。他會從我們的情緒中知道，我們之間有更多的什麼。」

詠歎調揣摩什麼叫作更多的什麼。她可以接受這說法，它的意義夠模糊，留給她足夠空間，決定他們的關係可以朝什麼方向發展。

「如果他知道我們的事，會找你麻煩嗎？」

「如果他相信我有可能介入妳和他之間，是的，毫無疑問。」

「不可能有我和他。」

「妳在這裡，詠歎調。一個人，其他所有人都在別處。」

「為什麼？」她道，聲調變高。「他要我做什麼？難道我是他的另一件工具，就像炭渣和阿游？你既然不肯幫我，幹嘛告訴我羅吼的事？」

「我告訴妳我效忠的對象是誰，詠歎調。我發誓向他效忠。」

「為什麼？你怎麼能為那種人服務？他是瘋子，他是惡魔！」

洛倫靠過來。「聲音放低一點。」他低聲道。他企圖仗恃體型恐嚇她嗎？

她也靠過去，毫不讓步。「你讓我噁心！你可悲、軟弱，我恨你。」說著說著，她的火氣愈來愈大，忘記了麻木和驚嚇，意念蜂擁而出。「我恨你離開我母親，我恨你對我做的每件事，我恨我這個人有一半來自你。」

「我覺得妳也沒什麼了不起。我還以為妳有骨氣，但妳唯一的本事似乎就是瞪著窗外發呆。我從來沒想到我的孩子會自憐到這種地步。」

「把你的臭湯拿走！」她把碗向他扔去。

洛倫咒罵一聲，往後一閃，看見湯滴在他黑外套的鹿角圖案上，不禁一愣。

她趁他低頭時踢他，她的靴子踢中他的太陽穴。

他應該閃避。洛倫是黑貂手下階級最高的軍官，他應該採取行動保護自己，但他卻結結實實挨了這一腳，砰一聲跌倒。

詠歎調愣了一下，但她隨即拔腿跑下舷梯。

她才跑到沙灘上，便聽見背後低低傳來四個字。

「好個丫頭。」她父親說。

47 詠歎調

她跑。

她沿著海邊跑，跑過堅硬的沙地。浮力船上的強光燈互相銜接，照出一條路，從寬闊的沙灘到樹林邊緣。隔著樹枝交織的網，她看到樹後有更明亮的密集燈光。營地就在那兒。

她朝遠離那兒的方向跑，把人群和浮力船都拋在後面，不知道要去哪裡，只知道要跑向暗處。

燈光拋到遠處後，她撿起一根漂流木防身，隨即轉往樹林。

在比較柔軟的沙上奔跑，她的大腿火辣辣地作痛。向樹林跑去的途中，她注意到有些東西看起來不一樣，除了沙灘的形狀和秀氣的熱帶樹木之外的東西。

然後她想到，所有的一切看起來都不一樣。

詠歎調屏住呼吸，停下腳步。她還沒看過天空。她是那麼傷痛、麻木，甚至還不曾抬頭向上看。

她雙膝落地，抬起頭來。她已習慣被波動的藍色光流圍繞、壓迫，但這片天空無限遼闊……夜，廣大無垠。

她覺得好像永無止境地向上墜落，飄流到外太空，飄浮在群星之間。黑貂說什麼宇宙的屋頂上撒滿餘燼，描寫得很傳神。

詠歎調甩一下頭，不想在心裡聽見他的聲音。她才不在乎黑貂對永恆藍天的看法。

這是最不該想起阿游的時刻，但她克制不了。她想像他在這裡，咧開大嘴，握緊她的手。

她唇間迸出一聲低泣，又霍然站起，撒腿狂奔，跑到沙灘盡頭的樹林邊緣，衝進林中，然後放慢速度，讓喘息平伏。夜晚的空氣裡有肥沃土壤和青草的味道，她好想知道阿游會怎麼——

不。不。不。

現在不行。她把他推出腦海，專心運用聽覺，她不慌不忙穿過茂密的樹叢，回到黑貂的營地。許多聲音飄進她耳裡，她跟蹤它們，每一步都更穩定、更有目標。她要找到羅吼和索倫。

聲音帶她來到一片開闊的空地。詠歎調蹲下，心跳急促。

數十個人蓋著毯子，睡在開放的天空下。

她聽見的聲音來自守衛，有兩個，正在低聲交談。他們坐在空地對面一株倒下的大樹幹上，這樣可以居高臨下，眺望整個營地。

她打量附近的人，不確定接下來該怎麼辦。光是這批人，數量就接近一百。因為有人看守，她知道他們一定都是定居者和潮族的朋友，但在黑暗中裹著毛毯，每個人看起來都差不多。

她怎樣才能找到羅吼和索倫？

她起身繞過空地，把感官的力量發揮到極致，行動時保持絕對安靜。她目前藏身的這片樹林邊緣，距睡著的人群大約二十碼，但在守衛附近，人與樹的距離比較近。靠近那兒，比較有機會找到她想找的人。

她悄悄向守衛挨近，忽然被金髮的閃光吸引，瞄到一個熟睡的大個子，是海德，但沒看見海登或迷路，這是她第一次看到海德跟他兄弟分開。不遠處，她又看到茉莉，還有鷹爪蜷著身子，睡在她和阿熊中間。

她要把他們都釋放嗎？他們要到哪裡去？羅吼和索倫有機會逃得無影無蹤。他們可以跑進森林裡藏身，但連做簡單工作都會關節痛的茉莉，行嗎？還有鷹爪呢？黑貂掌握了所有的士兵和武器。他可以追捕他們，為逃跑而懲罰他們。

她不可能幫助每一個人，只有羅吼和索倫有迫在眉睫的危險。詠歎調悄無聲息地接近守衛。索倫和羅吼已經給角族惹了麻煩，非常可能受到直接監視。

她再靠近一點——再近就有暴露形跡的危險——但還是無法辨識一個個熟睡的人形。且不說黑暗中能見度差，這些人很多都背對著她，或把毯子拉到頭上。

守衛的對話引起她注意。

「還有多久，你覺得？」一人說道。

「這件事？誰知道，我看潮族是不會就範的。」

「他會改變他們，黑貂總有辦法。」

「是啊……他有辦法。」

又出現了，角族畏懼他們的領袖黑貂，詠歎調從他們的聲音裡就聽得出來。

她看著她跟這兩人之間的最後一段距離，恐慌在胃裡攪動。她猜自己逃出浮力船已有半小時。還要等多久，黑貂的部下才會開始搜索她？他們已經展開搜索了嗎？

麗薇躺在邊緣城那座陽台上的畫面，忽然在她眼前一閃而過，催她快點行動。她心頭一急，差點就要撲向守衛，卻不小心踩到一根樹枝，只聽得咔嚓一聲。因為她穿著靴子，聲音不大，但她立刻靜止，無聲地咒罵自己。心急害她粗心。她所在的地方沒什麼掩蔽，靈聽者在五十呎外就能聽見她——但她距兩名守衛還不到那距離的一半。她等著，腎上腺素流轉全身，雙腳彷彿已騰空而起。

那兩人沒朝她的方向看來，也沒有終止交談。但他們前方睡著的人當中，有一個黑腦袋抬起來，慢慢轉向她這方向，然後又放下。

黑暗中她看不清羅吼的臉，但她知道那是他。她知道他的輪廓，也認得他的動作。詠歎調伏在地上，把沈重的漂流木放下。她拾起腳下的樹枝。她的右手仍然無力，但還做得到這件事。

拜託要成功，她祈禱。這一招如果不是完美的試驗，就是自殺。

她把樹枝折斷。

兩名守衛都沒回頭。由此可見他們都不是靈聽者。羅吼卻有明顯的反應，他高高舉起兩隻手臂，手指勾在一起，做出伸懶腰的姿勢。

她搖搖頭。太明顯了，但羅吼做任何事都很誇張。

該行動了，她有十足把握。守衛不是靈聽者，羅吼也知道她來了。她拾起漂流木，再次移動，挨到她勇氣允許的最近距離，停在那兒，緊緊抓住漂流木，舔一下嘴唇。

「等五秒鐘，大聲咳嗽。」她悄聲道，知道羅吼聽得見。

她低聲計秒。羅吼咳嗽的時候，她跑過最後幾步，向角族發動攻擊。

那兩人都向羅吼看去，渾然不覺她從背後撲來。

她甩動漂流木，用盡全身力量打擊，命中較近那人頭部。她使出極大的力氣，覺得整個背部的肌肉都被牽動。這一擊的聲音極其可怕，她自己都忍不住倒抽一口氣。

他從樹幹上跌落，軟綿綿倒在樹後。

她回過身，找尋另一個人。羅吼已將他壓制在地，勒住他的脖子。她聽見守衛的腳踢騰，摩擦地面。一陣低沈的咕嚕聲之後，一切安靜下來。

羅吼跳起身，他雙手在前面擺成一個奇怪的姿勢，然後她看清楚原因何在。

「你的手被綁住了？」她低聲問。

「是啊，我給妳看過了。」

「先帶索倫。」

羅吼在一個熟睡的人影前彎下身。一會兒工夫，索倫便跳了起來。

他們的聲響吵醒了小枝——另一個靈聽者。詠歎調看到他評估情勢，然後做出跟她一樣的結論。如果他們都要逃走，一定會吵醒黑貂部署在別處的守衛——他們都有武器，而且開槍絕不手軟。

「下次。」她對他道。下次，她會想出幫助其他人的方法。

小枝點頭。「帶他們走。」

詠歎調消失在樹林裡。她追上羅吼與索倫——他們聽起來像一群犀牛衝過灌木叢，但這是她無法解決的問題。

跑了將近半小時，羅吼攔住大家。

「情況很好。」他說；「後面沒有追兵。」

詠歎調汗流浹背，兩腿發抖。海浪在遠方溫柔地拍打海岸，樹木在微風中擺動。

她看著羅吼，注意到他左眼下面有塊陰影。黑眼圈。她知道那是因為反抗黑貂的手下。

「你是有什麼毛病啊，羅吼？」她咆哮道，把壓抑了好久的憤怒與恐懼發洩出來。「竟然敢攻擊黑貂的衛隊？」

他吃驚地往後一縮。「是啊！妳一個人在浮力船上，我以為……我擔心，好嗎？」羅吼看著索倫，他舉起雙手。

「我沒在擔心。」索倫道：「他打人的時候，剛好我也想找個人打打。」

詠歎調搖頭，還是很生氣，但她不能再浪費時間。「你們必須離開。你們兩個，到別處去。我必須回去了。」

羅吼很不滿。「什麼？詠歎調，妳跟我們一起來。」

「不行，羅吼！我答應阿游我會照顧鷹爪，我一定要回去。」

「我也答應他同樣的事。」

「但你現在守不住承諾了，不是嗎？你讓自己成為靶子之前，應該先想想。」

「我本來就是個靶子！」

「哼，你搞得情勢更惡劣！」她喊道，眼中滿是淚水。

「他殺死麗薇，又毒打阿游。我一定要設法救妳！」羅吼憤怒地拉扯自己的頭髮，然後放下雙手。「我做的跟這個——妳剛做的事——有什麼不一樣？」

「不一樣，因為我的計畫成功了。」

他指著她。「妳回去——回黑貂那兒——這樣的計畫叫作成功？」

「我剛救了你的命，羅吼！」

他恨恨罵了一聲，昂首闊步走開。她很想為他這樣走開而痛罵他一頓，但這麼做毫無意義。她的本意不就是要他離開嗎？

索倫靠在一棵樹上，假裝沒在聽他們的對話。她忽然想到這場面多奇怪。她跟羅吼吵架，索倫卻站在一旁，鎮定而安靜。

羅吼回來了。他站在她面前，眼神溫柔而充滿懇求。她簡直不忍心看他的眼睛。

「詠歎調，如果我連妳也失去——」

「別再說了，羅吼。不要讓我猶豫，不要讓我想跟你一起離開。」

他上前一步，壓低聲音，絕望地說：「那就說好，跟我走，不要回去。」

她用袖子擦一把模糊的眼睛，為自己變得這麼愛哭而討厭自己。這已經變成本能反應，任何讓她想起阿游的小事情都會引來淚水。她不能讓眼淚流下來，卻無法不覺得眼淚湧上來。不論走到哪裡，總有滿眶淚水。她恐怕會噙著眼淚過完一生，她體內已有一片淚之海。

「詠歎調……」羅吼道。

她搖頭，退後一步。「我不能。」她答應了阿游，必須照顧鷹爪，不計代價。「我走了。」

她道。

隨即快步跑回黑貂的營地。

48 游隼

「他還在呼吸嗎，羅吼？他還活著嗎？」

「閉嘴，我在聽他的心臟。」

阿游強迫自己張開眼睛，隔著一層翳膜，他看到羅吼湊在他胸前。「走開，別靠在我身上，羅吼。」

阿游的喉嚨乾澀，說話啞不成聲。他滿腦子想的都是水，他迫切需要喝水，全身每個細胞都狂喊著水。他的頭很痛，痛到他不敢動。

羅吼猛然抬頭，瞪大眼睛。「哈！」他喊道。「哈！」他搖晃阿游的肩膀。「我就知道！」他跳起身，高聲大喊他知道，一遍又一遍，終於趴在沙上。「可怕啊，真是太可怕了。」他喘著氣說。

一直默默注視羅吼的索倫，走到阿游面前。「要喝點水嗎？」

他們在日落時生了一個火，周圍的氣味和聲音都很陌生。每次呼吸都像聽見一種全新的語言

——一種辨識土壤、植物、動物的氣味，同時重新認識它們的過程。這塊土地蔥綠而年輕，即使他這麼筋疲力盡，心中還是躍動著探索它的慾望。

喝下了多到讓胃抽筋的水，阿游也得知羅吼和索倫兩天前從黑貂的營地脫逃。他們摸熟了這裡的地形，找到了淡水和食物，同時研擬剷除黑貂的計畫。這才輪到阿游說話。他告訴他們炭渣在浮力船上的下場。

「所以你眼前一黑，」羅吼道：「醒來就找不到他了？」

阿游回想當時的情形，憶起最後一刻發生的事。說他「眼前一黑」其實並不正確，當時他眼前只有一片白光。但他點頭道：「沒錯，之後我就沒再見到他。」

羅吼搓搓下巴，微微聳一下肩。「也許只能這樣，我想你也救不了他。」

「但我應該可以試試看，」阿游道：「我會盡一切努力。」

索倫用一根木棍撥弄火堆。「依我看來，你已經盡力了。」

這是一句很公道的話，阿游點頭表示謝意。

他往後倚靠著救生艇——救他一命的救生艇——交叉十指，擱在肚皮上。他很想衝到詠歎調身旁，但他還太虛弱，必須先補充身體亟需的水分。一小時一小時過去，他的肌肉抽筋，頭痛退去，他愈來愈有康復的感覺。

他看到手上的疤痕，炭渣留下的疤，不禁喉頭一緊。這種事情未了的感覺——但願自己能做更多，或採用不同方式，或做得更好——並不新鮮。但他累得沒力氣跟過去衝撞。他嘗試做正確的事——在任何情況下。有時那麼做還不夠，但他只能做到這地步，這是他能力的極限。他還在學習接納這一點。

他注視著火堆裡的灰被風吹上來，閃閃爍爍飄入黑暗，飄向群星。天空的蓋子掀開了，現在他們有了關聯。大地與萬物。他與炭渣，與麗薇，和他的哥哥和父親。

他有種幾乎很平靜的感覺，目前只有一件事還放不下。

「隼，你怎麼知道浮力船上有那玩意兒？」羅吼歪歪下巴，對著救生艇問。

阿游的眼神望向索倫，想起當初他們準備去巨蜥號拯救炭渣時，這定居者說的話。

那是一艘充氣船，外界人。如果你要穿那個玩意兒，我就退出這次行動。

索倫咧開嘴。「說吧，承認吧。我救了你的命。」

他的語氣很友善。阿游想道，過去幾星期來，他改變了很多，從他的舉止和說話方式都看得出來。

「你幫了大忙。」阿游道。黑貂丟下他等死時，阿游衝到儲物櫃前面，耳邊響起索倫的嘲諷。他希望機身遠小於天鵝機的龍翼機也會攜帶充氣船。運氣站在他這邊，他立刻找到了充氣船，只需按一個鈕就組裝完成。他得稱讚定居者一句：他們做的船真不錯。

阿游僅以幾秒之差逃出龍翼機。他看著那艘浮力船在背後沈沒，隨即通過了流火屏障，艦隊中最後一艘浮力船也在這時從他頭頂飛過。

中間細節可以帶過，只是艦隊幾小時就可飛完的路程，他卻花了一整天跟風浪搏鬥，後來又花了兩天，渡過比較平穩的海面。

他一個人度過這三天，不算太艱難。他喜歡打獵，但他從出生就是個漁夫。面對茫茫大海和頭頂上嶄新的天空，他也能泰然處之，唯一的問題是缺乏飲水。

他很快就發現，脫水比燒傷或槌子打還糟，他把自己和救生艇拖上岸，躲進羅吼和索倫發現他的樹叢時，意識已模糊不清。羅吼和索倫出現時，他還以為抵達陸地可能只是一個幻覺。

「如果你教我開浮力船，會更容易點，」阿游對索倫說。「可以幫我節省好幾天時間。」

索倫笑道，「你一直說你要學，外界人。我早就準備好了，隨時可以教你。」

「我必須這麼說，」羅吼道：「我以你們兩個為榮。」

他在開玩笑，但話裡有相當大的真實性。阿游跟索倫共喝一壺水，輕鬆地交談，阿游從沒想到會有這麼一天。

他坐起身，提出懸在心頭一整天的問題。「她怎麼樣，羅吼？」

羅吼迎上他的眼睛。「如果你認為她死了，你會怎麼辦？」

阿游完全無法忍受這念頭，情不自禁地咬緊牙關。「黑貂做了什麼？」他轉念問道。

沈默。

「告訴他，羅吼。」索倫道。

阿游仰頭望天，閉上眼睛，他已經知道了。「李礁。」

「是的。」羅吼道：「還有葛倫，就在我們剛抵達的時候。小枝中了槍，但我們離開時，他狀況還好。」

李礁。阿游吸一口氣，屏住呼吸，抗拒那份壓迫感。過去半年來，他對阿游意義重大。兄弟，父親，朋友。阿游雙眼模糊，心裡又綻開一個缺口。

「很抱歉，隼。」羅吼道。

阿游點一下頭，打起精神。「馬龍呢？」

「他沒事，至少我們離開時是如此。」

這很合理。馬龍聰明且受敬重，而且野心不大，也沒有攻擊性。他不會挑戰黑貂，爭奪權力——雖然他資格夠。李礁是黑貂唯一的威脅，他會把潮族收為自己的部落，他會為了阿游而這麼做。

「黑貂控制了一切。」索倫道：「甚至在降落之前，就可以感覺到這一點。你跟炭渣離開後，他就開始掌控。他是個瘋子，精神完全失常。」

「他很快就會完全死翹翹。」阿游道。

接下來幾小時，他跟羅吼和索倫討論黑貂建立的營地。他們研究這片居留地的基本配置，周圍的地形，以及黑貂擁有的優勢——非常多。

天色已晚，羅吼道：「你覺得怎樣，隼？」

阿游扭動一下肩膀，他的肌肉總算鬆弛下來，感覺比較強壯。「我們去找他，但必須採取正確的方式。如果我露面，被潮族看見，可能會釀成暴動，甚至惡化成我們跟角族的對決。不能讓這種事發生，所有的武器都在他們手上……那會是一場屠殺，比巨蜥號事件更可怕。」

羅吼叉起手臂。「那我們要閃電式攻擊。」

「對，而且要出其不意。明天晚上我們趁天黑去找他。我們要設法接近，趁他沒防備時打倒他。」他看一眼羅吼和索倫。「也就是說，你們一定要信任我，這次要完全照我的話做，不能有半點失誤。」

49 詠歎調

黑貂計畫開派對。

「我們要慶祝我們的勝利，辦一場活動慶祝新的開始。」他道，響亮的聲音填滿安靜的下午，雖然她是唯一的聽眾。他轉身以側面對著她，朝浮力船外面的沙灘揮揮手。「我們把黑暗和廢墟拋在後面。我們——我們之中的大多數，優秀的多數——離開那片中毒的土地，成功抵達這裡。這塊土地從各方面看，對我們都更友善，更有潛力。我們在這裡會興旺，我們的生活會比從前好很多，這值得擺個大宴會。」

他們在天鵝機的貨艙裡。詠歎調從兩天前放走羅吼和索倫之後，就沒有離開過。她在黎明前回到營地，發現父親在貨艙裡來回踱步。「妳去得還真久。」她鑽進來時，洛倫道。她自動回來，回到監牢。

除了兩名一言不發、只監視她的守衛，以及在早晨和下午例行來探視的黑貂，她沒有任何同伴。他每次都長篇大論地描述他如何搜尋建城的最佳地點，發表獨白，高談進步與未來，他說話裝腔作勢，她全不當回事。

但現在，他的搜尋似乎已告一段落。

黑貂回頭看她，眼睛裡有種紛擾不安的瘋狂表情。「我今天派人清理出一塊地。它好美，詠歎調，就在山上流下來的一條小河邊。妳記得我在邊緣城的住所嗎？近河是所有繁榮文明的基本條件。我先建一座小城，但我會不斷改進它。」他微笑。「我說得太快了，但很快就會有一座城市。首先，我們要在即將成為海角邊緣城街道的基地上跳舞，明天我們就著手建立新文明。」

他終於把全副注意力放在她身上，皺起眉頭，似乎對她沒有跟他一起欣喜若狂，感到很驚訝。

「詠歎調。」他走到她身旁，她正垂頭喪氣地靠在艙壁上，就在她最後一次看見阿游的船那扇窗的正下方。

黑貂跪下來，端詳著她。「妳願不願意今晚做我的客人，跟我一起參加晚宴？但願我不必強迫妳。」

她微笑道：「但願你死掉。」

黑貂聽見她的話，瞳孔因驚訝而放大，但他恢復得很快。「情況會改變的，有朝一日，我們的關係會更好。」

「不，不會的。我永遠恨你。」

「妳要與眾不同，是嗎？」他問，聲音充滿熱望。「做我唯一無法改變的人？」

詠歎調無法回答這問題。如果說是，只會加深他病態的執念。

外面，奇拉和馬龍一起走過來。黑貂一定聽見他們的腳步聲，卻沒有回頭看。他繼續盯著詠歎調，好像光憑他專注的力量，就能逼她服從他的心意。

奇拉走進艙內，她的紅髮在浮力船的陰影中失去了光澤。她下巴上被詠歎調打過的地方，還留有醜陋的淤青。

馬龍衣衫不整，還被太陽曬傷。他一看見詠歎調，就舉起一隻顫抖的手摀住嘴巴。難道她看起來就像她的心情一樣，變成槁木死灰了嗎？

奇拉翹起嘴角，露出一個殘酷的微笑。「他在這兒，黑貂。」她道。

「跟他一起在外面等。」黑貂答道：「我馬上來。」

這有點嚇人，他說話的對象是站在他背後的奇拉，眼睛卻盯著詠歎調不放。

「她會像奧麗薇亞一樣背叛你。」奇拉道，聲音裡滿是怒意。

「謝謝妳，奇拉。出去吧。」

奇拉對詠歎調搖搖頭，把馬龍拖出去。

「你要傷害他？」他們離開後，詠歎調問道。

「馬龍？不，我需要他。我叫他來報告進度，如此而已。」

好一陣子，詠歎調心情一鬆，可以盡情呼吸。

奇拉待在外面，跟某個人交談，她的聲音飄進浮力船。

「你怎麼能忍受她？」詠歎調問。

黑貂微笑。「她為我服務了很多年，我很喜歡她，尤其是沒有更好的人在身旁時。妳說任何話之前，要記得她是個靈嗅者。奇拉知道她在我面前的地位，她也接受這一點。」

靈嗅者一詞立刻讓詠歎調想到阿游。她低頭看著自己的手，無法面對黑貂的注視。

「我累了，詠歎調。我要平靜。」

「現在你什麼都有了，卻又要平靜。」

「不是什麼都有。」

她抬頭望去，他眼神裡的慾念讓她噁心。至少他會知道這一點，她一個字都不用說，她的情緒自然會告訴他。

「我們可以一起完成偉大事業。」他道：「定居者把妳當領袖，妳也得到潮族尊敬。我們可以在這裡重建國土，可以讓他們通力合作。妳還不懂嗎？妳無法想像我們未來的成就嗎？」

「我可以想像我要結束你性命的各種方式。」

黑貂往後一靠，坐在腳跟上，嘆了口氣。「我知道妳需要時間，我也不急。妳吃了很多苦，」他站起身，頓了一下，又露出笑容。「稍後我派妳父親來接妳。」

她僵住了，她的心在胸腔裡扭成一團。他知道洛倫的事多久了？

黑貂的笑容擴大了。「不用擔心。他是個可信賴的戰士，一個品格高尚的人，這應該讓妳很自豪。他對我很有價值，幾乎不可或缺。」他轉身要下機，最後一刻又回頭，帶著微笑補充道，「哦，我一直想告訴妳。妳離奇失蹤的那兩個朋友？羅吼和索倫？不用擔心，我會替妳把人找回來的。我的部下正在找他們。」

黃昏時，洛倫來接她。

「他知道了。」他才走上舷梯，詠歎調就說。

洛倫蹲在她面前。「是的。」

「你因為我而有危險。」

「我願意這樣。」

「你願意因為他知道你是我父親而面臨危險？」

「我寧願他不知道，但他已經知道了。這種事一定會發生。他一定會聞我的感覺。他跟所有靈嗅者一樣……他是利用自身優勢為所欲為的高手。他是操縱專家。」

「不是每個靈嗅者都會那麼做。」她道。

「嗯……妳說得對，不是每一個。」洛倫嘆口氣，坐下。「黑貂會施加精神壓力。」他道，聲音從容而溫柔。「他得知我們之間的關係，非常高興。他的士兵都尊敬我，他有足夠的智慧，知道他需要我維持秩序。現在他很有信心，我不會逾越界線，因為他逮到我一個很大的弱點。」

「你會逾越界線嗎？」

「從來沒有過。」他回答得很快。「但最近……最近我遇見一個人，使我開始考慮誠信和它的價值。」

「它值得什麼？」

「很多。」

「所以你現在開始質疑他，他卻多了一個控制你的法寶……那就是我？」

洛倫搖頭。「妳誤會了。我沒有質疑他，我一直知道他是個什麼樣的人。我的疑問是，會感謝一個把人牙齒踢鬆的女孩的我是誰。」

她抱住膝蓋，不知道該說什麼。她本來希望，找到父親能讓她更了解自己，卻從未想過，情形會整個顛倒過來。「所以……你是誰？」

他的目光落到他的靴子上。「我不知道從何開始，詠歎調，這對我是一個全新的體驗。我有那麼多話想跟妳說，卻又不想用妳原本不想知道的事，加重妳的負擔。」

「我通通都想知道。」

他抬起眼睛，詠歎調看到他眼神的變化。起初她以為那是驚訝，但後來她意識到那是溫柔。

「我的家族，」他開始說：「也是妳的家族，連續好幾代都服事角族的血主。我們擁有最高軍事地位，兼任武官與顧問之職。我在這樣的環境出生，知道自己日後會過同樣的生活。但二十年前，我跟妳年紀差不多的時候，並不想走這條路。我要求父親讓我獨自生活幾年，他同意給我一年時間。這已超出我的預期。」

洛倫的聲音裡有音樂，優美悅耳。

「我才旅行一個月，就在盾谷邊緣被一架浮力船抓到。我被帶到一座定居者的密閉城市，那是個我只在傳聞中聽過的地方。」

洛倫望向身後的沙灘。「北方的律法很嚴峻。我們向來以特定方式處理事情，妳現在也很清楚。所以我被俘虜的時候，以為會遭遇跟游隼類似的下場。但妳母親是我醒來看到的第一個人，她看起來一點也不可怕。」他兀自微笑，沈浸在一個詠歎調巴不得能看見的魯明娜的形象裡。「她保證我不會受虐待。她告訴我，有朝一日會放我回家。我在她聲音裡聽見誠意，聽見仁慈，我相信她。」

他說話時，詠歎調覺得好像戴上了智慧眼罩。一部分的她在聽洛倫說話，一部分的她置身一個虛擬世界，在那個世界裡，年輕的研究員魯明娜被一個外界人迷住了。

「從那一刻起，我就不再擔心。我離開邊緣城的目的，就是去看跟我習知不一樣的世界。」他聳一下肩。「我不可能找到更好的地方。」

「她的研究與適應壓力有關。她解釋說，定居者面對壓力時，不及我們有彈性。有時她讓我到虛擬世界裡做模擬活動，但絕大部分時間，她都在問我有關外界的問題。後來她也回答我的疑問。」他捋住自己的下巴。「我不知道我什麼時候愛上了她，但我永遠不會忘記，她告訴我她懷孕了的那一刻。

「雖然我很喜歡她，詠歎調，我真的在乎她，但我很清楚，我永遠不會被她的世界接納，她的族人永遠不會成為我的族人，她也不可能跟我到外界來。雖然我清楚這一點，卻還是求了她不下千遍，但她希望我們的孩子一定要在安全的環境裡成長。最後我們都同意，密閉城市對妳最理想。」

詠歎調咬住嘴唇，直到刺痛。**我們的孩子**。有幾秒鐘，這幾個字化為一群蝙蝠，拍著翅膀在她心裡突騰亂飛。「所以你走了？」

洛倫點頭。「我必須離開。我回到邊緣城，剛好滿一年。離開她是我畢生做過最難的事。」

她瞪著他看，一種不真實的感覺湧上心頭。她熱淚盈眶，胸口有種即將爆炸的感覺。

「怎麼了，詠歎調？」

「我失去了母親，失去了阿游，如果我開始在乎……」

片。

她淚如雨下，眼淚來得這麼兇猛，突然爆發，她只能向它屈服，讓痛苦搖撼她，把她打成碎片。

經過良久，她的悲傷化為不一樣的東西。

驚訝。

洛倫用手臂摟著她，把她抱在懷中。她抬起頭，看到他滿臉關懷——濃烈的關懷——還閃現一點別的。

「我很抱歉害妳傷心，」他回答她未曾說出口的疑問：「但這是我第一次用父親的身分為妳做一些事，至少我是這麼感覺。而且覺得……非常充實。」

她用手指拂一下眼睛。「我想試試看，我也想給我們一個機會。」

這不是她說過最漂亮的字句，但畢竟是個開始。根據洛倫的笑容判斷，這麼說已夠了。

外面傳來的聲音使他們同時轉身，面對敞開的艙門。遠處鼓聲咚咚響起。

「我們最好動身吧。」洛倫道。

黑貂的派對開始了。

森林裡這片空地比潮族村中心的廣場大得多，它一側瀕臨山上流下來的那條河，河水在光滑的大鵝卵石上蜿蜒流過。河岸上有叢生的草木，樹木低垂著頭，枝葉拖曳在潺潺的流水中。這跟蛇河高海拔、天寒地凍、草木稀疏的景致可說有天壤之別。

這片空地四周有火把閃耀。夜色已降，星星一顆接一顆亮起，刺破了深藍色的天幕。詠歎調聽見樂聲，除了定節奏的兩面鼓，還有弦樂。所以穿越流火時，還保留了幾件樂器。

黑貂說得對，這地方確實很美。這片土地蘊藏希望，但她卻不能把人的痛苦跟景色之美區分開來。

空地對面，潮族分成一個個安靜的小團體，或站或坐，圍成一圈。她向他們望去，胃因憤怒而痙攣。他們一點也不像派對的客人，也絲毫沒有興建居留地、開創新家園的自豪。他們看起來就像實際上一樣：俘虜。

她的目光落在海德身上。他個子高，一眼就能看到。海登和阿迷分散在別處，一個比較近，另一個在空地另一頭，距小枝比較近。六人組殘存的幾個成員，少了李礁、葛倫和阿游，又被拆開，顯得不知所措。

詠歎調找到馬龍，他身邊圍著一群孩子，茉莉和阿熊也在那兒。

黑貂的部下像一群監視犬，有計畫地部署在空地上各個據點，他們攜帶武器，一身黑制服，胸前的鹿角扭曲成猙獰的圖案，令人望而生畏。

「好一個派對。」她道。

洛倫在她身旁一言不發。

他們走向空地的中心，那兒搭了一座高台，台上擺了一張桌子，途中她看到迦勒、盧恩和其他幾名定居者。廣場上總共大約一千人，定居者只占一小部分，還虧他們號稱比外界人強大。

「詠歎調！」

鷹爪跑過來，柳兒跟在他後面。他緊緊摟住詠歎調的腰。

「嗨，鷹爪。」她抱了他一下，立刻覺得這是從她走出岩洞以來最愉快的一刻。有他在身旁，在某種意義上，也等於把阿游留在身旁。

不遠處，黑貂的幾名手下盯著他們。

「我們不知道羅吼在哪兒，」柳兒道：「他們什麼也不告訴我們。」

她眼睛紅腫，顯得很害怕，她變得跟從前大不相同。每個人都跟從前不一樣了。

「他很好。」詠歎調說：「我確定他很好。」

「萬一不好呢？」柳兒提高音量，好幾個人回過頭來。「萬一他們射殺他了呢？」

「他們沒有。」

「妳怎麼知道？他們殺了李礁和葛倫。他們會殺掉所有的人！」

一陣低沈的咆哮讓詠歎調注意到跳蚤的存在。

「如果妳不管好牠，我會把那隻狗也殺掉。」黑貂走過來說。他聲音平緩，好像只是陳述一個事實。

「我恨你！」柳兒嚷道。

「你不可以那麼做！」鷹爪喊道。跳蚤的狗膽一壯，叫得更大聲。海德走過來，把鷹爪和柳兒拉開。海登抱起跳蚤，將牠帶開。

詠歎調無法相信，只有小孩敢頂撞黑貂。這個應該代表生存與自由的地方，卻變成了大監獄。

黑貂的目光落在她身上，他微笑著伸出手。「跟我來吧？我為我們兩個安排了特別座。」

她接受他冰冷的掌握，心裡只有一個念頭。

黑貂一定得死。

50 游隼

從黑暗裡的藏身處，阿游注視著詠歎調跟黑貂牽手。

「應該不只我一個人覺得噁心吧。」索倫道。

「當然。」羅吼道。

阿游倒沒有不舒服。他非常專注，正在狩獵；這是他最拿手的事。

他單膝跪在一叢闊葉灌木後面，考慮目前的形勢。羅吼和索倫蹲伏在他兩旁。

他們沒預期會碰到一場宴會。這將改變所有的計畫。

潮族和定居者分編成許多組，分散在廣場上，但黑貂在正中央搭了一座高台，台上的桌子點綴著蠟燭、豐美的綠葉、鮮豔的花朵。黑貂把詠歎調帶到那兒，跟他的手下和幾名警衛同坐一桌。

阿游注意到自己的戰士被分散到各處。黑貂很聰明地把他們拆開，以便控制。

「我看，暗地裡做掉他是不可能了。」羅吼道。

阿游搖頭。「要想接近他，目前這情勢是最困難的。」

高台搭在幾百人中間，其中半數是角族。阿游知道他一走進視線，如果沒有當場被射殺，就很可能引起一場暴動。群眾雖然看起來很溫馴，但飄過來的情緒裡卻怒火沸騰。潮族並沒有被擊敗，他們是等待火星的乾柴。

整個情況中，他唯一還算滿意的是鷹爪的位置。他的姪兒坐在海德和茉莉中間，距馬龍和阿熊也只有幾呎遠。

阿游知道這不是意外。潮族相信他死了，所以全族協力認養鷹爪，並保護他。看到這場面，讓他很心痛。

「你從這裡射得中黑貂嗎？」羅吼問道。

阿游考慮了一下。他沒有弓，但他們或許可以從看守廣場的角族奪得一支佩槍。射程足足有一百碼——如果用他自己的配備，輕鬆就能命中。但他對定居者的槍沒那麼熟悉。

「詠歎調坐在他旁邊。」最後他說：「我不能冒險，不能用我不了解的武器。」

黑貂安排她坐他右側，詠歎調的父親坐他左側。

「你不能做一把弓嗎？」索倫問道。

羅吼看一眼阿游，翻個白眼。「當然可以，索倫，那我們就過幾天再來吧。」

阿游回頭看著廣場。以這種方式接近黑貂很不理想，但已有太多人死亡，詠歎調眼中的神情也讓他擔心。直覺告訴他，是時候了。

他把所有可能發生的情況都考慮了好幾遍，然後跟索倫與羅吼說明他需要些什麼。

他說完後，索倫便站起身，點頭道：「知道了。」然後小步跑開。

接著羅吼也跳起身。「射準一點，隼。」

他轉身要走，阿游拉住他的手臂。「羅吼——」他不知道還能說什麼，他已所剩無幾，如果這個計畫失敗——

「會成功的，阿游。」羅吼對空地偏一下頭。「咱們幹掉那個雜種。」他隨即離開，腳步無聲，徐徐向廣場對面移動。

阿游看著羅吼穿過樹林，對自己的靈敏視力突然產生一種不曾有過的感激。看著羅吼逐漸接近目標，進入預定位置，他的心跳得極快。

藏身樹林裡，躲在奇拉後方。

阿游要利用她，正如同她曾經利用他。

音樂忽然中斷——代表索倫已達成他的任務。他設法潛伏到音樂家那兒，找到裘比得，叫他停止演奏。

接著輪到羅吼。他在廣場對面舉起一隻手，打信號。他準備好了。

阿游把焦點轉移到離他最近的角族士兵。他站起身，雙腿半蹲，開始倒數。

三。

二。

一。

他跳出藏身處，知道對面的羅吼也發動同樣的攻勢。他的腳用力蹬在柔軟的泥土上，向那名角族士兵跑去。

「黑貂！」

羅吼的喊聲像青天霹靂，打破了沈默。幾百顆腦袋轉向發聲處——沒看到阿游勒住士兵的脖子，用手臂壓住他的嘴，使他無法出聲抗議。阿游把他拖到暗處，藉著灌木掩護。他奪得那人的手槍，高高舉起武器，擊中他的太陽穴。那名士兵的頭猛然垂下，昏迷倒地。阿游跳起身，飛快跑到廣場裡。

四面八方的人都站起來，伸長脖子想看羅吼，他勒住奇拉的脖子，用她的身體當盾牌。

阿游衝進人群，屈著膝蓋，降低自己的身高。小枝看見他，輕呼一聲，張口想說話。阿游搖搖頭，豎起一根手指，擋住嘴巴。

小枝點頭。

又有幾雙眼睛看到阿游。老威、小溪和克拉拉。他周圍響起一陣低語，但很快就平息了。消息像一陣無聲的漣漪，在人群裡散開：他在那裡，但他要藏起來。潮族了解，他們沒有讓任何跡象對外洩漏他跟他們在一起的祕密。他們臉上沒有驚訝的表情，但他聞到他們的心情。他完全清楚，他們看到他還活著是多麼激動，他們的情緒更堅定了他的決心。

他繞過迷路和老威，向中央高台的桌子前進，一路只聽見羅吼的聲音。

「叫他們退開，黑貂！命令你的部下退開，否則我殺了她！」

阿游跑到人群邊緣。木造平台就在他面前，十幾步開外就是黑貂。

還有詠歎調。

「叫你的人退開，我就放她走！」羅吼喊道。「這是我們之間的事！為了麗薇！」

黑貂從詠歎調的父親手中取過槍，站起身來。「我看到你並不意外。」

廣場上驚呼連連，人群紛紛後退，為他們讓出一片空間。

「你有債要還！」羅吼的聲音嘶啞，充滿憤怒。他成功吸引了所有人的注意，每一雙眼睛都叮著他不放。

阿游舉起槍，瞄準黑貂，找尋最好的角度。他找到了。打算一槍斃命，正中他後腦杓。他穩住呼吸，對扳機施加穩定的壓力。

詠歎調動了，忽然擋在中間。

阿游立刻放手，他的心跳到了喉頭，但他絕不浪費時間。他悄悄繞過高台，尋找另一個角度，心知只有幾秒鐘時間，角族很快就會發現他。

「黑貂！想想辦法！」奇拉哀求，掙扎著想擺脫羅吼。

「其他人不會受傷。」羅吼喊道。「只有你，你必須為自己的行為付出代價！」

黑貂以迅速、精確的動作舉起槍。「我不同意。」他道。

然後他開槍。

51 詠歎調

槍聲震動了空氣。一瞬間，羅吼和奇拉雙雙倒在地上。

詠歎調不假思索展開行動，向黑貂撲去。她猛力撞上他的肩膀，跟他一起跌倒。木板的粗糙邊緣頂在她背上，黑貂的全身重量則壓在她身上。他們一起滾到台下，摔進草叢裡。

跌落時，她扭轉身軀，搶奪他手中的槍。她的手指摸到扳機，用力擠壓。槍響時，黑貂也一拳擊中她的太陽穴。

疼痛從她頭顱深處爆發開來，火辣的痛楚沿著她的脊椎往下竄，她眼前一黑，唯一意識到的事就是她仍緊握著槍。

但隨即有看不見的手抓住她手臂，從她指縫裡把槍奪走，並把她從地上拉起來，拉扯的力道很猛，她的頭向前一衝，下巴撞到胸骨。

詠歎調抬起頭。她什麼也看不見——看不見腳下的地面或周遭的人。她用力眨眼，想恢復視力，努力不讓自己跌倒。

視野恢復清晰時，她想自己一定死了。她試圖殺死黑貂時，誤射中自己，只有這樣才說得通，否則為什麼阿游會站在離她僅十步的地方，站在台上，用槍指著黑貂。

阿游走到地面上，廣場四處傳來叫喊聲，十多名黑貂的護衛用武器瞄準阿游。

他靜止不動，目光落在詠歎調身上，並把槍口放低。

「聰明的選擇，游隼。」黑貂在她身旁道。「如果你殺我，我的部下會殺你，然後非常可能殺戮會持續相當一段時間。我很高興你認清這一點。」

他說話的時候，詠歎調注意到他雙手空空。她解除了他的武裝，還打掉了他半截耳朵。

黑貂頓了一下，皺起眉頭輕搖一下頭，好像這時才開始覺得痛。他壓住流血的傷口，看到手指上的血，發出一聲怒不可遏的呻吟。「拿走他的槍，洛倫。」他命令道。

洛倫從他手中取去武器時，阿游的目光一直沒離開黑貂。

詠歎調知道接下來會發生什麼事。她曾經見過這一幕。她已經做過一次這種噩夢，在俯瞰蛇河的那座高高的陽台上。她覺得好像又要從高處跌下去了。幾秒鐘內，她就要摔進黝黑冰冷的水裡。

「我必須承認，」黑貂發出一聲輕笑：「看到你很意外，游隼。這要怪我自己做事不徹底。我不會再犯相同的錯誤了。」他回頭看著洛倫。「我要那把槍。然後你或許該抓牢你女兒，我不希望她被流彈打中。」

洛倫沒有動。詠歎調不懂，他沒聽見命令嗎？

過了幾秒鐘，黑貂終於向他望去。「洛倫，槍。」

洛倫搖頭。「你說過，你要保持古老的方式。你在我們剛到的時候說過這句話。」他舉起槍。「我們從前遇到挑戰，不是用這種方式解決的。潮族呢，游隼？」

廣場上每雙眼睛都轉向阿游。

他搖頭道：「不，從來沒有過。」然後他躍身撲向黑貂。

52

游隼

阿游把黑貂絆倒時，心裡有場小小的辯論。

讓黑貂多受點苦或立刻解決他？

他決定兩者各有一點。

黑貂反抗他，用力推阿游，但黑貂力氣弱，動作慢，不費什麼力氣就可以壓制得他動彈不得。

黑貂仰天倒下時，阿游一拳打中他的下巴。黑貂的頭歪向一側，被打得頭昏腦脹，兩眼失焦。阿游抓住他脖子上那條鑲滿珠寶的血主項鍊，用力扭轉，把它抽緊。

黑貂呻吟，口吐白沫，在他身下掙扎，但阿游把他牢牢按住。他曾經用過這種姿勢，非常類似，用在他哥哥身上。但那次的難度較高，比這次困難多了。

「你說得對，黑貂。」阿游把鍊子擰得更緊，寶石在他指間觸感冰涼。「我們真的很像，都沒有資格戴這東西。」他再擰轉一圈。

黑貂眼珠突起，皮膚泛青。

「阿游！」

阿游聽見詠歎調尖叫，眼角正好瞥見精鋼的光芒一閃而過。他立刻閃身，但仍覺得刀鋒刺進身側。

隱藏的武器。他早該料到。

刀刺進阿游的肋骨。只是皮肉之傷——黑貂已虛弱到無法再做有力的攻擊——痛感很輕微，跟阿游過去的經歷完全不能相提並論。

「這根本不夠看，黑貂。」他咆哮。「你不夠種。」他把鍊子抽得更緊，勒住不動。

黑貂抽搐了幾下，眼睛後翻，皮膚從淺藍色轉為蒼白。

終於，他不動了。

阿游鬆開項鍊，爬起身來。他當下就做了決定：這是他以潮族血主的身分做的最後一件事。

他取下自己的項鍊放在黑貂的屍體上。

接下來幾小時，他跟詠歎調、馬龍和洛倫一起消弭廣場上的壓力。角族得知不必擔心報復時，幾乎不做反抗就放下了武器。詠歎調的父親是讓他們解除武裝的關鍵。阿游很快就看出，洛倫遠比黑貂擁有更多部下的忠貞與尊敬。

討論下一步該怎麼辦時，問題出現了。誰來領導？他們如何滿足基本需求？

沒有做出決定，但有件事一再被提出：最後一定會用和平的方式找到答案。定居者，外界人，角族或潮族。他們有相同的理念，他們受夠了鬥爭。擺脫舊世界的包袱，向前走的時刻到了。

那天晚上，幾乎所有人都睡了以後，阿游瞥見羅吼的眼神，於是他們就循這輩子一直採用的老方式，沿著小路走到沙灘，享受幾分鐘的寧靜。

但這次有點不一樣。

詠歎調跟他們一起，還有鷹爪和柳兒。

還有小溪和索倫，茉莉、阿熊和馬龍。

還有其他人，一小群人走出沈睡的營地，來到圍繞著比潮族村的海浪溫柔的遼闊沙灘上。

海德和海登去收集柴火，裘比得帶來一把吉他，不久便有了火堆和笑聲，真正的慶祝。

「我告訴過你，我們會成功的，隼。」羅吼道。

「比我預期的更危險，我還以為你真的被打中了。」

「我真的以為我被打中了。」

「我也那麼以為。」詠歎調說：「你倒下時好戲劇化。」

迦勒點頭道：「確實，他跌倒的姿勢真是劇力萬鈞。」

羅吼笑了起來。「我還能說什麼呢？我就是這麼無所不能呀。」

聽他們開著玩笑，阿游想到了奇拉。羅吼沒有中彈，奇拉卻挨了一槍。不該慶祝她的死，但黑貂……

阿游一點都不後悔自己的作為。他希望能表現得更高貴，但實在做不到。殺死維谷以來，他已嘗盡懊悔的滋味，那是他一生一世不能擺脫的負擔。但黑貂死了，他就只覺得如釋重負。

看著周圍的臉孔，他心痛地想起姊姊。麗薇應該在場逗弄羅吼，聽他講笑話，笑得比誰都大聲。小枝和三兄弟靜靜坐在火堆對面，表情鬱悶，無疑是在懷念葛倫和李礁。他們一直如兄似弟，六個人的小團體——如今變得不完整，都是黑貂害的。

阿游又望向柳兒，她跟鷹爪一塊兒坐在茉莉與阿熊中間。跳蚤躺在她腳下睡了，但她看起來很寂寞，阿游知道她在想誰。

他們成功來到這兒，付出了高昂的代價。

詠歎調的手滑進他掌心。她看著他的眼睛，火光照亮她的臉。「你還好嗎？」她問。

「我？」阿游撫摸黑貂在她額頭上留下的淤青，會褪掉的，黑貂在他肋骨上留下的刀痕也會痊癒，阿游對它已幾乎沒感覺了，他只欣喜心愛的女孩靠在身旁。「我好得不得了。」

她笑起來，這正是幾天前她給予同樣問題的答案。「真的嗎？」

他點頭。等他們找到時間獨處，他會把堆積在心牆裡所有的喜悅與哀傷通通向她傾訴。但現在他只說：「真的。」

火堆對面的談話引起他注意，馬龍正在跟茉莉和幾名定居者談論如何組織領袖會議，他們計畫早晨就開始召募成員。

阿游輕捏一把詠歎調的肩膀，歪歪下巴道：「妳該參加那個會議。」

「我是這麼打算。」她道，然後沈默了一下。「或許我該問問洛倫要不要也參加。」

這是個很好的點子。阿游覺得這是詠歎調跟父親發展互動最好的方式，而且他知道她多麼渴望親情。

詠歎調的目光落到他脖子上，項鍊已不在那兒。「你呢？」

「妳會做得比我好，妳已經做到了，而且我明天有更重要的計畫。」

「重要的計畫？」

「對啊。」他銜著靠在茉莉身旁、昏昏欲睡的鷹爪擠擠眼睛。「我要去釣魚。」

詠歎調的灰眼睛一亮。「用哪種餌？地龍？蚯蚓？」

「妳什麼時候才會忘記那件事？」

「永遠不忘。」

「好吧，那麼我愛妳，我的小地龍。」他低頭吻她，能吻就要吻。他流連在她唇上，無法停止。

詠歎調先退縮一下，讓他被慾望逼得發狂。只要再憋兩秒鐘，他就會把她拖到別處去，她似乎也知道。她對他微笑，眼中溢滿熱情與允諾，然後她忽然轉向索倫。

「沒有話要說嗎？」她問他：「不作嘔也不冷言冷語嗎？」

「什麼——不要。」前言後語幾乎同時說出，索倫抱住手臂，聳起肩膀。「沒。」

小溪在他身旁搖頭。「這可是破天荒第一次。」

索倫瞥她一眼，嘗試——卻失敗了——忍住一個微笑。「我就不能坐在這兒，安靜地享受烤火嗎？」

「你，享受烤火？」小溪笑了起來。

索倫皺起眉頭，顯得很困惑。「什麼？有什麼好笑的？」

阿游注意到他們坐得很近，已超出必要的近，而且小溪顯得很快樂。

羅吼忽然站起身，走進黑暗裡。阿游不知他是否也目睹一場新戀情的開始，而且因此想起了麗薇。

但羅吼只繞到火堆另一頭，從袞比得手中取過吉他。他走回來，看著詠歎調，微笑著撥動琴弦。阿游認得這是〈獵人之歌〉的開頭。

詠歎調坐直上身，故作熱切狀，搓搓雙手。「我最喜歡的歌。」

「也是我的。」羅吼道。

阿游咧嘴微笑。最喜歡這首歌的是他——不是他們。

「獵人眼裡有黎明的光。」詠歎調唱道：「家在他的心裡展開。」

羅吼加入合唱，他們的聲音搭配完美無間，這是件好事——最好的事——聽兩個最了解他的人對他唱歌。描述一個獵人狩獵歸來的歌詞，總讓阿游沈醉；當年他走在潮族山谷裡，不知哼了幾千遍。他永遠不會回那兒去了，但今晚是一種回歸——回到他想要的生活。

他們很安全。他終於可以休息了。他自顧微笑。他可以去打獵了。

「游隼。」過了一會兒，大家都沈默不語時，茉莉說道。鷹爪把頭枕在她腿上，輕輕打著呼。「黑貂稍早對我們宣布一件事，他說要把這地方命名為海角邊緣，我覺得我們可以取更好的名字。」

「我相信可以。」他道：「妳要叫它什麼，茉莉？」

「我一直在想這件事，我覺得，要不是因為炭渣，我們不可能在這裡。」

「啊……」馬龍道：「太好了。」

詠歎調仰頭看他，她的紫羅蘭香氣讓他堅定不移。「你說呢？」

阿游低頭望著海浪，然後望向遠方的地平線，放眼看去都是星星。「我覺得那是個了不起的名字。」

53 詠歎調

「妳好了沒有？」羅吼道：「永遠沒完沒了。」

詠歎調走出天鵝機，跑下舷梯跟他會合。「才花了一小時，羅吼。」

她身後，領袖會議的其他成員還在交談。她父親在跟索倫辯論——一種大家已習慣的互動——馬龍和茉莉不時插嘴。會議已結束，但還有很多事尚待決定，討論永遠沒有真正結束的時候。

「我就那麼說——永遠。」羅吼跟她並肩齊步，走回居留地。「游泳游得怎麼樣？」

「很好，有幫助。」他們抵達這裡幾個星期來，她跟阿游天天晨泳。他們趁所有的人都還沒有起身，一大早就出發，到目前還沒有錯過一天。這種運動有助於她手臂康復——她的手幾乎已恢復正常——但最棒的部分是可以跟他獨處。

昨天游完泳，他告訴她，水讓他覺得親近潮族的領地。詠歎調最喜歡知道他的想法。她每得知他一個新的意念，對他的傾倒就更多一分。這真是最棒的一種戀愛方式，她不知道會不會有結束的一天。

「我有種感覺，妳不是因為我令人無法抗拒的魅力而微笑。」羅吼道，讓她脫離了遐想。

「我覺得你跟索倫廝混太久了，說話越來越像他。」

羅吼笑道：「哈，索倫越來越不像索倫了，所以得有人替代。」

詠歎調笑起來。這是事實。黑斯的去世，與小溪的感情快速發展，這兩件事使索倫的態度變得圓融。現在他只偶爾會觸怒別人了。

她跟羅吼沿著小徑向前走，閒聊一些家常話題，一派輕鬆。接近居留地時，詠歎調聽見敲打鐵鎚和來回呼應的話聲。過去幾週來，她已習慣這種嘈雜，它總讓她滿懷希望，這代表又有新家要落成了。

她在會議裡的一部分工作就是規劃炭渣城的長程發展，包括鋪路、蓋一家醫院、一座會堂。這些都會慢慢興建。目前最需要的是棲身之所，一個在夜晚可以舒舒服服躺下來的地方。

「我沒看見他。」到達目的地，羅吼四下掃視道。

「我也沒看見。」他們周圍是一片挖掘、砌牆、架屋頂的交響樂，跳蚤神氣活現地跑來跑去，儼然監工的派頭。「今天早晨我們游完泳，他帶鷹爪探險去了，我相信他們很快就會回來。」那是阿游生活的另一部分——陪鷹爪，打獵、登山。隨心所欲。

詠歎調坐在一堵半截牆上，這牆是用新鐵工廠鑄的釘子，還有砍自高山、沿河運下來的木頭造的。它會不斷加高，最後成為一棟住宅的牆壁。

這棟特別的房子會有個閣樓，閣樓會有個小缺點：屋頂上有條縫隙，可以看到一小塊藍色的天空。詠歎調暗地裡跟馬龍擬妥計畫。這將是一個驚喜。

羅吼在她身旁坐下。「所以妳就想在這兒等他們？」

「當然。」她用自己的肩膀撞一下他的肩膀，微笑道：「這是個等人的好地方。這兒是家。」

致謝

隨著本書出版，很多人多年來付出的心血告一段落。首先要感謝Barbara Lalicki正確的指導，以及對這本書的信心。我再也不可能找到比她更好的編輯。此外，若沒有Rosemary Brosnan 和Andrew Harwell源源不絕的支持、鼓勵和睿智的編輯建議，本書也不會存在。

我要感謝Susan Katz與Kate Jackson接納游隼與詠歎調，也謝謝Kim VandeWater 與 Olivia de Leon推廣這套三部曲所做的一切努力，還要感謝Melinda Weigel 與Karen Sherman做潤飾，使我的用字更為精確。

我的經紀人Josh Adams與Tracy Adams，用幽默與專業的態度，在作家生涯的商業面給我的指引，令我沒齒難忘。也感謝Stephen Moore的付出。

寫作這套三部曲的過程當中，我曾多次向Lorin Oberweger、Eric Elfman、Jackie Garlick以及Lia Keyes求教。Talia Vance、Donna Cooner、Katy Longshore、Bret Ballou從一開始就守護著我。我要對你們說聲：謝謝，有興趣做下一個系列嗎？

我的家人應得的感激與愛，用這張紙寫不完，但我還是試試看。老媽。老爸。Gui 與Ci。Pedro與 Maji。Toni與Mike。Shawn、Tracy、Nancy與Terri。Taylor、Morgan、Ju與Bea。Luca與Rocky。Michael。我愛你們。過去幾年來，我花在詠歎調與游隼身上的時間多過陪伴你們時，謝謝你們包容我。

最後要謝謝你讓我給你講這個故事，書中那個女孩和那個男孩完成了一件了不起的事。接下來輪到你。找到你的方向、你的永恆藍天、抵達那兒。我知道你做得到。

LOCUS

LOCUS

LOCUS

LOCUS